中国古典小说丛书

痛史

[清] 吴趼人 著

江西美术出版社
全国百佳出版单位

图书在版编目（CIP）数据

痛史/（清）吴趼人著.--南昌:江西美术出版社，
2018.10（2020.5重印）
ISBN 978-7-5480-6175-5

Ⅰ.①痛…Ⅱ.①吴…Ⅲ.①章回小说—中国—清代
Ⅳ.①I242.4

中国版本图书馆CIP数据核字（2018）第139073号

出　品　人：周建淼
企　　　划：北京江美长风文化传播有限公司
责任编辑：楚天顺　朱鲁巍　康紫苏
责任印制：谭　勋

痛史
TONGSHI

（清）吴趼人　著

出　　版：江西美术出版社
地　　址：江西省南昌市子安路66号
网　　址：www.jxfinearts.com
电子信箱：jxms163@163.com
电　　话：010-82093808　0791-86566274
邮　　编：330025
经　　销：全国新华书店
印　　刷：河北盛世彩捷印刷有限公司
版　　次：2018年10月第1版
印　　次：2020年5月第2次印刷
开　　本：690mm×960mm　　1/16
印　　张：15.75
ISBN 978-7-5480-6175-5
定　　价：38.00元

本书由江西美术出版社出版，未经出版者书面许可，不得以任何方式抄袭、复制或节录本书的任何部分。
版权所有，侵权必究
本书法律顾问：江西豫章律师事务所　晏辉律师

"中国古典小说丛书"出版说明

所谓"古典小说"云者，其义有二焉：一曰，但凡古代之小说，皆可谓之"古典小说"；一曰，但凡技法未受泰西影响之小说，亦可谓之"古典小说"。然此特就今人之观念言之耳。

揆诸坟典，"小说"一词，出自《庄子·外物篇》，其言曰："饰小说以干县令，其于大达亦远矣。"由此观之，庄子所谓"小说"，不过琐屑之言，以其无关道术，故以小说名之耳。

炎汉成、哀之世，刘向、刘歆父子典校秘书，检讨百家学说，取桓谭《新论》"小说家合丛残小语，近取譬论，以作短书，治身治家，有可观之辞"之意，把《伊尹说》《鬻子说》诸书，归为"小说家"之书，而《汉书·艺文志》（以下简称《汉志》）继之。夷考其说，"小说家者流，盖出于稗官，街谈巷语，道听途说者之所造也"（语出《汉志》），此亦非后世之小说也。

唐修《隋书》，其《经籍志》立论本诸《汉志》，以小说为"街谈巷语之说"（《隋书·经籍志》语）。当此之时，小说之名虽同，而其类目稍广，举凡《燕丹子》《世说》《迩说》之属，皆可入诸小说名下。

后晋修《唐书》，其《经籍志》立论与《隋志》无异，以《博物志》隶小说，此为"神异志怪之书"入小说之始。

天水一朝，欧阳文忠公撰《新唐书·艺文志》（以下简称《新唐志》），以《列异传》《甄异传》《续齐谐记》《感应传》《旌异记》等"史部·杂传类"之书移于"小说类"。至是，小说之部类日夥。

及元脱脱修《宋史》，《艺文志·小说类》承《新唐志》之旧而增广之。

明胡应麟以小说繁夥，派别滋多，于是综核大凡，分小说为六类：一曰"志怪"，一曰"传奇"，一曰"杂录"，一曰"丛谈"，一曰"辩订"，一曰"箴规"。至此，小说一类已蔚为大观，脱《汉志》"街谈巷语"之成规。

清修"四库"，《总目提要》（以下简称《提要》）别小说为三派，"其一叙述杂事……其一记录异闻……其一缀辑琐语"，而又损益之。考诸《提要》，则损益可知：一曰，进"丛谈""辩订""箴规"为"杂家"；一曰，隶《山海经》《穆天子传》诸书于小说。小说范围，至是乃稍整洁矣。其分目虽殊，而论述则袭诸旧志。

曩者宋元明清之史志，难觅"平话""演义"之书，此特士夫习气，鄙其为末流所使然也。史家成见，一至于斯。今人刻书，自当脱古人窠臼。

说部诸书，以文体分，有"白话""文言"之别；以体裁分，有"话本""传奇""演义"之别；以内容分，有"佳话""世情""侠义""家将""神魔"之别。细玩其文，既有劝世之良言，亦有"诲淫诲盗"之糟粕，而抉择去取，转成读说部书之第一要务。以此之故，编者特于说部诸书择其精者，辑之而为"中国古典小说丛书"，凡百余种。

然说部之书浩如烟海，其精者又何限于区区百十之数？此次出版，难免遗珠之憾。然能俾读者因之而省择取之劳，进而得窥说部精要，示人以津梁，则尚不违出版"中国古典小说丛书"之初心。

说部之书，多出自书坊，脱误错乱，在所难免，故于"取其精华，去其糟粕"外，尚需广施校雠，始得成其为可读之书。以此之故，编者多方搜罗以定底本，精排其版以美其观，躬自校雠以正讹误，然后付诸枣梨，装订成书，以飨读者。

限于编者学力有限，书中疏漏之处，在所难免，尚祈广大方家、读者诸君不吝批评斧正。凡能指出书中一二谬误者，皆为吾师，吾人不胜感激之至。

戊戌仲夏上浣，邵鹏军序于丰台晓月里

目　录

叙…………………………………………………………………… 001

第一回
制朝仪刘秉忠事敌　隐军情贾似道欺君………………………… 001

第二回
闻警报度宗染微恙　施巧计巫忠媚权奸………………………… 009

第三回
守樊城范天顺死节　战水陆张世杰设谋………………………… 018

第四回
骂贼臣张贵发严辞　送灵柩韩新当说客………………………… 027

第五回
叛中国吕师夔降元　闻警报宋度宗晏驾………………………… 035

第六回
死溷厕权奸遗臭　请投降皇帝称臣……………………………… 044

第七回
痛蒙尘三宫被辱　辟谣琢二将怜忠……………………………… 053

第八回
走穷途文天祥落难　航洋海张世杰迎君………………………… 062

第九回
辞尊号杨太妃知礼　议攘夷众志士定盟………………………… 071

第十回
下江西文丞相建殊勋　度仙霞宗伯成得奇遇…………………… 079

第十一回
君直初上仙霞山　岳忠夜闹河北路……………………………… 088

第十二回
盗袖镖狄琪试本领　验死尸县令暗惊心………………………… 097

第十三回
胡子忠再闹安抚衙　山神庙结义狄定伯…… 106

第十四回
仙霞岭五杰喜相逢　燕京城三宫受奇辱…… 115

第十五回
待使臣胡人无礼　讲实学护卫长谈…… 125

第十六回
胡子忠盗案卷尽悉军情　郑虎臣别仙霞另行运动…… 134

第十七回
越国公奉驾幸崖山　张弘范率师寇祖国…… 143

第十八回
灭宋室生致文天祥　论图形气死张弘范…… 151

第十九回
泄机谋文丞相归神　念故主唐玉潜盗骨…… 160

第二十回
谢君直再上仙霞岭　桂夫人寿终玉亭乡…… 169

第二十一回
胡子忠装疯福州城　谢君直三度仙霞岭…… 178

第二十二回
谢君直就义燕京城　胡子忠除暴汴梁路…… 187

第二十三回
疯道人卖药济南路　郑虎臣说反蒙古王…… 197

第二十四回
侠史华陈尸燕市　智虎臣计袭济南…… 206

第二十五回
赚益都郑虎臣施巧计　辞监军赵子固谢孤忠…… 215

第二十六回
应义举浙民思故主　假投降宗智下惠州……………………… 224

第二十七回
忽必烈太子蒙重冤　仙霞岭义兵张挞伐……………………… 233

叙

秦、汉以来，史册繁重，庋架盈壁，浩如烟海。遑论士子购求匪易；即藏书之家，未必卒业。坐令前贤往行，徒饱蠹腹；古代精华，视等覆瓿。良可哀也！窃求其故，厥有六端：绪端复杂，艰于记忆，一也。文字深邃，不有笺注，苟非通才，遽难句读，二也。卷帙浩繁，望而生畏，三也。精神有限，岁月几何，穷年矻矻，卒业无期，四也。童蒙受学，仅授大略，采其粗范，遗其趣味，使自幼视之，已同嚼蜡，五也。人至通才，年已逾冠，虽欲补习，苦无时晷，六也。有此六端，吾将见此册籍之徒存而已也。虽然，其无善本以饷后学，实为其通病焉。年来吾国上下，竞言变法，百度维新。教授之术，亦采法列强，教科之书，日新月异。历史实居其一。吾曾受而读之，蒙学、中学之书，都嫌过简，至于高等大学，或且仍用旧册矣。从前所受，皆为大略，一蹴而就于繁赜，毋乃不可！况此仅就学子而言耳。失学之辈，欲事窥探，尤无善本。坐使好学之徒，困噎废食。当世君子，或宜悯之。下走学植谫陋，每思补救，而苦无善法。隐几假寐，闻窗外喁喁。窃听之，舆夫二人，对谈三国史事也。虽附会无稽者十之五六，而史事略亦得十之三四焉。蹶然起曰：道在是矣！此演义之功也。盖小说家言，兴味浓厚，易于引人入胜也。是故等是魏、蜀、吴事，而陈寿"三国志"读之者寡；如"三国演义"，则自士夫迄于舆台，盖靡不人手一篇者矣。惜哉！历代史籍，无演义以为之辅翼也。吾于是发大誓愿，编撰历史小说：使今日读小说者，明日读正史，如见故人；昨日读正史而不得入者，今日读小说而如身亲其境。小说附正史以驰乎？止史藉小说为先导乎？请俟后人定论之，而作者固不敢以雕虫小技，妄自菲薄也。握笔之始，先为之序，以望厥成。

南海吴沃尧趼人氏撰

第一回

制朝仪刘秉忠事敌　隐军情贾似道欺君

鸿钧既判，两仪遂分。大地之上，列为五洲；每洲之中，万国并立。五洲之说，古时虽未曾发明，然国度是一向有的。既有了国度，就有竞争。优胜劣败，取乱侮亡，自不必说。但是各国之人，苟能各认定其祖国，生为某国之人，即死为某国之鬼，任凭敌人如何强暴，如何笼络，我总不肯昧了良心，忘了根本，去媚外人。如此则虽敌人十二分强盛，总不能灭我之国。他若是一定要灭我之国，除非先将我国内之人，杀净杀绝，一个不留，他方才能够得我的一片绝无人烟的土地。

看官，莫笑我这一片是呆话，以为从来中外古今历史，总没有全国人死尽方才亡国的。不知不是这样讲，只要全国人都有志气，存了个必要如此，方肯亡国的心，他那国就不会亡了。纵使果然是如此亡法，将来历史上叙起这些话来，还有多少光荣呢！

看官，我并不是在这里说呆话，也不是要说激烈话。我是恼着我们中国人，没有血性的太多，往往把自己祖国的江山，甘心双手去奉与敌人。还要带了敌人去杀戮自己同国的人，非但绝无一点恻隐羞恶之心，而且还自以为荣耀。这种人的心肝，我实在不懂他是用什么材料造成的。所以我要将这些人的事迹，记些出来，也是借古鉴今的意思。看官们不嫌烦琐，容我一一叙来。

却说宋朝自从高宗南渡以来，偷安一隅。忘却徽、钦北狩之辱，还觍然面目，自信中兴。诛戮忠良，信任秦桧，所以南宋终于灭亡而不可救也。高宗之后，六传而至度宗，其时辽也亡了，金也灭了，夏也绝了，只剩了蒙古一国，气焰方张，吞金灭夏，屡寇中华，既占尽了北方一带，又下了四川，困了襄阳，江、淮一带，绝无宁日。

原来蒙古的酋长，姓奇渥温。自从未宁宗开禧二年，他的什么"太祖法天启运圣武皇帝"，名叫"铁木真"的，称了帝号。看官，须知蒙古本是游牧之国，铁木真虽是称了帝号，那时他还不知道这个"帝"字是怎么样写法，所以他虽建了许多什么九旗呀、八旗的。在那鄂诺河地方，即皇帝位。群臣却还是叫他"成吉思"。这"成吉思"三个字，在蒙古话里就是"皇帝"了。他的称帝，虽是看着中国的样，却连年号也不懂得建一个。后来慢慢的有那些全无心肝的中国人，投降过去，在他那边做了官，食了俸，便以为受恩深重了。拿着"尽忠报国"四个字。不在中国施展，却施展到要吞灭中国的蒙古国去了。所以蒙古人也慢慢的吸收了许多中国文明。到了第四传，他的什么"世祖圣德神功文武皇帝"，名叫"忽必烈"的，才晓得建个年号。

这一年——宋度宗咸淳七年，还是蒙古忽必烈的至元八年，方才去了"蒙古"两个字，改一个国号，叫做"元"。他何以不知"名从主人"之义，舍去自己"蒙古"二字，改一个"元"字呢？只因他手下有一位光禄大夫太保参预中书省事，姓刘，名秉忠，表字仲晦的。这一位宝货，本来是大中华国瑞州人氏，却自从先世，即投入西辽，做了西辽的大官，成了一家著名的官族。他的祖父，却又投入了金朝，去做金朝的官。到了这位宝货，才投降蒙古，又去做蒙古的官。

这一天他忽地生了一个"尽忠报国"的心，特地上了一封章奏，说什么"陛下欲图一统中原，必要行中原的政事，一切典章礼乐制度，皆当取法于中国之尧、舜。中国自唐、虞以来，历代都有朝代之号。今陛下神圣文武，所向无敌，将来一定要入主中原，不如先取定一个朝号。据中国'易经'、乾元之义：乾，乃君象；元，首也。故取朝号，当取一个'元'字"云云。忽必烈览奏大喜，即刻降旨，定了这个"元"字，从此"蒙古"就叫做"元"了。

忽必烈（以后省称元主）又特降一旨，叫刘秉忠索性定了一切制度。秉忠正要显他的才干学问，巴不得一声奉了旨意，定了好些礼乐、祭祀、舆服、仪卫、官制等条例，又定了许多"开府仪同三司""仪同三司""金紫光禄大夫""银青荣禄大夫""龙虎卫上将军""金吾卫上将军""奉国上将军""昭勇大将军"等名目，元主一一准从。

又降旨叫他起造宫殿。秉忠也乐得从事。于是大兴土木，即在燕京起造。也不知费了多少年月，耗了多少钱财，方才一一造成。各处题了名字：改"燕京"做"中都"，后来又改为"大都"。宫殿落成之后，元主就喜滋滋的，叫钦象大夫，拣了黄道吉日，登殿受贺。到了这日，自是另有一番气象。但是庭燎光中，御炉香里，百官济济跄跄，好象是汉官威仪，却还带着好些腥膻骚臭牛奶酪酥的气味；雕梁画栋，螭陛龙坳，好象是唐宫汉阙，却还带着许多骑骆驼，支布幔，拔下解手刀割吃熟牛肉的神情。

闲话少提。却说元主登殿受贺之际，享尽了皇帝之福，觉得这个滋味很好，不由的越发动了他吞并的心，遂又降下旨意，一面差官去安抚四川、嘉定一带；一面差官去催襄阳一路，务须速速攻下，不得有违。又指拨了两路兵，去攻掠江、淮一带地方。众官奉旨，都是兴兴头头的分头办去。

只有宋朝这位度宗皇帝，还是一味的荒淫酒色，拱手权奸。只看得一座吴山，一个西湖，便是"洞天福地"。外边的军务吃紧，今日失一邑，明日失一州，一概不闻不问。宫里面任用一个总管太监，叫做巫忠；外面任用一个宰相，叫做贾似道。

这贾似道，本来是理宗皇帝贾贵妃的兄弟。贾贵妃当时甚是得宠，乘便在理宗跟前代自己兄弟乞恩。理宗遂将他放了一个籍田令，后来慢慢的又做了两任京、湖南北、四川宣抚使，又放过一回蒙古议和大臣，回来就授了知枢密院事，居然是一位宰相了。说也奇怪，那些投降到外国的中国人，反有那"尽忠报国"的心；倒是处在自己本国的中国人，非但没有"尽忠报国"的心，反有了一种"卖国求荣"的心。真是叫人无可奈何了！

贾似道这厮，出使过一回蒙古之后，不知他受了蒙古人多少贿赂，要卖掉中国江山。那时我并未跟着他去做他的帐房，此时不便造他谣言，所以不曾知道他的细数。但是他自从回国之后，即在临安城外，葛岭地方，购了几百亩地，在那里起造花园，作为别院。就花园里面，起一间半闲堂，叫了捏像的匠人来，将他自己的像捏塑了一个，就同他自己一般大小，手脚都用机关装成，举得起，放得下，以便冬春秋的同它换衣服。这偶像就供在半闲堂中，叫些歌姬，终日轮着班，对着这偶像弹丝品竹。他自己一个人享用得不够，还要弄一个偶像来代他，这岂不是异想天开到极处了么！他又欢喜金玉古董玩物，所以又在园里盖造一间多宝阁，将贿赂所得的古董东西，都罗列在阁上。天天到阁上去抚摩玩弄一回，风雨无阻。这就是他的日行公事了。其余认真的军务事件，倒反而一点也不在心上；非但不在心上，并且还授意满朝文武诸臣，瞒着度宗，不叫他知道。当时贾似道威权日重，十日一朝，入朝不拜，朝中文武，哪一个不畏惧他！但听了似道一言，比奉了圣旨还厉害；所以都帮着他去隐瞒。你想这度宗皇帝，如何不在鼓里做梦呢！

当时还有一位同知枢密院事，姓留，名梦炎。虽然是个状元及第出身，平生却是一无所长。幸得结识了贾似道，似道提了他一把，就频频升官，授了同知枢密院事。所以他对于贾似道，总是依阿取容，没有一件事不是禀命而行，唯命是听。慢慢的就做了似道第一心腹人。

这日似道正在多宝阁中，摆弄一个玉雕的裸体美人，只见门上的人来报说："留枢密来拜访。"似道便说一声："请。"那门上翻身出去，不多时便引了梦炎上阁来，梦炎连忙上前打拱问好。似道在太师椅上，慢慢的半抬身说得一个"请"字。梦炎就在旁边坐下。似道先问道："年兄到此，不知有何见教？"梦炎欠身道："刚才在院中接着襄阳请兵的文书，说是危在旦夕，樊城被困尤急；所以来与老先生商量。"似道道："这文书有别人知道么？"梦炎道："没有人知道。"似道道："台谏中人呢？"梦炎道："只怕也不见得知道。"似道道："这就是了，何必理他？我想，在外头将官们自有道理，我们其实不必多管，由得他去。这也是兵法所言'置之死地而后生'呢！不然，凭了他一纸文书，今日遣兵，明日调将，我们是要忙得饭也不能吃的了。只是不要叫皇上得知，我们只管乐我们的。"梦炎连忙欠身说两个"是"字。因看见似道手中摆弄着玉美人，便笑说道："老先生何以宠上一位假美人来了？"似道也笑道："这是前日淮东安抚使送来的。我因为他因材施琢，颇见巧妙，所以拿来玩弄一番。"说罢，递与梦炎观看。梦炎连忙接过来，仔细一看。只见这玉美人约有一尺来长，可巧翠绿的地方，雕成裙裤；其余面、目、手、足、腹、背等处，都是雪白的。那脸面更雕得千娇百媚，神情像活的一般，十分精细。看罢，双手递还似道，说道："这美人好是好极了，只可惜不是活的。"似道笑道："年兄你又来了！真真活美人，哪里有这种标致脸儿呢？"梦炎想了半响，正色道："似这般美人是有一个，只可惜不能到手了！"似道闻言连忙问："是哪一个？为何不能到手？"梦炎道："这是学生的邻居，商人叶某之女。经学生亲眼见过的，生得蛾眉凤眼，杏脸桃腮，莫说是凡人，只怕天仙化人，也没有这种可爱的面貌呢！"似道涎着脸问道："为何不能到手呢？"梦炎道："今年正月里选宫女；选了进去了，如何还好到手？"似道笑道："任凭他宫里去殿里去，我有手段弄她出来。"梦炎摇头道："谈何容易！"似道道："如果蒙古人取了去，便难得到手的了。如今只在宫里，还有法子想。"梦炎还是摇头说谈何容易。

　　似道即叫人传呼摆酒，一面叫人拿了名片去请巫太监来。不一会家童来报酒席已摆在百花亭上。似道即邀了梦炎，下了多宝阁，步至百花亭。对坐入席，两边歌姬排列成行的歌舞起来。酒过数巡，门上的人报巫公公到了。似道忙叫请进来。不一会，只见巫忠嘻嘻哈哈的踱进来，嘴里说道："两位相爷在这里吃酒取乐呢！叫咱家来，想是要试试咱家馋嘴不馋嘴。老实说，咱家服侍万岁爷吃的时候多呢！嘴是向来不馋的。"似道、梦炎连忙起身让坐，又叫撤去残肴，重整筵席，让巫忠上首坐下，重新饮宴。巫忠便问见召何事。似道道："无事不敢相烦，刻有一件事，非公公大力，不能斡旋，敢烦助我一臂。"巫忠道："只要咱家力所能为，没有办不到的。只求明示，究是何事？"似道便将刚才留梦炎所谈叶氏宫人一节，说将出来。又道："此女既生得十分姿色，令其白首宫门，未免可惜；所以我意欲弄她出来，派入金钗之列，不知能办得到么？"巫忠想一想道："这人不知派在哪一宫里，有何差使，更不知曾否幸过，倘是已经幸过，或在御前当差，那便费些手脚；若是未经幸过，又无甚要紧差使，这就容易商量了。且待咱家去打听明白，再作道理吧。"似道问："此女倘在御前便如何？"巫忠道："那只好放在心上，碰着机会再取出来了。若是不在御前，咱只要悄悄的用一乘小轿，抬她出来，送到府上；咱在花名册上，填她一个病故就完了。"似道拍手道："妙计妙计！只求早日设法，便是感激不尽了。"巫忠连连答应。说罢，又开怀畅饮，直饮至日落西山，方才撤席。

　　巫忠、梦炎，正要辞去，忽见门上人捧了十来封公文上来，说：

"是刚才赍公文的人送来的；因见相爷会客吃酒，不敢造次拿上来，今特呈览。"似道道："为何不送到枢密院去？"门上道："奴才也曾问来，据来人说院里没有人。因是要紧公事，所以特地送到相府，探得相爷在别院，所以特地送来的。"贾似道接过一看，也有淮东来的，也有淮西来的，也有湖南、江西一带来的。明知都是告急文书，他却并不开看，将来一总交与梦炎道："请年兄明日一一都拟了诏旨批驳他回去。被围的责他力守，闻风告警的责他预备进兵便是了。我也无心去烦琐这些事。"梦炎连连答应。似道又对巫忠道："这事费心，在里面万万不可提起。"巫忠道："尽可不提起，只是咱有一事，要请教相爷：如今蒙古兵马如此厉害，倘一旦到了临安，我们作何处置呢？"似道哈哈大笑道："巫公公你又来了，岂不闻'良禽择木而栖，贤臣择主而事'么！老实对你说，你想宋朝自南渡以来，天下已去了一半，又经近来几代的昏君在位，更弄得十去七八，这朝廷明明是个小朝廷了；然而我还是一个大臣，我却还有点志气，不像那不要脸的奴才，说什么瓜分之后，不失为小朝廷之大臣。听他那话，是甘做小朝廷大臣的了。我却不然，如今是得一日过一日，一朝蒙古兵到了，我只要拜上一张降表。他新得天下，正在待人而治，怕用我不着么！那时我倒变了大朝廷的大臣了呢。况且他新入中原，一切中原的风土政治，自然还是用中原人，方资熟手。那时只怕我们仍要当权呢！不比那失位的昏君，衔璧舆榇样之后，不过封他一个归命侯，将他投闲置散罢了。到那时我们权势，还比他高百倍呢。"

巫忠听了这一番高论，默然半晌道："这是相爷自己打算的退步，但是我辈奴才呢？"似道道："这你只管放心。蒙古大皇帝既然入主中原，他一定也要用内官的。而且一切朝仪制度，虽说有我们一班文人学士去制定，但官里的礼仪，外臣是不能入去教习的，少不得我头一名就保举你。"巫忠听罢，连连点头。梦炎在旁深深打了一拱道："到那时可不要忘了学生。"

三人正讲到得意之处，忽听得外面当当当三声云板，门上的飞跑进来报道："圣旨到，请相爷外堂接旨。"似道道："天已掌灯时候了，又降什么旨起来了？"随问门上道："什么人送来的？"门上道："是一名内官。"似道道："叫他进来吧，我酒已多了，什么接不接的！"门上答应去了。不多时来了一个内官。似道便问："什么旨？可交给我。"内官道："并没有手谕，只传谕召相爷入朝。"似道道："你知道什么事吗？"内官道："不知道。"似道沉吟了半晌道："知道了，我就来。"那内官回身去了。这里巫忠、梦炎也不便久留，告辞而去。似道免不得要更衣入朝。

　　但不知此去入朝，有甚事故。且待下回分解。

第二回

闻警报度宗染微恙　施巧计巫忠媚权奸

　　却说贾似道送去巫忠、梦炎二人，即入内更了朝服，出外乘轿上朝而去。到了朝门，不免下轿步行。上到金銮殿上，只见度宗天子在御座上，也是满面春色，像方才吃过酒似的。似道是奉旨入朝不拜的，只深深打了一拱，道："陛下召臣，不知有何国事？"度宗醉眼朦胧的说道："朕方才闻得四川一带已尽被北兵陷了，襄阳被围已经三年。这事怎样才好？"似道闻言，暗暗吃了一惊，硬着头皮奏道："这话恐怕是谣传，不然，何以臣日日在枢密院办公，总不见有报到呢？"度宗道："这是天下大事，谁敢造此谣言？"似道又奏道："陛下此话从何处听来的呢？"度宗道："是方才一个宫嫔对朕说的。"似道微笑奏道："想官嫔们终岁在宫内承值，哪里便得知外事！想来一定是个谣言。臣近来屡接各路文书，都说北兵因为到了南方，不服水土，军中多病；所以全数退去多时了。这正是天助大宋，陛下何必多疑！"度宗还是半疑半信的，慢慢说道："既如此，卿且退去吧。"似道即刻辞朝而出。度宗又命撤一对宫灯，送回府第。自家也下了御座，乘辇回宫。

　　刚刚转入宫门，遇见巫忠。原来巫忠在似道处听得有旨召似道入朝，他便先行辞去，别过梦炎，匆匆入内躲在殿后窃听。方才殿上的一问一答，他都听得明明白白，不觉暗暗吐舌道："幸而方才接到告急文书之时，我未曾就走；不然还恐怕要怪着我，说是我泄漏的呢。"听到贾似道辞去，他便先退后一步，却又回身来迎着度宗。当下度宗见了他，便问道："你虽是内官，却时时有差使出去。朕闻得四川失了多时，襄阳围了三年，你在外面有听得么？"巫忠道："奴才不曾听得这话。只听得外面多官传说，北兵到了南方，不服水土，军士大半病倒，所以退去多时了。"度宗叹口气道："这话只怕也不确；不然，有了这好消息，他们何以总不奏与朕知呢？"巫忠不便多言，只在旁边站着。等度宗过去，方才回到自家房内。叫了两个心腹小内监来，叫他明日去打听今年正月选进来的叶氏宫女，派在哪里？只明日便要回信，两个小内监答应着去了。

　　巫忠自己挑一回灯，坐了一会，吃过了些点心，方才睡下。朦胧一觉，醒将过来，恰好是三更时分。忽听得外面许多脚步声响，又有许多来来往往的灯影在窗上射入来，心中暗想必定有事，正欲起来时，只听得有人叩门说："巫公公醒着么？"巫忠答应道："醒着呢，有什么事吗？"外面的人说道："万岁爷有事呢！已经传太医去了。"巫忠听说，一咕噜爬起来问道："在哪里呢？"外面答道："在仪鸾宫呢！快去吧，只怕太后已经到了呢。"说着自去了。

　　这里巫忠忙忙的起来，挽一挽头发，穿上衣服，开门向仪鸾宫去。忽见前面一行灯火，正是俞修容怀抱着未及周岁的小皇子名㬎的，也向仪鸾宫去。巫忠让过一旁，等修容过去后，方才跟着走。一径走到仪鸾宫，又等修容进去，方才挨身而入，只见谢太后在当中坐着，全皇后侍坐一旁；旁边一个保姆，抱着刚只一岁的小皇子名显的侍立着。不一会杨淑妃带着五岁大的皇长子名罡的也来了。其余还有许多妃嫔，与这书上无干的，我也不细叙了。

　　此时只觉得静悄悄的鸦雀无声。不一会报说医官在宫门候旨。谢太后即叫宣进来。一时间只见六位太医鱼贯而入，一一向谢太后、全皇后等先后行过了礼，太后即叫内监引入后宫请脉。又歇了好一会，方见六位医官鱼贯而出，向谢太后奏道："皇上这病是偶然停食，不致碍事的。"太后点了点头道："卿等用心开方去吧。"六位医官复挨次退出。良久内监呈上药方，太后看过，全皇后也看过，方叫备药。巫忠觑着没有甚的差使，方慢慢的退了出来。寻着一个仪鸾宫的太监，探问："是什么病症？"那太监道："没甚大病，不过在金銮殿回来，便说有些头痛。后来又吐了两口，便嚷心里烦闷。只这就是病情了。"巫忠听了，知道没甚大事，也便走开。此时已是全宫皆知，到处都是灯烛辉煌的了。

正走着，只见一名小内监迎面来说道："巫公公回来了！你叫咱打听叶官人的下落，限明日回信，咱今晚已经查着了，他在慈宁宫呢。咱正要寻公公报信去。"巫忠听了，一径走到慈宁宫。问出了叶官人，却是一位将近三十岁的半老徐娘了，而且相貌也平常得很。不觉呆了一呆，心中暗想："留梦炎何以看上了这么一个东西，还去荐给贾似道呢？"及至再三盘问，才知这叶官人是十年以前选进来的。不觉心中一气，只得拿些别的话支吾了两句，方才走去。走到自家住处，恰好那小内监还没睡；巫忠没好气，对着他脸上狠狠的啐了两口，说道："好蠢才！咱叫你打听今年正月进来的叶官人。你却拿这个十年前进来的老狐狸来搪塞。须知姓叶的女子多着呢！你为甚拉一个老婆子来对我？害我无端的跑一趟慈宁宫。须知这条路虽不远，却还不近呢。"说着没好气的到房里去了。

刚刚要再睡一睡，忽听见吱吱咯咯鸟雀声音，抬头一看，已是天色微明，不便再睡。梳洗过便去仪鸾宫，应个景儿，点个卯儿。打听得度宗昨夜服药后，即安然归寝，此时还没醒呢。料着没有什么事，也就走开。

信步走去，路过景灵宫门首，就便进去看看。原来这景灵宫里，没有妃嫔，当中供着三清神像，只有几名太监宫女在内承值。内中两个太监，看见巫忠到来，连忙让坐让茶，便问："巫公公到此有何贵事？"巫忠没得好说，随口答道："昨夜万岁爷身子不好；所以咱今日到此，要在三清神前烧一炉香，保佑万岁爷龙体安宁。也是咱们做奴才的一点愚忠呀。"两太监道："难得公公一片忠心！莫怪万岁爷喜欢公公，无论什么差使，都要公公去办。如此就请上去拈香吧。"巫忠只得站起来，走近神像前，装模做样的烓上三支香。两个太监便一个去撞钟；一个去击鼓。惊起一众太监宫女，都出来探看。巫忠举眼看时，只见内中有一个宫女，年可十七八岁，生得翠黛弯蛾，红腮晕杏，竟是一个绝色佳人。不免和大众招呼了几句，方才退下。闲闲的问起这个官人，方知就是正月里选进来的叶氏。巫忠此时不便怎样，只搭讪了两句闲话，就别了出来。

巫忠一径走出宫门，跨上马匹，加上一鞭，到了贾似道的别院下马。叫人通报，不一会传说出来道："相爷吩咐：请。"一面开了中门，巫忠大踏步进去，门上领着路，七弯八曲的走到半闲堂。只见似道帽子也不戴，盘膝坐在地上，旁边围了七八个妖姬；还有两个唇红齿白的尼姑。一般都是席地而坐，大家正在那里斗蟋蟀玩呢。似道见了巫忠，方才立起来让坐。未及寒暄，似道先说道："昨夜几乎气死了我。巫公公你知道这事么？"一面说一面遣散众姬妾。家人方才送上茶来，巫忠道："咱昨夜先走一步，已在屏后窃听了。"似道道："这么说，公公是知道的了，不用细说了；但是哪个泄漏的呢？他说是一个宫嫔说的。究竟是哪一个呢？可打听得着么？"巫忠道："这个只要向昨夜待宴的人一问便知，不消打听得的。"似道道："我一定要重重的处置这个人。公公可助我一臂之力。"巫忠道："如何处置呢？"似道道："不说是昨夜病了么？"巫忠道："是呀！咱也闹了大半夜没睡。"似道就在巫忠耳边低低的说了两句话。巫忠点了点头。似道便走到里面套间里，写了一个说帖，叫家人送去太医院。帖中写的是说：“昨夜皇上之病，系由受惊而起。今日承值医官，务于脉案中声明，则万一变症，亦可免担干系”云云。你想太医院众医官：一则惧怕似道。二则以为他好意知照，岂有不依的呢！这是后话，表过不提。

且说当下巫忠又把亲见过叶氏一节告诉似道，又赞得这叶氏如花似玉，盖世无双，喜得似道眉开眼笑，向着巫忠深深打了一拱道："万望公公鼎力，早日赐下，感且不朽。"巫忠笑道："只是相爷何以谢咱家呢？"似道又附着耳说道："昨夜我回来之后，恰好北兵的征南都元帅伯颜，有信给我，立等回信。我当时回信去，已经保举你了。"巫忠问道："哦！原来你们是通气的。他来信讲什么呢？"似道又附耳道："他催我设法调开权守鄂州张世杰。这是我起先允许过他的，不知怎样我就忘了。他如今来催呢。这事从来没有人知道，我们是自家人一般；所以才告诉你。"二人讲到投机，正要摆饭，忽报留梦炎到了。似道忙叫请人。梦炎进来就说道："有一件很奇怪的新闻，特来报与二位。"似道问："是什么新闻？"梦炎道："就是昨夜那些文书，内中多是告急的，有一封是说樊城、襄阳已经失守了。却还有一封又是鄂州张世杰的报捷文书。说什么俘获千人，夺得战马百匹，战船五十号。"似道未及听完，只急得跺脚道："罢了！罢了！"一时间攒眉皱目，短叹长吁，半句话也说不出。二人见他如此情形，不便久坐，起身辞去。

似道送过二人，依旧闷闷不乐。众姬妾见客人已去，一个个仍旧捧着蟋蟀盆出来，嬲着斗蟋蟀。见似道纳闷，便又都送殷勤献狐媚起来，似道方才慢慢的同他们兜搭起来。到了下午，留梦炎着人送来一信，似道拆看时，上面写的是："昨夕各件中，有江西告急一纸，刻已拟成诏旨，着张世杰亲自率兵退援江州，仍酌留兵士守黄武、鄂州一带。似此办法，是否妥当？请示"云云。似道看毕，即在纸尾批了"照办"两个字，交与来人带去。从此似道略为放心。

过一日巫忠又来，说起："昨日医官所开脉案，已经加入'恐是酒后受惊'字样。这泄漏的人，已探得是张婉妃。这人甚被恩宠，恐怕难得设法。"似道沉吟道："只要今日及明日的脉案着实坐定了，少不得要查受惊的缘故；那时只要公公在太后前提起这事，再帮衬几句就得了。"巫忠自是答应。似道又问起叶氏。巫忠道："相爷且莫性急，等咱家同她盘桓熟了，再同她商量，方是上策，不然，抬她出来是极容易的事。只怕她本人不愿，叫喊起来，那倒弄巧反拙了。"似道只得耐着性子去等。

且说巫忠当下辞了似道，回到宫中，一心要寻到叶氏去献媚似道；所以一日倒有两回到景灵宫去。只说烧香代度宗求病速愈，却去与叶氏兜搭。叶氏不知就里，不到两回，居然也同他亲热起来。

这一日巫忠又去搭讪。恰好神前只剩了叶氏一人在那里打扫，巫忠得便拉她就在神前相对坐下谈天。先问她说道："姐儿进宫以来，已是大半年了！还寂寞得惯么？"叶氏道："这里伙伴多呢，倒不寂寞。"巫忠道："不是这么说。我说姐儿正在青春年少，倘不是被选进来，此时只怕已经出阁了。纵不然，厮守着爹娘，也是骨肉团聚。将来终身总是可靠的；如今被选进来，眼见得是长门白首，心下岂不委屈么？"叶氏道："说起爹娘不能团聚，自然时常挂念。至于长门白首，这是各人的遭际如此，无可奈何的，倒没甚委屈。"巫忠道："譬如现在有人替你设法弄了出去，嫁个富贵人家，父母又可以时时往还，你愿意么？"叶氏笑道："公公休得取笑，天下哪有这等事？"巫忠道："因为天下居然会有这等事，咱才问你呀！"叶氏道："就是会有这等事，我也不愿意。岂不闻'女子从一而终'！又云'嫁鸡随鸡，嫁狗随狗'。我虽不是嫁与那个，然而被选进来，也是我生就的奴才命，派在这里承值，也是皇上天恩，岂可再怀二心，自便私图么？"巫忠道："方才所说的，你到底愿意么？"叶氏道："或者皇上天恩，放我出去与父母团聚，那是意外之喜；除此之外，哪有出去的道理？"

巫忠知道说她不动，另外将些闲话支开。谈了一会，方才别去。不免又到谢太后那边去运动。说也可怜可笑，他出尽了死力，无非要巴结贾似道，要做一个新朝的内官罢了。

又过了一日，巫忠忽然想了一条妙计。叫过身边两名心腹小内监来，叫他在宫门外预备一乘小轿。宫门侍卫要问时，只说咱奉了差使要用。一面又着人到景灵宫去传叶氏，只说皇后传唤，叫她先到总管巫太监处听旨。叶氏不知就里，听得传唤就匆匆的换了一套衣服，先到巫忠那边去。巫忠一见便道："姐儿，你可谢谢咱家。"叶氏道："谢公公什么？"巫忠道："近日闻得全国舅有病。刚才皇后传咱，派咱去问病。又说要派一个官人同去，好到上房探问；因为咱们虽是净过身，但外面女眷们，终碍着是个男人，不便说话。咱便保举了你，如今我同你去走走。"叶氏道："这是一个差使，没甚好处，也谢不着。"巫忠道："呆人。你借此就好顺便去望望你的爹娘了，岂不是好？"叶氏果然欢喜道："如此，多谢公公。"正说话时，只见两个小内监来说："轿已备下了。"巫忠道："如此咱们就走。"叶氏道："我还要到娘娘处请训呢。"巫忠道："不必了！不过，要你去问国舅夫人有什么话，你代她转奏。你只要记着回来复旨就是了。"说着，带了两名小内监及叶氏，一行四人，径奔宫门而去。宫门侍卫问时，巫忠只说奉全皇后懿旨到全国舅家有事。侍卫自不敢阻挡。出得宫门，叶氏上轿。三人跨马，一口气直走到贾似道别院，方才歇下。

门上报将进去，喜得贾似道亲自迎出大门。巫忠执手说道："恭喜！恭喜！且速速将她送入内堂，叫她把外面衣服卸下，别有用处。"一面说一面走，走到书房内，又屏去左右，问贾似道："有不相干的粗使丫头没有？要一个来。"似道忙说："有，有。"即刻叫人传了四五个粗婢来。巫忠指一个与叶氏身材差不多的说道："就是用她，其余都去吧。"这个丫头就留在书房里面。不一会，里面使女送出叶氏的衣服，巫忠便叫那粗使丫头穿上，说咱带你到好地方去。这丫头也莫名其妙，只得穿上了。这里巫忠才对似道说知混出来的计策。又道："略延一刻等太阳没了，带了这么一个回去，断断没有人看得出来，岂不混过去了！到了里面就设一个小小法儿，再抬了出来，任是神仙也不知这件事了。"似道再三道谢，即叫置酒相待。酒过数巡，天色已晚。巫忠起身作别，又说道："相爷今日还有一桩喜事，只是这喜不是那喜。今夕既与叶氏大喜，那喜就不便提及。相爷明日看'京报'只怕就知道了。"几句话，倒把似道说得一呆，待要追问时，巫忠已拉着那粗使丫头，带了两名小内监，作别去了。可怜这粗使丫头，无端被巫忠带到宫里，不知如何结果了她，去顶了叶氏的花名册，报个病故。这书中也不及还有交代了。

　　那叶氏被巫忠弄了出来，送入贾家。一入门时，见似道迎出去，还当他是全国舅呢。及至将她送入内堂，立命她将官衣卸下；却又七手八脚代她重新打扮起来，直装得同新嫁娘一般，更是莫名其妙。问问国舅夫人在哪里。那些人却都是笑而不答，又在那里交头接耳。心中越发纳闷。欲待发挥两句，又恐怕碍着国舅面上，因此暂时按住，欲待见了国舅问个明白。好容易等到似道送去巫忠，回入内堂。叶氏连忙起立，欲待致问，只见一众妖姬，都争说与相爷道喜，只是今日得了这位佳人，将来不要冷淡了奴辈罢了。叶氏闻言大惊，高声说道："我是奉皇后懿旨，到全国舅府去的，你们遮留我在此做什么？你们又是什么人？如此胆大妄为，还了得么？"贾似道涎着脸，上前一把搀住她的手。叶氏欲避不及，被他搀来按在一把太师椅上坐下。先自家通了姓名。便将留梦炎如何赞她美貌，自己如何相思，如何托巫忠，巫忠如何用计弄出来的话，细细告诉了一遍。又说了些安慰的话和威吓的话。叶氏此时如梦方醒，却是身不由主，走又走不掉，哭又哭不出，怒也怒不起，真是呼天无路，入地无门。越想越没有主意，竟是呆了同木头人一般，任凭他们摆弄。众人遂扶她拜了似道。似道便命置酒庆贺，自不必说。到了次日，似道方才起来,家人便送上"京报",似道猛然想起巫忠昨夜的话,急从家人手中取来观看。

不知看出些什么来,且听下回分解。

第三回

守樊城范天顺死节　战水陆张世杰设谋

且说贾似道看见家人送"京报"进来,猛然想起巫忠昨夜说还有一件喜事,看"京报"便知的话,正不知有何喜事,想来看"京报"可知的喜事无非是升官;然而升官之喜,当是自己先奉旨,何必要看"京报"呢!一面想一面接过那一本"京报",揭开看时,里面第一页上夹着两张红纸条儿,先看第一张上面是写着:

○○奉皇太后懿旨:

婉妃张氏,妄造谣言,荧惑圣听,致令皇帝受惊,圣躬不豫,实属罪大恶极。张氏着革去"婉妃"名号,交三法司处斩。钦此。

似道看罢拍掌道:"这才消却我心头之恨也。巫忠说是喜事,大约就是这个;虽然不算喜事,却也可算得一桩快事了!"想罢,再看那第二张,上面是写着:

○○奉旨:

权守鄂州张世杰奏报大获胜仗一节,深堪嘉尚。张世杰着授为黄州、武定诸军都统制,仍责令相机进兵。钦此。

似道看罢，心中又是不快。想道樊城、襄阳的事已是隐过，这鄂州胜仗又何必奏闻呢。如今他授了都统制，倘使他得了此职，不去退援江州，岂不是白费了手脚么？闷了半晌，叫人去请梦炎来。同他商量，叫他再专人赍了伪诏旨去催张世杰退援江州。梦炎只得依命而行去了。

看官，你道樊城、襄阳已经失守，鄂州系毗连之地，自当震动，何以反得了胜仗呢？原来樊城的守将是范天顺，手下有两员大将：一名牛富，一名王福，皆有万夫不当之勇。襄阳的守将是吕文焕，手下也有两员上将：一名黄顺，一名金奎，算来也是两条好汉。所以元朝的征南都元帅伯颜，同了副元帅张弘范，带了精兵三十万，围住了樊城、襄阳两处，已经四年，还攻打不下。

内中单表这张弘范，他本是大中华易州定兴人，从小就跟他父亲张柔，从金朝投降了蒙古，慢慢的他就忘记了自家是个中国人，却死心塌地奉承那蒙古的什么"成吉思"，并且还要仇视自家的中国人，见了中国人，大有灭此朝食之概。这回挂了副元帅的印，跟着伯颜来寇襄阳，围了许久，攻打不下。那时帐下有个行军参谋，叫做董文炳，本是中国真定槀城人。他父亲董俊，曾事金朝，后来也降了蒙古。文炳从小就有许多小智计，此时拜了行军参谋，来寇中国。当下文炳见久围襄阳不下，因上帐献计，请分兵去围樊城，以破其犄角之势；所以张弘范带领一半兵马，去围樊城，却也是日久无功。

一天恼了张弘范，亲自率兵来攻城。城中守将范天顺，也在城楼指挥兵士，竭力守护。弘范督率众兵，叠架云梯火炮，向前攻打。城上擂木矢石打下，无法可以近城。弘范见城上守御有方，乃用马鞭一挥，约退兵士一箭之地，纵辔向前，扬鞭指范天顺道："将军苦守此城，已近四年。心力俱竭，徒然劳兵费饷，终久有何用处？而且南朝奸臣当道，宗庙社稷旦夕不保；今我朝分兵南下，倘一旦临安有失，宋室君后，尚当投降，那时将军苦守此城，为的是甚事来呢？莫非那时还替大宋出力么？古语有云：'识时务者为俊杰'。何不及早投降，当不失封侯之位。我爱将军智勇兼备，所以特来相劝，将军切勿执迷不悟。"范天顺大怒道："有日援兵一到，我要生擒你这忘宗背祖的东西。剖你心肝出来，看看是个什么样儿。你也不想想，你出身的易州地方，本是中朝土地，你便是中朝的臣民，不在中朝建功立业；反投到那腥膻骚臭的鞑子地方去，却来此处耀武扬威。"

话犹未了，恼了旁边大将牛富，厉声大叫道："将军且不必同这忘背根本的奴才说话，待我射死这奴才，再出城去杀鞑子。"说时迟那时快，只听得弓弦响处，一箭正射中弘范左臂，险些儿翻身落马。左右飞速上前，救回本阵。正待退兵，忽然樊城城门大开，牛富率领五百敢死之士，杀将出来。北兵见主帅受伤，无心恋战。阵脚先乱，被牛富冲入阵中，左冲右突。北兵且战且走，牛富终恐众寡不敌，追杀一阵，也自收兵。

张弘范败退三十里立扎寨栅，叫了医官来，拔出箭头，敷上伤药，在营中养伤。一连数日，未曾出战。

忽报元主差官送红袍大将军来，弘范大喜，忙叫请入。（看官，你道这红袍大将军是个人么？非也。这是他从西域得来的一尊大炮，这等炮虽比不得近日的"阿姆斯脱郎""克虏伯"，然而在当日火器未曾十分发明的时代，也要算是数一数二的利器了。所以元主得了它十分欢喜，给它一个封号，叫做红袍大将军；因为不用它的时候，便将一个大红缎的罩子将它罩住，所以有此美名。）当下张弘范得了这件宝货，不胜之喜，即刻传令众兵士，今夜进兵，务要攻下樊城。众兵得令，晚晡时，饱餐一顿，奋勇向前来至城下。正是二更将向尽，弘范传令攻城。

范天顺仍在城头上往来巡梭，忽听得元军中天崩地塌的轰了一声，只见半空中碗大的一个透红弹子，向城上飞来，恰打在一个城垛上，訇訇一声，城垛已倒。天顺急令兵士搬运砖石，前来修补堵塞。又传令四门多备砖石，以便随时修堵。方才元军中所放的是红衣大炮，须要格外小心。传令未毕，又听得一声震响，这个弹子却从城头上飞过，坠落城内。霎时间城中百姓大乱起来。不到一刻，接二连三的又是四五炮，弹子却都打入城中。弹子落处，顿时火起。一时男女老幼，呼号奔走，闹得火光烛天，毒烟迷目，鸡飞狗走，鬼哭神号。天顺此时只顾得守城，也不能理会此事，怎禁得一个个的弹子打来！莫说是砖石等料不能堵塞，眼见得就是铜墙铁壁，只怕也要洞穿的了。正在往来巡梭时，忽然又是地动天惊的一声，木石横飞，火光四射，东北隅上已崩了四五丈的城墙。天顺急驰马前去察看，只见元兵一拥而入。天顺回顾左右，只有十余个从人。正欲杀将过去，元兵已杀上城来。天顺料敌不过，勒马返奔，奔至城楼前下马入内，见壁上挂着一柄龙泉宝剑，遂拔了下来，握在手上，叹道："我范天顺生为大宋之人，死当为大宋之鬼。我这样一个干净身体，岂可死在那骚鞑子之手？莫若就此了我之事吧。"说毕，举起宝剑，向咽喉上一割，一点忠魂，已上达云霄，与日月争光去了。

却说当夜牛富见敌兵攻城既急，城中又是火起，恼得他暴跳如雷；一时上城御敌，一时又下城救火，闹到四更将尽时，真是人困马乏，忽听得东南城垣已破，提枪策马杀奔前来，只见元兵如山崩海倒一般杀人，为首一员大将，正是张弘范。牛富大怒，也不答话，举枪便刺。弘范不及招架，侧身一让，已被他枪尖戳破了肩上衣甲。牛富回手又是一枪，对准弘范面孔搠去。怎奈众元兵一拥上前，那马立脚不住，倒退了数步。牛富无奈，回马而走。匆促间误走入火林之内。抬头看时，前面一派是火；正待拨转马头，忽听得泼刺一声，马后倒下一根火梁，几乎打在马屁股上。恰好王福在外面走过，大叫："牛将军休慌，俺来救你也。"牛富大声答道："城垣已破，万无可为，王将军保重，好替满城百姓报仇。我先完我的事去也。"说罢，跳下马来，奋身向火炽处一跃，可怜一具忠骸，就此化成灰烬。

王福看见大叫道："牛将军既死，俺义不独生。"说罢，便欲自刎。忽又想道："徒死无益，好歹去杀两个鞑子，再死未迟。"想罢，提起一双阔板斧，只向元兵多处杀去。正走之间，恰遇一队元兵。王福不敢停留，挥开双斧，杀上前去，如生龙活虎一般，左冲右突，杀得元兵四散奔逃。正欲杀出去时，元军后面大队已至，如风起水涌一般。将王福压得退后。只得拨马杀向他处；不期马失前蹄，将他掀翻在地。急的王福举起阔板斧自刎而亡。

天色微明，张弘范亲自入城，部将阿术、乌里丹都等，均来献功。弘范便问："获住几员宋将？"众将回说："未及生擒。"又问："杀了几员？"回说："守将三员，均已自尽。"弘范大怒，责诸将道："为何不生擒一二员来？待我亲自报一箭之仇。"诸将默默无言。弘范遂下令"屠城"。那些鞑兵本来已是野蛮残忍，奸淫掳掠，无所不为。何况得了屠城之令！可怜樊城城中，只杀得天愁地惨，日月无光，白骨积山，碧血涌浪。那些惨虐情形，也不及细表。看官，只此便是异族战胜本族的惨状了，你道可怕不可怕呢！

且说张弘范屠了樊城，拨了三千兵马，叫部将阿里海涯守樊城。自己率领众兵，前往会齐伯颜，助攻襄阳。伯颜得了樊城消息，便自大喜；一面传檄襄阳城中，谕令早降。至是会了弘范，合力攻打。

却说襄阳守将吕文焕，自闻樊城失守之信，即每日集了众将计议，部将金奎，自愿领五百兵士，杀出重围，到临安求救。文焕恐金奎去了，兵力益加单薄，所以未允。是日又接到伯颜射入城内的檄文，又集了众将计议，诸将或言固守待援，或言决一死战，或言到临安求救。议论纷纷，莫衷一是。只有部将黄顺，默默无言。文焕便问："将军有何高见？"黄顺道："从前尚有樊城为犄角之势。如今樊城破了，我之势力既孤，而敌兵又合在一处，兵力益厚。为今之计，到临安取救是远水不救近火。而且贾似道那厮，欺君罔上，恣威弄权,难保其必发兵相救。若说决一死战,则眼见得众寡不敌,强弱攸分,胜败之机,不言可决。若说是抵死固守,则外援既绝,城中储蓄有限,正不知守到何年何月,方始得出重围。"言罢,长叹一声,低头不语。

文焕听罢,也是无言可对。只得遣散众人,退入内室。妻子袁氏及侍妾媚嫒,迎着坐下。袁氏道:"相公这两天退回后堂,为甚只是闷闷不乐?"文焕道:"外边战守之事,非你辈女流所知。"袁氏道:"虽非我辈女流所知,但看相公情形,只怕总有些棘手。"文焕道:"正是!从前虽说被围,敌兵却不很来攻打;如今樊城失了,他眼看得我势孤力穷,日夕并力来攻,为之奈何?到了事急之时,我只得叫家将们护送你们回乡。至于我的生死,只好置之度外的了。"袁氏听了,尚未开言。媚嫒早已哇的一声,哭将起来,说道:"如此说来,相公是置妾等于不顾的了。妾自得侍相公,满望享几十年富贵,也不枉虚生一场。谁料这等结局!望相公三思,代妾等想个长久之计。"袁氏在旁,也是苦苦啼哭。文焕心中着实难过,看看媚嫒好似泪人儿一般,不觉把一片忧愤之心,化为怜爱之念。不免起身去抚慰她一番。媚嫒趁势倒在文焕怀里去哭。文焕皱着眉儿,唉声叹气的抚弄着她,却一句话也说不出。

正在难解难分之际,忽报元兵又来攻城。文焕起身便欲出去,媚嫒倒在怀里,抵死不放。袁氏也抽咽着说道:"相公出去,好歹再进来与妾等一见,死亦瞑目。"媚嫒听了这话,更是放声大哭。文焕无奈,只得重又坐下。半晌又报说元兵攻打益急,文焕正欲起身时,忽又报部将黄顺,偷了权守襄阳的印绶,缒出城去投降元兵了。文焕顿足道:"这便如何是好?"正在急得手足无措之时,那袁氏、媚嫒更是哭得杀猪的一般。

忽又报说元兵架起红衣大炮,要开放了。文焕听罢,也顾不得妻妾,急急跑到外堂,还要搥鼓集众商议,谁料更没有一个人来。左右报说："如今只有金奎将军在北门守御；其余众将官，都不知去向了。"文焕没法，急急上马到北门来，上城观看。只见元军如潮涌一般，都往城上攻打。金奎却转往东门去了。文焕望了一望元军兵势，又想一想妻妾哭泣的情状。沉吟了一会，叫左右将降旗竖起。不多时，只听得元军中几声胡笳响处，那兵士便退了一箭之地。文焕方欲下城，忽见金奎气愤愤的夹着双刀，纵马而至。大叫："谁竖降旗？"文焕道："我要救满城百姓，无可如何，望将军见谅。"金奎狠狠的向文焕望了一眼，拨转马头去了。

文焕回归私第，换了角巾素服，带了图籍典册，大开城门，到元军中去见伯颜、张弘范纳降。伯颜给了一张安民告示，命且回城，大军随后便到。文焕领命回城。

伯颜派了部将乌里丹都、葛离格达二人带领三千兵士，先行入城。二人领命而去。不料刚刚入到瓮城时，忽然金奎领了所部五百兵丁，迎面杀来。二人措手不及，被金奎大杀一阵，杀开一条血路，转过南城，落荒而去。二人不敢入城，回见伯颜，告知如此如此。伯颜大怒，又要挥兵攻城。

忽又报吕文焕求见。伯颜怒叫召入。文焕再三服罪，说："只有金奎一人不愿投降，未曾预先知照，以至如此。"伯颜便仍叫乌里丹都、葛离格达二人带领兵士，押着吕文焕一同进城。二人领命，入得城来。念着方才之恨，纵兵大杀，四面淫掠。文焕禁止不住。杀到后来，连自家的妻妾袁氏、媚媛，也不知掠的哪里去了。文焕此时，哪里还敢作声，只好吞声忍气的两只手将一顶绿头巾向自家头上套住。看官，这便是卖国偷生的下场了，你道可怕不可怕呢！

却说伯颜得了襄阳，一面差人到元主处报捷，一面留下乌里丹都守襄阳。自己同张弘范、董文炳、吕文焕及一部分将官，水陆并下，却取鄂州。

原来鄂州、黄武一带，虽无甚警急，却也常有北兵往来哨探，出没无定。鄂州守将张世杰，时时都作准备，旌旗蔽日，刁斗连宵，无间寒暑，总是如临大敌。这日闻报樊城、襄阳相继沦陷，知道北兵一定水陆兼下，来到鄂州。一面差人去哨探北兵水陆将帅是何等人，一面日日训练士卒，预备迎敌。

一日探子来报说北兵陆路是伯颜自领，水军是张弘范带着众降将杀来。世杰即升坐中军帐，传众将听令。先叫部下水师前锋陈瓒，率领水师三千，乘坐战船，先到上游杨桑湖内埋伏。俟北兵经过湖口后，方杀出来。在他后军杀入，我自有照应。又叫部下陆军先锋李才，率领陆兵五千人，出城五十里扎寨，作为四面都救应。又叫张顺、张贵准备水路迎敌。各人领命而去。然后自己带着儿子张国威，部署陆路一切，都是密密布置。

原来伯颜素来知道张世杰十分能军。当日贾似道奉使到蒙古时，他已经贿了似道，叫不要重用此人。近来又暗暗使人通了似道，嘱他将世杰调开。此番进兵，知道世杰仍守鄂州，却也十分把细，叫部下前锋阿术带了雄兵二万，战将十员，为前队先行。再三叮嘱他沿途小心，不可轻进。阿术领命去了，然后自己率领中军，留下辎重作后队。

却说阿术领着人马，浩浩荡荡，向鄂州进发。一路上逢山开路，遇水成桥。在路不止一日，这日黄昏时分，计离鄂州只有百里之遥。阿术传令依山傍树扎寨，只因此时尚是夏末秋初，暑气犹盛，是以欲借树林取凉。扎寨既定，阿术亲自上马出外哨巡一遍，方才安息。

三更时候，阿术在帐外乘凉，忽见半空中飞起一支流星号火。正在疑讶间，只听得四面八方的连珠号炮乱响，正不知何处兵来，连忙提枪上马，出外迎敌。刚刚出到营门，迎面来了一员大将，原来正是张国威，奉了他父亲世杰之命在此埋伏。当夜杀到元营，遇见阿术，更不答话，举起画戟便刺。阿术连忙招架，杀了几个回合。耳边厢只听得喊声大震，正不知宋兵多少。况且平时常听得伯颜说张世杰是一员智勇双全的上将，更不知他今日出的是什么奇兵，因此无心恋战，舍了张国威，拨转马头，往北而上。国威在后追赶，顺手拈弓搭箭，对准他射去。正中阿术后心，只得带箭而逃。回顾元营，火光四起，愈觉得魂飞胆落。马不停蹄的走至天色大明，看看追兵已远，方始勒住马。招集残兵，来见伯颜。

伯颜正在着恼，忽流星马报到，副元帅率领水帅由蛮河取道汉江，在杨桑湖日遇伏。宋军前后夹攻，被虏去战船五十号。副元帅已退回蛮河，待探过陆兵胜败，再定行止。伯颜大怒，一面催督陆兵前进。一面移檄张弘范，嘱其火速进兵，在鄂州城外会齐。

却说张世杰大获全胜，劳军已毕，使命将虏来众兵，带来问话。凡系中国人，都叫另立一旁。先叫将蒙古人都割一耳纵之使去。可怜虏来一千余众，却没有几个蒙古人，十分之九都是中国人。世杰便对那些中国人开导一番，说道："我们都是中国人民，也就是宋朝臣子。你们的家乡，或者已被元兵所陷，然终久是中国土地，将来总要恢复的。须知蒙古是我们的仇人，何苦甘心事敌！如张弘范、董文炳、吕文焕这班人，虽然是丧尽天良的，然而他还为的是高官厚禄。你们当兵的有什么大好处！却要替他出死力。须知那蒙古鞑子的阴险心肠，招了你们来当兵，与中国打仗。如果他胜了呢，是驱你们中国人来杀中国人。倘他败了呢，我的兵杀你们可也是中国人杀中国人。他成日间叫我们自相残杀，要我们自家人都互相杀尽了，好叫他那些骚鞑子来占据我们的好土地！如今你们愿当兵的，都留在此地；不愿的，都去归农。我绝不相强。"一席话，说得人人感泣，同声说是愿随将军杀敌，以赎前愆。世杰大喜，一一点过花名，留在帐下不提。

且说伯颜、弘范两路兵，虽说直趋鄂州，却只远远扎住，不敢十分逼近。彼此相持两月之久。偶然见仗，却是互有胜败。伯颜正在闷闷不乐，忽细作报说鄂州城中兵士纷纷出城，不知向何处去，伯颜忙叫再探。

不知张世杰的兵果要到何处去，且听下回分解。

第四回

骂贼臣张贵发严辞　送灵柩韩新当说客

原来张世杰叠次奉了诏旨，叫他退援江州。你想他在外领兵，哪里知道这诏旨是贾似道、留梦炎做鬼呢！他只知道是江州危急，所以朝廷要他去救援，然而又没有派人来代守鄂州。想来："朝廷的意见，是连江、鄂两州的责任，都付在我一人身上的了。"当下会集了众文武商量留守鄂州的人。众文武都说朝廷既没派人来代守，这责任仍存将军身上；好在公子随任在此，就该交付与公子代理，别人是断不敢僭越的。世杰恐怕国威年轻，诸事不谙，再三要另举能员代理。怎奈众文武一定不从，又说道："虽然公子年轻，我等竭力辅佐是应当的，至于权领这印绶是万万不敢。"世杰无奈，只得将鄂州印绶交与儿子国威，再三叮嘱小心在意。留下张顺、张贵、李才及一班文官佐国威守鄂州。令陈瓒带领一万水帅从水路进发，自家领二万陆兵由陆路进发，均向江州而去。

伯颜打听得这个消息，连忙飞檄张弘范，叫他拨一支水军去追陈瓒。自家又令葛离格达率领十员副将，由陆路去追张世杰。料来："他赴援心急，一定无心恋战。这番赶去，虽不能一战而定，却也可以掩杀一阵。"葛离格达领命而去，却被李才预伏一军在城外抵死挡住。葛离格达不得前进，只得退回报与伯颜。伯颜便叫请了张弘范来议事，直议至天晚，尚未决计。忽报鄂州城中有一名逃卒来投降，口称顺报军情。伯颜叫唤进来。那逃卒一步一拐的进来见了伯颜，叩过头，口称被张顺责打，因此气愤逃出，便报军情。伯颜问："有何军情？"逃卒道："张顺料得将军这边一定派水兵士追陈瓒，今日特派流星马由江边赶去，约定陈瓒，倘元兵追来，即当返战。他这边来率水师赶去，预备前后夹攻。"伯颜听说，便叫将这逃卒留下。与弘范商议此事。弘范道："事不宜迟，我已定下计了。如今急要回去调度，包管这回杀得宋兵片甲不回也。"说罢，匆匆辞去，先差一匹流星马，也沿江边赶去止住水军，叫且莫追赶。又另外授了一个计策，然后自家指拨各水军，只待探得宋兵起碇，这里也随后赶去。原来张瓒见李才挡往了葛离格达，便到张国威处献计。言元兵既由陆路追赶，则水路一定也是不免的；不如去知照陈瓒，叫他且止住勿行，以待元兵。这边另用水军追去，前后夹攻，可获全胜。国威从之。当下张顺便去分派拨出数十只无用的船，船中满载干柴硝磺引火之物。每十船作一排，用铁索相连，每排之中，却夹着战船一号。吩咐追近敌兵时，即放起火来，将本船铁缆解开，由众火船顺流而下去烧敌兵。自家同张贵率领百号战船，随后接应。调拨既定，专等是夜天将黎明时，悄悄起碇。张顺仍自出外巡哨，恰见一个兵丁犯着军令。张顺便按军法把他责了数十棍，及是夜来查点军士时，却少了一名，知道一定是被责的逃去无疑了。急来见张贵商量说："倘这兵逃去，将我们之计泄漏与敌人，岂不是误了大事！"张贵道："既如此我们不等黎明动身，就此即刻起行，料他纵然知道，也调拨不及。"张顺依言，同去回过了国威，即刻起行。先打发放火船去后，自家方才同张贵督领各战船，浩浩荡荡向下游赶去。赶至次日黄昏时分，望见前面火光大起，烟雾蔽江，知是前船放火，忙叫扬帆鼓桨，迎将过去。走不到十里江面，已见众火船东飘西荡的散满一江，火船那边却是旌旗招展的，不知多少战船，一字儿排着迎上来，这回料是陈瓒回兵，正欲合兵一处，会同追剿；不期两面行近时，忽听得一片胡笳声响，来船却是元兵。张顺大惊，急挥众船上前接战，正在酣战之时，忽报后面元兵赶至。张顺忙叫张贵分兵往后迎敌，吩咐道："不幸吾计不成，反中敌计，第二人唯有以身报国的了；不过多杀一个敌兵，总替中国百姓多除一个祸害，大家努力去干吧。"说罢，仍挥兵迎敌。张贵自去挡住后面。这里张顺明知不能取胜，仍是抵死向前；战至天将黎明，身上中了六箭，着了四枪，支持不住，大叫道："生不能杀敌矣！死当化作厉鬼，去啖尽蒙古人也。"遂投江而死。

兵士飞报与张贵，张贵恼得火星乱迸恨得肝肠寸断；并力向前，要替张顺报仇，忽然一支冷箭迎面飞来，张贵急躲时已射中了肩窝，急急拔下箭头，敌船已近，两舷相擦。敌将一枪搠来，被张贵挟住。那将趁势跳过船来，敌兵也纷纷过船，杀散众兵，将张贵缚住，解到中军船上，来见张弘范。看官，须知这番这一支宋朝水军，要算是全军覆没的了。

当下张贵来到中军船上，只见张弘范头戴胡冠，身披胡服，得意洋洋的居中坐着。董文炳、吕文焕分坐左右，还有许多中国人都侍立两旁，不用说，这班都是降将了。弘范见了张贵，便叫他投降。张贵直挺挺的立着，一言不发。弘范以为他有心要降了，便道："久闻将军勇略过人，倘能弃暗投明，取斗大黄金印，犹如反掌。人生图的不过是功名富贵，我劝将军切休执迷不悟，倘能为大元朝做个开国元勋，将来紫光阁上，恐怕少不了将军的图像呢。"张贵也不言语，两只眼睛瞪着弘范，半响发话道："我好不明白。"弘范道："我这是披肝沥胆的好话，你如何不明白？"张贵顿足道："我好恨。"弘范道："你又恨什么？"张贵道："我不明白中国很干净的土地，种出很干净的米麦，如何养成你们这一班龌龊无耻全没心肝的小人。我只恨我姓张的人，从来是堂堂正正忠义相传的，如何忽然生出你这个东西，将来倘使有人要著'姓氏薄''尚友录'等书,把你这东西的姓名也收了进去,岂不辱没了我姓张的么?"弘范大怒,方欲说话,张贵又抢着说道:"老实对你说吧,你要叫我投降,须知我张贵自祖宗以来,便是中国人;我自有生以来,食的是中国之米,踏的是中国之土,心目中何会有个什么'鞑靼'来!不像你是个忘根背本的禽兽,只图着眼前的富贵,甘心做异种异族的奴隶,你去做奴隶倒也罢了,如何还要带着他的兵来,侵占中国的土地,杀戮中国的人民!我不懂中国人与你有何仇何怨,鞑子与你有何恩何德,你便丧心病狂,至此地步!难道你把中国人民杀尽了,把中国土地占完了,将一个堂堂大中国,改做了'鞑靼国',你张弘范有什么光荣么?看你这不伦不类的,你祖宗付给你的肢体,没有一毛不是中国种,你却穿戴了一身的胡冠胡服。你死了之后,不讲见别人,你还有面目见你自家的祖宗么!这话不是我骂你,我只代中国的天地神圣祖宗骂你,还代你自家的祖宗骂你。"

一席话,骂得张弘范闭口无言,手脚冰冷,面目改色,几乎气死。两旁立的降将,本来都是中国人,听了这一席话,起先也是汗流浃背的,到了后来,老羞成怒,由不得张弘范做主,也不等号令,一个个拔出腰刀来,把张贵乱刀砍死。他那点忠魂,只怕去会张顺去了。

当下弘范气过一阵,叫抬去张贵尸首,便要追赶陈瓒。董文炳献计道:"如今纵追着前兵,胜了一仗,顶多不过覆没了他一军,莫若回兵,用计去袭了鄂州,方为上着。"弘范依言,一面用轻舟逆流而上,追捉宋朝败兵,不许放一名回鄂州去;一面将夺得宋兵的旗帜衣甲,叫自家兵士扮了宋兵,转过船舱,向鄂州而来;因是逆流,故行了三日方才到得。

这日早晨,离鄂州只有五十里,弘范便叫泊住,等到黄昏时分,方才起碇,赶到鄂州,已是深夜,叫军士打着灯球火把,去叫城门,只说是张顺、张贵两将军得胜而回。城上守兵不知就里,望见是自家兵马，即开了城门。元兵一拥而入。

　　李才正在各处巡哨。闻警急来迎敌，怎奈元兵来的势大，城中虽说戒严，却只在城上安置守具，并未曾准备巷战。李才左冲右突，终归无用，眼见得大势已去，又念着纵然杀得出去，有何面目去见世杰，遂拔剑自刎而亡。

　　却说张国威在州衙内忽听得外面人声鼎沸，情知有变，急忙披挂，待要上马，忽然来了一队元兵，将州衙围往。一员敌将策马闯入中门，弃枪下马，对国威拱手道："贤弟，别来无恙。"国威倒觉得愕然，定睛看时，不是别人，正是表兄韩新。原来韩新是世杰的外甥，所以同国威是表兄弟。从小在世杰处学了一身武艺，后来只为干戈撩乱，久不相闻，这韩新存了一点贪生怕死之心，忽然又生了一个图取功名富贵之心，所以投到蒙古军中，派在张弘范帐下差遣，是夜赚开城门，领兵入城，也有他一份的功劳。当下国威问道："贤兄不是投了蒙古么？"韩新道："正是，如今我受了定远大将军之职。"国威道："然则来此何事？"韩新道："来保护贤弟。"国威道："如此说，贤兄是要投诚反正了。果然如此，就烦贤兄助我一臂之力，出去杀敌。"韩新道："如今满城都是元兵，如何去杀！"国威道："难道不杀他，在此坐以待毙么？"韩新道："我正是恐怕贤弟见城池已破，萌了那迂腐的见识，所以特地来劝你。"国威怒道："如此说，你不是投诚反正，却来劝我降敌了！我念一点亲情不杀你，你快走，不要误我的事。"说着要去取他那方天画戟。韩新一把拉住道："贤弟何苦如此！岂不闻'识时务者为俊杰'！如今任你出去，难道你还杀得出城么？俗语说的蝼蚁尚且贪生呢！"国威大怒，伸手向着韩新面上就是一拳。韩新也大怒道："我好意相劝，何得无礼！"国威厉声道："你背了你的祖宗了，负了我的姑母，反颜事敌，这便无礼。"韩新又低首下心的说道："我念着一点亲情，特来相请，贤弟何苦执迷不悟！"国威大怒啐道："无耻的囚徒，谁与你有亲情呢？莫说你我是异性的表兄弟，就是我同胞的亲兄弟，你反颜事了敌国也要义断恩绝，以仇敌相待的了。"韩新只是苦苦拦住，要劝他投降。国威正色道："你倘要在鞑子跟前，立功献媚，我将这颗脑袋，送给你去请功，倒可以办得到；他事，你不必向我缠绕，你去吧。"用手指着门外道："你看你的伙伴又来也。"韩新回头看时，国威顺手拿着权守鄂州的一颗铜印，照头摔去。韩新眼快，连忙躲时，肩上已着了一下，不觉大怒，拔出腰刀杀来，国威也拔宝剑相迎，二人就大堂上战斗起来。外面元兵看见主将动手，也一拥入内，长枪短剑乱杀。可怜可敬一个少年英勇的张国威，念了大义，灭了亲情，死于乱兵之下。

却说元兵当夜破了鄂州，足足的杀掠到次日晡时，方才稍定。先后生擒的兵士不下千余人，张弘范便传令叫他们投降，他们却一个都不肯降。弘范正待发落时，忽报伯颜入城劳军。弘范迎入，伯颜先向弘范贺喜，然后向众将士一一抚问。说起生擒众兵没有一个肯降的话，伯颜道："我不信有此事，拣不肯降的杀了几个，其余自然降了。"说罢，同弘范到校场，叫将虏来众兵，先捆在东面，叫一名过来问他肯降不肯，说不肯就拉到西面杀了。再叫一个来问，说不降，又拉去杀了。一连杀了数十名，还是没有肯降的。伯颜也觉得奇异，于是又叫过几个来问道："你们如果降了，兵饷比中国加上两倍，你们愿降么？"几个同声说道："就加到十倍廿倍也不降。我们张将军说的，为国捐躯死了尸首是香的，魂灵是有光彩的；投了鞑子非但惹得一身靴子骚，祖宗在地下还要哭呢。"伯颜大怒，忙叫杀了，又问那些，却是自始至终，没有一个降的。伯颜不胜叹息。猛然想起前日那一名投降的逃兵，便叫人去传了来。伯颜道："你看见杀了的那些人么？他们是受了你们张将军的教训，都是至死不肯投降的；单是你这厮受了几下军棍，便逃出来投降，可见就是你一个人不受教训，我这里容你不下。"喝令斩了，拿他当牺牲去祭那一千余众。阿术此时箭伤已愈，随行在旁，即上前谏道："不可！杀他一人，本不足惜，但以后那些中国人，以为投降了还要被杀，也有害怕的不敢降了，也有激怒的不肯降了。岂不沮了敌人归化之心么？"伯颜笑道："将军知其一，不知其二。事到今日，中国全土已在囊中。他来降固不多，他不降也不少。你说怕激怒他不肯来降，你须知中国人是激他不会怒的，倘使激得怒时，我们今日未必能到此地了！我杀他正是要激励我自己兵士呢！"说罢，仍喝令斩了。又叫张弘范去主祭。弘范不敢有违，只得领命，祭过了方才摆宴庆功。看官，那不肯投降的一千余众，不必说也是可敬的了。这个逃卒，却也是死有余辜。伯颜虽是个鞑子，他处分这件事，也要算他出色的了。只有这张弘范，奉了伯颜之命，去祭这班忠义之国士；当时他不想想自己是何等样人，他还不羞惭而死！张贵骂他全没心肝，想来不是冤枉他的了。

闲话少提。且说伯颜劳军已毕，休兵三日，便拟进兵。董文炳献计道："今鄂州已下，根据之地已定，不必苦苦去迫张世杰。今宜调集各路兵马，一面取郢州，一面取黄州，距此最近。张世杰已去，守兵不多，一鼓可定。一面分兵士攻饶州及抚州，以分张世杰江州之势，一面攻取他州做个驻兵之地，以便前后顾盼。再加一路去攻常州，常州攻得下时，就不难径趋临安了。"伯颜大喜，只是眼前兵将不敷调遣，乃行文各处征调去了。

忽报元主有诏至，伯颜迎入开读，乃系嘱其如军务不顺手，不妨暂时休兵回朝，朝中也等他商议事件云云。伯颜行罢，即与张弘范商量。弘范道："劳师动众，已经到得此地，眼看得宋朝兵力，日见穷蹙；倘一时休兵，被他养成锐气，那时又费手脚了。古人说的：'将在外，君命有所不受。'将军欲成大功，还是暂不休兵的好呢。"伯颜听见说得有理，就叫董文炳将此意拟定了表章，专差一员武弁赍奏去了。一面仍商量进兵之策，伯颜的主意，总是要先除了张世杰。韩新道："末将与世杰有甥舅之谊，愿凭三寸不烂之舌，去劝他来投降。"伯颜道："谈何容易！你看他训练出来的兵尚且不降，况他自己？"韩新道："仗着这点亲谊，姑且去一行。他纵不来降，也可以借此探听他军中虚实。"伯颜道："能得此公来降，自是好事，但不知如何去法？"韩新道："世杰之子国威，是前日破鄂州时阵亡的，末将已经代他备棺成殓了，如今只借送国威灵柩给他为题便好。"伯颜应允。韩新便去收拾，因为带了灵柩，陆行不便，备了船只，由水路而去。一路晓行夜泊，不止一日，到了江州。

其时江州已被元兵围了，不免先入元营，告知来意。此处元营领兵大将，名唤爱呼马，闻得伯颜差来之人，连忙迎入，知是要说张世杰投降的。因说道："张世杰到了此处，先将兵马扎在柴桑山。后来闻得鄂州失守，柴桑山上有一支兵来，并力杀开我兵，入江州城去。不两日又有一支兵，从城里杀出来，到柴桑山上去。如今城里打着张世杰旗号，柴桑山也打着张世杰旗号，不知他究竟在哪里呢？"韩新低头想了一想道："江州的守将是哪个呢？"爱呼马道："此处守将是吕师夔。"韩新听了喜道："是他吗！我不管张世杰在哪里，明日只先进城去，说得他降了。那时世杰肯降便好，如不肯降，就便设法结果了他。岂不是好！"打定主意，就在爱呼马营中歇下。爱呼马不免置酒相待，一宿无话。次日韩新起来，换了一套素服，软装打扮，也不带从人，骑了一匹马，来至江州城下叫门。守门兵士，问了姓名，方才下城通报。不一会只见吕师夔来至城楼相见。

不知相见后有何话说，且听下回分解。

第五回

叛中国吕师夔降元　闻警报宋度宗晏驾

话说韩新与吕师夔本来是旧相识，当下见师夔亲上城楼，遂纵马行近两步拱手招呼，求开城门。师夔便叫人开门，请上城楼相见。师夔道："与公久违，忽然见访，必有所见教。"韩新道："渴念故人，故特在主帅前求一差使到此，顺便奉访，还有一分薄礼奉送。"师夔道："厚赠决不敢领，但求示知是何物件。"韩新道："此处说话不便，可有僻静地方？"师夔道："便到敝衙如何？"韩新道："甚好，甚好。"于是两人把臂下城上马并辔而行，来到州衙前下马入内。

师夔料韩新有机密事相告，便一直让到内书房方才分宾坐下献茶，屏退左右。原来吕师夔是一个极贪得无厌之人，方才听得韩新要送他礼物，所以屏退从人之后即先问道："近来一路行军，想必大有所获，才悦厚赐之物，究是什么？还乞示知，以解疑惑。"韩新道："别无他物，不过慷他人之慨，送上金印两颗。"师夔听了，不解所谓。正低头寻思，韩新挨近一步，低声说道："到如今内地盗贼横行，外面元兵强盛，宋室江山，十去八九，眼见得不久就要灭亡。前日董文炳又定了计策，分兵攻打沿江各路，直捣常州。你想常州一破，临安还可保么？古语说得好，'识时务者为俊杰'。今为公计，何不弃暗投明？况且元朝新得天下，处处要用人，像我这样不才还被录用。公如投了过去，怕不封侯拜相么！"师夔听了这后，正在沉吟之际。韩新又道："不瞒公说，我们现在已经通到宋室朝内的了，第一个是贾似道，他是答应着兵到临安时，里应外合的；其余什么留梦炎咧，巫忠咧，都是他做包头，一总包下的。你想朝中第一个首相已经如此，你苦守这孤城做什么呢？倘学了那迂人的见识，说什么'尽忠报国'，那是我最不信服的。人生数十年，何苦有功名富贵不去图取，却来受这等结局呢！"师夔恍然大悟道："怪不得我屡次告急，总不见有一兵半卒前来救援。及至末后，却又将最要紧的鄂州之兵调来，大约就是弄这个手脚了。"韩新道："可不是吗！自从家母舅离了鄂州，不到几日，就打破了。我这回来，非但要劝你，还要劝家母舅呢。"师夔道："此公恐怕不容易劝得动。"韩新道："他的儿子在鄂州战死，我今送他的灵柩来，好歹要领我的情；只是我奉劝的话，你到底以为何如？"师夔道："见机而作，自然是智者的行为。有何不从！我就即刻叫人去竖了降旗就是了。"

韩新道："这且不忙，还有话商量呢。我打听得家母舅不在城内，我想设法将他请来，我们当面说他，叫他投降。他肯便肯，不肯时就城中先结果了他。你也好带他的首级，到伯颜那边做个见礼呀。"师夔道："好便好，只是刻下元兵围得铁桶似的，如何去请他？就算用细作混得出去，他进来时未免要厮杀一番，并且几次他的进出，都是他自己做主，我并未请过他来。"韩新想了一想道："这个容易，待我出城去叫爱呼马假作退兵之状，将兵士退出数里，他自然会入城来同你商量如何追逐？他倘是带多少兵来呢，我那里自然容易探得。倘是单人匹马来呢，请你悄悄地通个信儿，我再来见他。"师夔道："此计大妙，便可依计而行。"当下韩新告辞出城，见了爱呼马，告知如此如此。爱呼马即传令兵士略退三里扎寨。

过了一日，韩新正在盼望，恰好师夔差了人来，报知张世杰已经单人匹马进城,请将军速去。韩新闻报,即又去换上一套素衣,来至城下叫门,单请世杰相见。世杰正在城楼同师夔指挥兵士,修补城垛,见是韩新,便叫开门放入。韩新上得城时,先拜见了母舅,然后与师夔厮见。韩新泣对世杰道:"表弟在鄂州镇守,城破时,甥即到州衙,意欲相救,不期表弟已经战死。甥只得备棺盛殓,知母舅在此,特地扶送前来,以便母舅差人送回范阳安葬。事已如此,敢劝母舅不必伤心。"说罢,暗窥世杰颜色。世杰坦然道:"守土不力,死有余辜。我有何伤心!只是他能为宋室死义,送回宋室土地安葬也好,可不必一定送到范阳去。"韩新道:"现在灵柩尚在江边船上,求母舅择一地方,先行安置。"世杰道:"既如此,就请贤甥写一字帖儿,我叫人取去。"韩新写毕送上。世杰便叫随来的一名牙将,拿了字帖,到船上去取灵柩。交代道:"取到岸上,只拣一块干净地埋葬了就是。"那牙将倾命而去。韩新道:"这是表弟永远安葬之事,似乎不可太潦草。"世杰道:"如今天下纷纷,国家之事尚料理不来,何暇再问这等事。依我之见,贤甥这番送他来也是多事呢!"

说话之间,师夔便叫人置酒款待韩新。世杰道:"如今军务倥偬,何暇宴饮。"师夔道:"不然。韩将军是远客,岂可简慢!贤甥舅且在此聚聚谈谈,我先回敝衙预备去。"说罢,辞了下城,上马回到衙内,传了二十名刀斧手,暗藏军器,伏在两边厢。只待说世杰降元,他肯便吉,不肯时掷杯为号,即出来结果了他。一一安置停当,然后叫人去请,不多时世杰、韩新一同乘马而来。

师英便命置酒,酒过数巡,韩新对世杰叹道:"当夜元兵袭破鄂州时,愚甥苦苦劝表弟降了元朝,倘使他听了愚甥之言。何至如此!"世杰道:"贤甥方才说是赴救不及,如何又说曾劝他降元呢?"韩新道:"何尝是赴援不及!愚甥到得州衙时,表弟方提了画戟要上马,是愚甥拦住,苦苦劝他,怎奈他百般不从。后来又举起州印打来,愚甥虽念着亲情,不去怪他,甥手下带来的人,却耐不住,一拥上前,刀剑并下。那时叫恩甥要狄护也救护不来,所以亲送他遗骸到此,向母舅请罪。"世杰道:"如此方不愧为吾子也。莫说是手下人杀的,就是贤甥杀的,也是各尽其职,说什么请罪呢。"

韩新道:"不如此说。岂不闻'良禽择木而栖,贤臣择主而事'!以时势而论,宋室土地,十去八九,眼见得不久就要沧亡。豪杰之士,望风归附,母舅倘能见机而作,不失封侯之位。尚望三思。"世杰微笑道:"贤甥此话,只好向热心富贵的人说去,我的热心,向来未用到富贵上。是以听了一席高论,我还是执迷不悟呢!"韩新道:"如今人心涣散,万事皆不可收拾,母舅还想以一个人一双手恢复中原吗?"世杰道:"倘中国尚有一寸土地,我尚有立足之处,不能没有这个希望。果然中国寸土皆亡,我亦当与中国同亡,我的热心,就在此处。"

韩新尚欲有言,忽听得丁当一声,酒盏坠地,两边厢突出二十名刀斧手,一拥上前,为首两名彪形大汉,手执剑刀,向韩新砍去。韩新措手不迭,推翻酒筵。二人略退后一步,韩新方才拔出佩剑。二人又奔师夔,左右急上前挡往,世杰拔剑在手,大叫反了,来奔二人。二人忙道:"张将军息怒,请善自防护;待俺二人杀了卖国贼,再告一切。"说罢又奔韩新。师夔见势头不妙,急走入内室,大叫:"韩将军随我来。"韩新方惊得手足无措,听得招呼,急走入内,将中门紧闭,由后门绕出,走上城头,把降旗竖起,大开四门,招接元兵去了。

这里张世杰仗剑在手,听了二人之言,正在摸不着头绪,还是要挡住二人。又见师夔、韩新先后入内,正不知是何变故,亦欲相随进去,却被两个大汉拉住道:"去不得,去不得。他二人正要杀将军呢。"世杰愈加疑惑。那两个大汉只得诉说一番。一个说道:"在下姓宗名仁,这一个是兄弟宗义,都在此当刀斧手头目。吕师夔那厮,今日传我们来,说要是将军降元,肯便肯;不肯时掷杯为号,便叫出来结果将军，要取将军首级，去见伯颜作为贽礼。我弟兄二人，略明大义，所以约定手下，到时不许动手。我兄弟便欲先杀了那两厮。此时要告诉将军，也来不及，待我们打入去，索性结果了他，再与将军保守城池。"说罢，撞开中门，杀将进去。此时张世杰如梦方醒，也随着二人杀入内室，搜寻师夔、韩新，却只不见，宗仁、宗义手执大刀，逢人便杀，将他一家老幼，全行杀死。却只不见吕、韩二人，想是由后门逃走，躲向民房去了。

正欲出外追寻，忽听得街上人声鼎沸，急出问时，只见众百姓扶老携幼，哭哭啼啼的往来乱走，口中嚷道："元兵杀进城来了。"世杰大惊，急急提枪上马。宗氏兄弟也寻了马匹，跟着世杰杀出城去。此时城中的元兵，已是峰屯蚁聚。你想张世杰等只得三人，又是巷战，任是何等英雄，如何杀得出城呢？此中却有一个缘故，假如是攻破城池的敌兵，他攻了进城，自然提防还要厮杀，而且总以杀人为主。如今这是竖了降旗请他进城的，自然以为城中之人，个个都愿投降的了，如何还有准备。所以入得城时，便四散的都向百姓人家淫掠去了；不提防突然间有人杀来，自是措手不及，所以被三人杀开一条血路，奔离了城门。

城外元兵虽多，却被张世杰一马在前，宗仁、宗义在后，如生龙活虎一般，杀入阵去，荡开一路，杀奔柴桑山而来，本营将士，接应入去。世杰道："不是贤昆仲相救，几丧贼手。"宗义道："非但如此，我兄弟早商量定了。如果韩新那厮说得将军肯降时，我兄弟要突然出来连将军也……"说到此处，宗仁连忙喝住。世杰道："我如果背主投元，自然应该连我也杀了，如此方是大义，又何必讳呢！如今有屈二位，就在左右，早晚好商量军事。"二宗诺诺连声道："愿附骥尾。"世杰大喜，宗仁道："今江州已失，此处不能久驻，须防元兵来攻，我们还要商量一个退步。"宗义道："我们不如反把江州围了，这叫做先下手为强。"宗仁道："你这又是糊涂，倘上游元兵再来，在外围住，便怎么样呢？"

正议论间，陈瓒使人来报说："探得张弘范率领水师沿江而下。我兵过少，恐不能敌，请令进止。"世杰想了想道："今元兵既得江州，张弘范到此，必会师一次，我等终要定个退步方好。"想定，即移檄陈瓒，叫他且退入鄱阳湖。自己率领陆兵，退到建昌扎住。一面差人赍表到临安告急。

使者奉命星夜起行，谁知沿路多有元兵不能速进。又兼在路上病倒了，足足病了五个多月，才能起身，好容易赶到临安，入得城时，只见满城百姓挂孝，心中吃了一惊。正在疑惑观望之间，忽听得一声斥喝，连忙站过一边。

只见前面来了一对龙凤日月旗，随后跟着许多銮驾提炉，旌旄斧钺，清音细乐之类。说不尽那种严肃气象。过了许多方见众官素服步行执绋，后面来了一个棺材，却罩着杏黄缎绣金龙的棺罩。棺后是黄缎魂轿，用九曲黄罗伞在前引导。使者看得呆了，以为不是太后便是皇帝崩了，然而一路上何以不听见说呢？看官，你道果真是谢太后或是度宗皇帝没了么？非也。原来是贾似道的母亲死了，此时似道威权日重，朝廷还当他是个好人，倚他如左右手，那天他奏报了丁忧，朝廷恐怕他丁忧守制去了，没人办事，又怕别人办事，及他不来，意欲要他戴孝视事，又怕他不允，所以度宗想出这个空前绝后的特恩，赐他以天子卤簿葬母，饬令满城挂孝。这一段话，不是我诌出来的。倘或不信，请翻开宋史看看，这件事载得明明白白，可见不是我做书人撒谎呀！当下使者打听了方才知道，想着："贾丞相丁忧，如今枢密院不知又是哪个呢！不管他，我只投我的文便了。"想罢，到枢密院投递，顺便打探打探，方知权理的是陈宜中。

这天陈宜中也去送殡，到了次日到院，方才知道，想道："近来各路告急表章，好似雪片一般；皇上又成年不出来视朝，这事究竟如何处置，也得早些商量。我偶然同留梦炎说起，他只说已经办妥了，却又不见有甚动静。"

正在纳闷之间，也是事有凑巧，外面报说："皇上在上书房。"原来度宗自从那回病后，虽说医好了，却总未甚复元。况且他又是个荒淫酒色的人，终日在宫中饮宴，外边的事，虽已略知一二，然一经想起来，便觉心中焦躁，倒不如纵情酒色，转可以解闷消愁。因此自从病愈，即不视朝，一切朝政大事，都由贾似道去办。这日不知如何，忽然高兴，要到上书房去看两页书。

陈宜中得了这个信，连忙袖了表章，去请朝见。度宗叫宣召入来问："有何事？"宜中奏道："张世杰有告急表章在此，谨以奏闻。"度宗道："贾似道在值时，有了军务，他总会调度，并未烦过朕心。"宜中闻言，不敢作声。度宗又想了半晌道："朕记得张世杰在鄂州曾有捷报到此，何以忽然又告急起来。"宜中道："鄂州已经失守，襄阳、樊城皆已陷了。张世杰退援江州。吕师夔反了，投了胡元，张世杰退守建昌，故此上表告急。"几句话吓得宗呆了半晌，方问道："如今外面军情，到底怎么样了？"宜中奏道："昨日闻报常州危急。"度宗闻言，只急得汗流浃背，叹口气道："卿且退去，明日再降旨吧。"宜中只得退出。

度宗起身，坐了逍遥辇回宫，到俞修容处去。修容抱着小皇子昺迎入。看见度宗颜色有异，奏问道："陛下尤颜，与往日不同，不知有甚心事？"度宗叹口气，指着小皇子道："这小孩子将来不知死在哪里呢？"修容惊道："陛下何出此言？"度宗半晌没有话说，忽地哇的一声，吐出一口血来。修容大惊，连忙上前扶到房内床上，服侍睡下；一面差人到各宫去报。

不一会全皇后带着小皇子显到了。此时小皇子显已经封了嘉国公，因他虽是嫡出，年纪尚幼，故未策立做太子。当下全皇后先上前请安问病，度宗只是不语。全皇后只得出来问俞修容。修容道："妾亦不知底细，亦不知驾从哪里来，只入到宫时，面色已是不好，指着舄儿说什么不知这孩子要死在哪里。"全皇后即刻传了随从度宗的近侍来问话道:"皇上方才从哪里来?"

近侍奏道:"从上书房来。"全皇后又问:"上书房召见哪个来?"近侍奏道:"陈宜中请朝召见的。"皇后道:"问过甚话来?"近侍把宜中的奏对说了。全皇后也觉吃惊;然而此时是病人要紧,急叫人去传太医。

忽报太后到了。全皇后、俞修容连忙出迎。只见谢太后喘吁吁的,扶着拐杖进来。杨淑妃扶着小皇子显,跟在后面。谢太后口中说道:"前回那个病,还没有复元,怎么又吐起血来了?你们又是哪一个激恼了他?"全皇后、俞修容不敢则声,跟着进来。谢太后伏在床前道:"官家,你怎样了?"度宗道:"孩儿没有甚病,太后不必忧心,略歇一会就会好了。"谢太后出来问起端的,全皇后把上项事由说了一遍。谢太后也是紧锁双眉。

歇了一会,医官来了。请过脉,说是急怒攻心所致。今把恶血吐出,转易用药。出去拟了药方进来,谢太后叫取药来,看着煎服了。不一会度宗睡去。谢太后方才交代俞修容等好生服侍,上辇回宫。全皇后却就在修容宫内用了夜膳,看度宗醒过两回,没甚动静,方始带着嘉国公回去。临行又叫杨淑妃不必回宫,在此帮着服侍。杨淑妃唯唯答应。

是夜杨、俞二人不敢睡觉,静悄悄的坐在外间,守到天明。谢太后早打发人来问过。全皇后又到了。传了医官进来诊过,说脉息平了好些,又拟了药方服药。度宗就床上坐起,全皇后坐在床前,度宗又把昨日的事说了一遍。全皇后道:"陛下且请放心,保重龙体要紧。"度宗道:"贾似道总说外面军务没甚要紧,朕想明日叫他自己领兵出去御敌,看他自己用兵,如何奏报。"说罢,叫近侍取过笔砚。近侍就端了一张矮脚几,放在床上,放好笔墨。度宗写了一道旨意,给全皇后看。全皇后接过看时,只见上面写着一行字道:

"贾似道着开府临安，都督诸路军马，出驻沿江一带，相机御敌，即日出京，毋稍迟缓。"全皇后尚未看完，度宗忽地又哇的一声，吐出一口血。全皇后、杨淑妃等吃了大惊，急忙上前扶住。近侍撤去了矮脚几，方欲扶度宗睡下，只见他接连又吐了三四口。急得全皇后一面叫人传医官来，一面叫人奏报谢太后。谢太后因年纪大了，又担了心事，昨夜一夜未曾睡着。此时恰待要歇歇，闻得此报，只吓得魂不附体。即刻叫备辇，宫女奉过拐杖，又一个宫女搀扶着上了辇，一直向俞修容宫里来。恰才到得门前，只听得里面一片哭声，谢太后这一吓非同小可。

不知后事如何，且听下回分解。

第六回

死溷厕权奸遗臭　请投降皇帝称臣

　　却说谢太后到得俞修容宫门时，已听得里面一片哭声，吓得连忙下辇，连走带跌的奔了进去，此时大众心也慌了，礼法也乱了，皇后、淑妃等也来不及迎接了。谢太后走近御榻前，只见度宗面色改变，喉中一寸气不绝如丝。全皇后、杨淑妃忙着灌参汤。俞修容站在旁边啼哭。谢太后走近一步叫道："官家，你这是做甚么呀？"说着声也嘶了。度宗听见谢太后声音，微微开眼说道："太后请便，孩儿没事。"谢太后见这般光景，忙叫去传百官，不一会，文武诸官部齐集宫门请安。贾似道虽是丁忧，他却是早有诏旨夺情起复的，当下也到宫门候旨。不多时，只见内监传出谢太后懿旨，叫商议后事。又一个内监传宣工部官员，叫预备吉祥板。诸官知道大事不妙了，各各循职去议事。

　　又歇了一会，忽听得谢太后有旨，召贾似道、陈宜中、留梦炎进内。三个闻旨，即刻进宫朝见。只见谢太后哭得泪人儿一般，说道："皇帝龙御上宾了！卿等务当同心协力，扶佐幼主。"陈宜中道："一向未曾册立东宫；不知此番遗诏，立哪一位皇子？"谢太后哭道："为的是没有遗诏，才召卿等商量呀。"陈宜中奏道："我朝家法，应与立长。当日杜太后临终交代太祖皇帝说：'国有长君，社稷之福也。'自当立长君为是。"贾似道道："立长君之说，虽是家法如此；然亦要所立之长君，确是年长能办大事的方是本意。如今三位皇子，年纪都差不多，皇长子却是杨淑妃所出。皇后所出之皇子，只小得三岁，以目前大局而论，自当立嫡为是。"谢太后道："贾卿之言甚是。"留梦炎道："国不可一日元首，就宜请皇子即皇帝位。"谢太后答应道："卿等且到外面伺候。"三人遵旨退出。

谢太后即传内侍排了法驾，怀抱着年方四岁的嘉国公㬎，上了逍遥辇，到金銮殿上来，行即位大礼。百官山呼舞蹈已毕，礼臣拟定了诏旨："谥度宗皇帝为大行皇帝，尊谢太后为太皇太后，尊全皇后为皇太后，改明年为德祐元年。"谢太后又传旨："封陈宜中为左丞相，留梦炎为右丞相。封皇弟显为吉王，昺为卫王。"又拿出度宗临终所写的诏旨，交给贾似道，叫他襄办大事之后，即遵遗旨，择日出师，其余文武百官俱加一级。贾似道只得谢恩。大礼已毕，方欲退朝，内侍奏报俞修容服毒殉节了。谢太后又是伤心，只得回宫料理。一众百官礼成之后，便请哭临。哭临过了，方才出来颁发哀诏。从此足足忙了十多天，方得略略停当。

贾似道恨着度宗临终时还要亲手写了诏旨，叫我出兵，这明明是不甘心我在家享几天福，我这番出去，好歹带了元兵进来，做个一不做二不休。看你剩下的孤儿寡妇，其奈我何！想定了主意，就择日出师，自家先到校场点兵三日，派定了孙虎臣做副将，夏贵做先锋，自家统了中军。临行再三叮嘱留梦炎，好生在意，留心将来问事新朝，然后辞朝，又别了诸官，统领着十三万大兵，离了临安，向芜湖一路而去。

等大兵到得芜湖时，探马报说沿江上下全是元兵，江阴已经失守，常州已经被屠，常州城内鸡犬不留，知常州府事家铉翁不知去向。芜湖一地，前后都是敌兵。这种消息，倘是别人听了，自然少不得要大惊失色的，谁知道这位贾似道却全不在意，他自以为与伯颜是通的，任他多少元兵，都是与我自家兵一样。安营已定，即问左右："此时有甚么时鲜物件"左右道："此时柑子最好。"似道便叫兵丁到百姓人家去劫掠了二三百担柑子，打听得伯颜尚在鄂州，即修了一封书，差人将柑子去送与伯颜，更约定彼此不交兵，只等元兵来时，自家便退让。交代已毕，自家即舍陆登舟，在船中居住。

原来贾似道出兵时，另用了十多号大船，装了一众姬妾及细软金珠等物，由水路随行，此时乐得在船上与众姬妾作乐。等了多日，只见那送柑子的使者回来报说："伯颜得书大怒。说相爷屡次延约，不将张世杰调开，致使他兵到鄂州时，失了好些人马；如今还要通情，是万万不能的。还有一句不好听的话，在下不敢说。"似道听了一席话，已是呆了，今又听到此言，因问道："他说甚么？你只管直说不妨。"使者道："他说传话相爷，叫相爷洗颈就戮呢！"似道听了，怒又怒不得，骂又骂不出，只气得目瞪口呆，良久叱退了使者。又想了许久，总是没法挽回，忽然想着："吕师夔，他是新近降元，在伯颜跟前，想必可以说话，何不托他呢"想定了主意，又修一封书，备了好些金珠礼物，差一名心腹家人，赍往江州去投递。

这里眼巴巴的望着回信，忽报说安庆守将范文虎投降元朝，在伯颜前自告奋勇，愿当前敌。伯颜大喜，封了他做两浙大都督。文虎领了大兵，水陆并下，不日便到。贾似道大惊失色，还仗着自家与范文虎素日相识，便想写信去通个情好，正在修书之际，忽又报说伯颜移檄各处，招人投降，来者不拒，内中单指明："如贾似道投降，不得允许！"似道这番大失所望，只得登陆到营中与孙虎臣、夏贵去商量迎敌。

次日范文虎亲领大兵到来。贾似道只得硬着头皮，同孙虎臣、夏贵领兵出营，列阵以待。似道的意思还想在阵前与范文虎打话，希冀还有个商量。怎当得元兵势大，犹如狂风骤雨一般，卷地而来。宋兵哪里还立得住阵脚，未曾交绥，先自望风披靡，任凭孙虎臣与夏贵两个百般镇压，只是镇压不住。

贾似道杂在乱军之中，弃了衣甲，逃至江边，仍上船去，忙叫："开船，开船。"舟子不敢怠慢，忙忙的解缆启碇，请命："到哪里去？"贾似道惊魂方定，想一想道："我闻得扬州风月最好，到扬州去吧。"舟子领命，乘着顺风，向扬州而去。

这里孙虎臣败下阵来，只得退了入城，设法守御，却不见了元帅。叫人到江边船上去寻时，却连船也不见了。孙、夏二人，叫人四面找寻，哪里有个影儿。寻了三四天，总寻不着，只得写表申奏朝廷去了。

谁知贾似道顺着江流，又遇着顺风，不到几天，便到了扬州。他料到芜湖已经失守了，却写了一本奏称孙虎臣卖阵，以致失了芜湖；如今大兵退至扬州，请添兵救应。

两家本章，不先不后，同日到了临安。此时德祐皇帝尚在怀抱，故太皇太后谢氏，垂帘听政，天天召见百官，不似度宗的时候，动不动一年半年都不坐一次朝堂。陈宜中又不似贾似道专事蒙蔽，留梦炎虽受了似道的嘱托，却又由不得他一人专权。这天两家本章到了，陈宜中一并呈上，太皇太后看罢，不觉慈颜大怒，说道："孙虎臣、夏贵还在芜湖，贾似道何以退到扬州？据孙虎臣的本说，败了一阵，便失了似道，可见得他是望风先逃的了。先皇帝在时，他就将军务一律蒙蔽；故先皇帝临终时，有意叫他出去领兵，要看他如何奏报。他今竟然如此，卿等重重的议他一个处分来。"陈宜中领旨。太皇太后又看下一个本章，却是御史大夫翁合奏参贾似道的，大约说是："似道以妒贤无比之林甫，辄自托于伊、周，以不学无术之霍光，敢效尤干燥、莽。其揽权罔上，卖国召兵，专利虐民，滔天之罪，人人能言。乞远投荒昧，以御魑魅"云云。太皇太后看署，连这个本章一并交与陈宜中，又议了一会军事，方才散朝。

到得次日，百官都纷纷的上本要参似道，内中有一大半是要杀他的，也有几本牵连着别人的。好个望风驶船的留梦炎，恐怕台谏各官，牵连着自己，他却也拜了一本，说："贾似道卖国求荣，请速正法。"太皇太后到此时，也不等陈宜中议处分，便降旨将似道革职，查抄家产，姑念是三朝旧臣，贷其一死，押解往循州安置。

陈宜中奉旨下来，即去抄了诏旨，备办公文，正要委人去押解，只见一人上堂拜揖道："可否求相爷将此差使委卑职去办。"宜中看时，却是会稽县尉郑虎臣。此时因俸满到临安引见，可巧出了这个差使。原来郑虎臣的父亲，是被贾似道害杀的，所以他求了这个差使，要替父亲报仇。陈宜中却不在意，左右总是要委人的，因此就委了他去。郑虎臣不胜之喜。别了宜中，赍了公文，带了差使，出了临安，策马向扬州而去。

似道此时，还在鼓里做梦呢！在扬州打起公馆，天天带了众姬妾去游平山堂，访二十四桥古迹，好下逍遥快活！忽然这一天门上报说："有圣旨到。"似道便叫进来。门上出来了半晌，回说道："那位钦差面上恶狠狠的，说圣旨到了，不是叫进来的话，要排香案接呢，并且还带了好些差役前来，不知何意。"似道还料不到有甚事，叫排了香案，开了中门迎接。郑虎臣大踏步昂然而入，当中朝南立定，开读了诏旨。似道这才吃了一惊，虎臣便叱令差役，褫去了他的冠服，上起刑具。似道说道："我是朝廷大臣，纵然犯罪，也该留些体面。"虎臣喝道："胡说，岂不闻王子犯法，与庶民同罪么？"叱命锁在一旁，方才请了江都县尉来，查抄了各种物件。

闲话少提，且说郑虎臣当下督着众差，押解贾似道上路，自己策马先走，交代说："倘他走不动时，着实与我痛打。"一连几日，可怜一个金枝玉叶的当朝宰相，已经走的双脚肿烂，打的遍体鳞伤，着实走不动了。怎禁得郑虎臣早起上马时，先打二十皮鞭，叫做"上马鞭"；晚上投站时，又是二十皮鞭，叫做"下马鞭"。到了这日，贾似道没奈何，只得对郑虎臣跪下，哀求道："我今日认真的走不动了，好歹求你给我一顶小轿吧。"虎臣兜脸就是一个巴掌，喝道："好没规矩，甚么你呀、我呀的乱嚷起来。"似道忙道："是、是、是，犯官不敢没规矩。"虎臣兜胸又是一脚，喝道："甚么犯官不犯官！你知道做官的犯了事，还没有定罪，方是犯官，定了罪，便是囚徒。"似道已是浑身痛楚，又吃了这一脚，不觉跌倒在地，只得熬着痛爬起来，哭道："老爷息怒，囚徒不敢了。"

虎臣心下想道："这几天这老悖的罪，受得也可以了。倘苦苦的逼他走，万一他死了，岂不便宜了他！莫若叫他多受几天罪，等趁个便儿，我亲手杀他，岂不是好！"想定了主意，即叫备了一乘小轿，将似道绑在轿内，揭去轿顶。此时六月天气，太阳十分厉害。虎臣叫差役轿夫，都戴上草帽，只管缓缓而行。只有似道在轿内，没有轿顶，终日在太阳底下晒着，几乎又晒出他的膏油来，热的气也喘不出；欲向虎臣求情时，他不是一拳，就是一脚。有时他马鞭在手，趁便就是几鞭，因此只得忍气吞声而受。向日捱了那些皮鞭，已是皮开肉绽，血液淋漓，此时又被太阳晒了几天，索性溃烂起来，臭不可闻。抬他的轿夫，闻着他的臭气，便臭乌龟臭忘八的乱骂一阵，好不难过。

这一日正行之间，只见天上一片乌云，将太阳盖住。似道心中暗喜，而且一阵一阵凉风吹来，颇觉爽快；虽不及从前水阁凉亭的快活，却较前几天像生晒人干似的舒服多了。不期一转眼间，雷电交作，大雨倾盆。虎臣同差役急急走到一间古刹廊下避雨，却叫轿夫将似道放在露天底下，落得他淋漓尽致，叫苦连天，百般哀求，虎臣只做不听见。

这雨竟落到黄昏时分，眼见得不能上路了。虎臣抬头看这古刹，上头挂着"木绵庵"三个字的匾，举手将山门打了几下，一个小和尚出来开门。虎臣便向他求宿。小和尚到方丈里说知了，自有知真和尚出来招呼进去，待茶待饭。知道是押解贾似道的，大家争着要看看贾丞相。似道晒了几天，又被这场大雨，兜头一淋，竟自发起寒热来，浑身如火炭一般，哼个不住。有两个老和尚看见了，连声念"阿弥陀佛"。

当夜虎臣在禅房住宿，将似道丢在廊下。到了二更时分，忽听得窗外有人道："贾丞相，这里使不得，佛地是要洁净的呀，后面有茅厕呢。"原来是小和尚添了佛灯油下来，见似道就在廊下大解；所以招呼了两声，说完自去了。虎臣听得，走出来看时，见似道在暗地里一步一挨的往后面去，心中想道："他今日病了，既伤且病，想来必不能久长的；倘被他自家死了，白便宜了他，不如结果了他吧。"想定了，跟着他去，只见他哼哼的走到后面，找着厕所，方欲上去，虎臣叫声："贾似道！"似道吃了一惊，黑暗中不知是人是鬼，回头看时，隐约认得是虎臣，越发吓的抖了。虎臣道："贾似道，我今日亲手杀你：一则代我父亲报仇。二则代天下人杀你。你好好的死，免得活着受罪吧。"说罢，伸手一推，似道立脚不稳，倒栽葱跌到粪缸里去，一头便到了缸底，两条腿还在缸边。虎臣一手拿着他两只脚，起先还有些挣扎，两只手在缸内乱抓，不到一刻工夫就停了。虎臣将手一松道："好了，这才真个是'遗臭万年'呢"踱了出来，想起这是人命关天的事，天明时闹起来，是要不得了的。纵使说他自己跌下去死的，但未免要惊官相验，验见他那遍体伤痕，我这滥用私刑的罪，也不能免的。如今大仇已报，更无所恋，不如走吧。"于是等到更深时，悄悄地开了山门，牵出马来，扳鞍踏镫，加上一鞭去了。郑虎臣是从此走了。看官记着，下文方有得交带，他还建了许多事业呢。据正史上说起来，是陈宜中到漳州去，把他拿住了，在狱中瘐毙了他，算抵贾似道的命的。但照这样说起来，没有趣味，我这衍文义书也用不着做，看官们只去看正史就得了。如今这些闲话，且收拾过不提，连第二日木绵庵内怎样报官相验，也不去赘他了。

掉转笔头，再讲临安的正事罢。当时留梦炎虽然也参了似道一本，他见太皇太后盛怒之下，以为必要杀似道的，谁知只发往循州安置，恐怕他还有复起的日子，心中未免不安，不住的在那里打听消息。一日巫忠来拜访，闲谈中说起太皇太后每谈及贾似道，常有要救他的意思，咱也想趁便代他讨个情，也不枉相好一场。留梦炎不听这话犹可，听了犹如天雷击顶一般，送巫忠去后，便暗暗的将家眷送出城外，又悄悄地运出好些细软，一切都停当了，他却少陪也不说一声，就此溜之乎也去了。

到了次日，朝中丢了一位宰相，岂不是同芜湖打仗，丢了元帅的一般笑话？此时只剩了陈宜中一人在枢密院办事，却又接二连三的接着警报，从前警报还是告急，如今竟都是失地之报了。池州失了，权守赵昂发殉了节。芜湖失了，孙虎臣退守泰州。饶州失了，知州事唐震尽了忠。其余也有开门投降献地的，也有支侍不住以致失守的。看得陈宜中心乱如麻。忽又报平江府失陷，伯颜已至平江。宜中大惊，急请太皇太后临朝，鸣钟击鼓，召集百官，会议大事。

太皇太后道："此时纵使如何会议，也议不出甚长策来，还是设法遣使求和，暂救目前之急吧。"陈宜中道："事已至此，'讲和'两个字，恐怕北朝未必肯从。"太皇太后道："说不得一个'降'字，也要隐忍着。且顾目前的了，只是谁可去得呢？"御史刘岊出班奏道："臣愿往。"太皇太后道："事不宜迟，即要速去。"刘岊道："臣今便行。"说罢，辞去了。

太皇太后又叫一面草诏，诏天下勤王。陈宜中道："勤王之诏，颁了多时，总不见有何处兵到。"忽黄门官奏报，江西提刑使文天祥，率兵入卫，在宫门候旨。太皇太后忙叫宣入。文天祥见驾已毕，奏道："如今事势危急，急宜令吉王、卫王，出镇闽、粤等处。"太皇太后道："他们都是一点点小孩子，有何用处"文天祥道："终是赵氏一脉，虽然年纪小，不能不令其出镇，以备万一。倘怕年幼，只须拣派亲信之臣辅佐便是。"太皇太后会意，就传下懿旨，进封吉王昰为益王，出镇广州。叫杨淑妃同去，派驸马都尉杨镇做护卫。又派杨淑妃的兄弟杨亮节做王府提举。进封卫王昺为信王，出镇福州。派俞修容的兄弟俞如珪做王府提举。择日起行。其余随从官员，不必细表。喜得又接了头报，说张世杰领兵勤王，不日可到，太皇太后略觉放心。

过了几天，御史刘岊回朝复命，言："伯颜不肯讲和；还有无礼之言，臣不敢乱奏。"太皇太后道："事已至此，但说不妨。"刘岊奏道："伯颜说除非是投降。臣便斗胆同他商量投降的事，他要每年进贡二十五万两银子，二十五万匹绢。臣亦斗胆代应允了。后来商量到彼此称呼，臣谓只可称北朝皇帝为伯父，皇帝自家称侄。谁料泊颜不肯，说姓奇握温的与姓赵的没甚瓜葛，用不着甚么伯侄称呼。既然降了，就要称臣。"太皇太后咽住了喉咙说道："但能保全社稷，说不得称臣也要从他的了。"说罢，放声大哭起来。

未知后事如何，且听下回分解。

第七回

痛蒙尘三宫被辱　辟谣琢二将怜忠

话说太皇太后欲图旦夕之安，情愿奉表称臣。就叫词臣拟定了降表草稿，仍着刘岊送去，给伯颜看过合适不合适。刘岊领旨赍了表文稿子，到了平江，见过伯颜，将稿呈上。伯颜看过一遍道："虽然如此，还要叫你们主子交代各路守将，一律投降。我兵到时，自然秋毫无犯，倘若不然，我仍是杀一个寸草不留。你快回去，叫临安百姓，家家门上都要贴个帖儿，写着'大元顺民'四个字。你们也该准备犒军礼物，我随后便来也。"刘岊诺诺连声退出，回去奏闻。太皇太后大惊道："我只道投了降，他便不来，谁知仍是如此，只得依他而行的了。"说罢，又哭起来，对陈宜中道："卿去备办一切吧。"哭倒在龙床之上，众内监搀扶上辇，回入宫去，从此就病倒了。

不一日张世杰勤王兵到，将兵扎在城外，自家匹马进城，到宫门请旨。黄门官传了进去，良久出来说道："奏了内谕，太皇太后慈躬不豫，不能视朝，可到陈丞相那边去。"世杰只得出来，去寻陈宜中。只见宜中指挥众人，杀牛宰马，十分忙碌。问起情由，方知道要进降表，恼得张世杰暴跳如雷道："我们在外面拼性命的厮杀，如何这里就投降了？"陈宜中道："要救目前，也是没法。如今文文山也拜了相，你去访访他，从长计议吧。"世杰闻言，辞了宜中，去访文天祥。只见天祥座上，先有一客。世杰看那客时，不觉吃了一惊，原来不是别人，却是镇守安仁的谢枋得。世杰不及与天祥见礼，先向枋得道："这是叠山先生呀！何得在此？我记得起身入卫时，路过安仁，曾得一会。我沿路转战而来，路上不免有些耽搁，请问如今江西情形如何了？"枋得道："自从将军行后，元兵便袭了建昌，又攻破了饶州。吕师夔那厮，亲带元兵来取安仁；安仁那边城低壕浅，将寡兵微，将军你是知道的呀，因此把守不住，只得退到建宁，哪知元兵尾随而来，又破了建宁。我只得弃了妻子，赶来临安请罪，方才到此，尚未到官门请旨。"世杰咬牙切齿道："什么罪不罪，左右大家都投了降就算了！文丞相，你是向来讲气节的人，怎么看着一班卖国求荣的奸贼，怂恿得朝廷也奉表称臣，你却一言不发，也不知道阻止阻止。我如果早赶到两天，得见那回事，我张世杰是情愿一头撞死了，也不肯看这种没廉耻的行径的。"说罢，他就大叫皇天后土，列祖列宗，那一掬英雄热泪不由的如断线珍珠一般沥沥落落滚将下来。文天祥叹道："当日太皇太后只图急顾目前，以为送了降表，可免兵至临安，俟兵退后，再图善策。何期伯颜不肯退兵，必要一到临安，以示威武。"世杰不等说完，便抢住说道："什么示威武不示威武，只怕他到得临安时，也就不肯空过。我不管他，等他来了时，先将伯颜一枪搠死，然后杀退元兵。看你这班文臣羞也不羞？"谢枋得道："张将军且请息怒，我们商量大事要紧，说是要杀伯颜呢，也未为不可，不过他的大兵已经深入重地了，仅仅杀他一个伯颜，他还有多少勇将呢！万一杀他不成，他反杀起来，这不是投鼠忘了忌器吗！"文天祥道："事已至此，将军再加些怒气，也是无用。如今且待敷衍过了伯颜，我们再图后举，不是我文某今日忽然沦亡了气节，须知生米已成熟饭，仗着这匹夫之勇，是不能成事的。"世杰叹了一口气，方才说道："适间无礼，望丞相恕罪。"天祥道："这才足以表见将军忠勇，何罪之有！"

直到此时，三人方才分宾主坐下。天祥问起一路情形，世杰道："本来由鄂州到江州时，是分水陆两路，自从吕师夔反了，水师退入鄱阳湖，及来时沿江水路，多是贼兵，故将水师也调上陆路，一起前来。"又说起宗仁、宗义之事。天祥叹道："忠义之士，每每屈于下僚；倒是一班高爵厚禄的反的反了，逃的逃了，降的降了，反叫胡人说我们中国人没志气，真是可恨可叹。不知宗氏弟兄二人此次有随来吗？我很想一见，此等义士是不可多得的。"世杰道："现在城外，就可叫来。"随叫自己从人去叫，不一会兄弟两个都来了。世杰叫他上前见过，天祥着实夸奖了一番，又问了好些话。宗仁却对答如流。原来他兄弟二人，禀赋不同，性质各别。宗义只是一勇之夫，为人爽直。宗仁虽也是个武夫，他却恂恂有儒者之风，也曾在"经""史"上很用过些功。天祥见他如此，愈发欢喜。宗仁也是钦仰天祥不置，遂回身便对世杰说，要求世杰做介绍，拜天祥为师。世杰笑道："你们当面说得好好的，正好往下说去，何必要我做甚媒人？只是，你既拜文丞相为师，要好好的学他的气节，不要像世上的畜生瘟官，钻了门路，拜了阔老师，便要求八行书，往外面谋差谋缺刮地皮去罢了。"谢枋得笑道："宗义士断不如此。将军适才何等盛怒，如何这会猛然打趣起来！"世杰道："不是我打趣，我实在恨这班畜生，时时都想痛骂痛打他一番。我骂他畜生还嫌轻，不知要骂他是个什么才好呢！我也知道宗仁不是这种人，因偶然听见拜老师的话，我触动起来，顺口骂他两句。就是你们文人说的，什么'借题发挥'的意思呢。"说的天祥也笑了。宗仁见天祥没有推托，知是允了，便端端正正拜了三拜，说道："匆促间未曾带得贽见，求师相见谅。"世杰道："只要二百两银子的米票就够了。"天祥笑道："张将军如何只管取笑？"因问宗仁表字。字仁道："愚兄弟一向处在下僚，没有表字。"天祥道："罢罢，老师呢，我也不敢当。不过我甚爱你们这一点忠义之气，早晚同你讨论讨论也好。我今先送你们各人一个表字吧。你居长，可叫伯成，合你的仁字。你令弟居次，可叫仲取，合他的义字。"宗仁、宗义都上前谢过。宗仁便要辞了世杰，跟随天祥。世杰自然应允。

忽报说伯颜兵已到，离城十里扎住。太皇太后扶病临朝，召百官议事。天祥急急入朝。张世杰、谢枋得仍到宫门候旨。太皇太后一并召了进来，便要商量如何送表去。天祥奏道："奉表称臣，究竟过于辱国，臣当冒死到元营力争此事，或能争回万一，亦未可知。"太皇太后道："先已应允了，并且稿子都送他看过，只怕争也无益。"枢密使吴坚出班奏道："天祥之言是也！且尽人事做去，成否再听天命便了。"太皇太后即准奏，就叫文、吴二人做祈请使，到元营面议。

天祥、吴坚辞了朝，各带着两员门客，上马同去。天祥带的是宗仁，还有一个杜浒。这杜浒表字景文，也是天祥的门生。当下一行人来到元营，入见伯颜。伯颜道："你等送降表来么？"天祥道："非也。特来与将军商议两国大事，如今宋室虽说衰微，南方半壁，尚自无恙，未尝不能立国。叵耐我朝群小弄政，引进的多是含生怕死之徒，一旦听得将军兵到，遂建议要降。试问一国之君，哪有降的道理，所以我朝忠义之士，一闻此言，莫不怒眦破裂。今我太皇太后，特命某二人来与将军约，请将'投降'两字，暂搁一边。再讲修和，若北朝以宋为与国，请将军退兵平江或嘉兴，然后议岁币与金帛，犒师北朝，策之上也。若欲毁其宗社，则淮、浙、广、闽，尚多未下，利钝未可知，兵连祸结，必自此始，将军思之。"伯颜道："前日刘岊来送到草稿，我已经申奏朝廷去了，如何可以挽回？况且你们已经有言在先，又何得反悔？难怪得我在北边时，就听得说'南人一无气节，二无信行'的了。"天祥怒道："将军说哪里话来，这是关系我国存亡的大事，自当从长计议，何能说是反悔！何能说是无信！至于无气节的话，在将军不过指叛中国降北朝之人而言，不知叛中降北之人，都是中国最不肖之辈狗彘不若之流罢了，断不能作为众人比例的呢。譬如北朝虽有人类，却不能没有畜生，今将军欲举中国之畜生，概尽中国之人类，如何使得呢？"伯颜道："然则你们南朝如何用这班人守土呢？"天祥道："朝廷失于觉察，误用匪人秉政，所以汲引之人，都是此狗彘之辈，莫非命运使然罢了。"其时吕文焕、黄顺、吕师夔一班人都在旁边，听了天祥此言，一个个都羞的无地可容。

当下伯颜便送吴坚先回去复命，却留下天祥。天祥道："将军既不允所请，也要放我回去，如何留下我来？"伯颜道："丞相为宋朝大臣，来此议事，责任非轻，故留在此，早晚好商量大事，不必多疑。"说罢，便叫左右引到别帐去安置。

当下吴坚回到城内奏知此事，太皇太后没法，只得命词臣写了降表，送到元营。伯颜见了，就差了几员文武官儿，带了一千元兵，入临安城去。一时临安城中百姓，都写了"大元顺民"的帖子，贴在门上，以为如此顺从这奉天承运大元皇帝的大兵，可以不致骚扰了。谁知仍是强赊硬抢，掳掠奸淫，无所不至。可怜这班百姓，受了荼毒，还没有地方去控告，只得忍气吞声而受。那几个文武官儿，奉命进城，先封了府库，又将各种图书册籍，取个一空，纵容兵丁，分占各处官殿。可怜宋室大臣，哪个敢争论一句。

张世杰屡次三番要杀起来，又因伯颜大兵近在咫尺，恐怕惊了三宫，只得耐着性子。忽然一日有人报说元兵抬了太皇太后，太后及皇帝去了。世杰又惊又怒，便要去抢夺回来，忽又想起事情不可鲁莽，且去寻叠山商量，想罢便去寻谢枋得，枋得道："三宫昨日已经出城，此时想已在元营了，如何去抢得来？将军不来商量，我也正要访将军去。此时大事尽去，幸得益、信两工在外，将军急宜引兵他去，以图后举。即下官也要就此他去，再作后图的了。"世杰闻言，辞了枋得，率领陈瓒、宗义及所部兵士，浮海去了。

原来伯颜留文天祥在营中，见他举止不凡，有时与他谈论，他却绝无屈节的意思，因想留下此人，以佐宋帝，终恐久后要报仇，不如趁此时一不做二不休，给他一个绝望，故传令进城的官儿，将太皇太后及全太后德祐帝房了出来,一面差人追益、信二王。可怜太皇太后此时病在宫中,元兵不由分说,便要扶她出去,怎奈她是个病人,扶她不起,于是连所睡的龙床,一并抬起来,十来个人拥着就走。全太后方抱着德佑帝,被他们也簇拥着上了一顶小轿,抬着向元营而来。

到得元营时,伯颜叫带入后营安置。全太后没法,只得到后面来。入到后面,只见地上摊着一条芦席,太皇太后躺在上面,四面一看,空洞洞的桌椅也没有一张,只有横七竖八的地上摊着些芦席,全太后不禁放声大哭,走近太皇太后前问候了一番,席地坐下。婆媳相对流泪,并没一言。看看天色已晚,只见一个鞑兵,拿了一只烤熟的整牛蹄,放在面前,又放下两把小刀子。全太后看时,那牛蹄的皮也不曾剥下,上面烧的焦一块黄一块,内中还有许多未曾刮净的毛,一股腥膻之气,向鼻孔内乱攒,恶心还来不及,如何吃得下去!怎奈德祐帝半天没有吃的,饿得他叭叭乱啼,全太后只得取刀来切下一片,取来一闻,又是腥,又是臭,说道:"官家,不吃也罢。"德祐帝如何肯依,抢在手中,向嘴里乱塞。刚刚吃下去一块,忽然一个恶心,哇的一声,尽情吐了出来。

急得全太后要哭,忽听得帐外一人叫道:"不要哭了,你家什么文丞相武丞相要来见你呢。"一面叫着,一面进来。此时太皇太后昏昏沉沉的睡在地下,全没听见。全太后听得是自家人来见,犹如孩童得了亲爹娘一般,好不喜欢!忙叫:"快宣进来,快宣进来。"那人道:"好不害臊,做了囚囊,还要摆皇帝家的架子宣呀召呀呢!"说着,出去了。

不一会只见文天祥进帐来,俯伏在地,奏道:"使三官受惊,臣等之罪,万死莫赎。"全太后放声大哭。德祐帝见太后哭了,虽不知是甚事,也哇哇的哭起来。哭的昏沉睡去的太皇太后也醒了,微微开眼,见文天祥俯伏在地,还有两个不认得的跪在天祥身后。太皇太后喘吁吁的道:"丞相起来吧,到这个地方了还……"说到此处,便喘的说不下去了。声音太微，天祥还没听得。

全太后听了，因勉强止住哭，一抽一咽的说道："丞相请起来吧，老太后给丞相说话呢。"天祥奏道："不知太皇太后慈躬如何了？"太后道："今日受这一惊，益发沉重了。"天祥道："总是臣等死罪。"说着，在后头那两人手中，取了一盂白饭，一匜薄粥，两碟小菜，进上来。可怜桌子也没有一张，只得摆在芦席上，那地又不平，几乎把一匜粥打翻了。德祐帝便忙着要吃，全太后道："难得丞相忠心。但不知从哪里觅来的？那二位又是什么人？"天祥道："臣虽被伯颜软禁在此，然而供应饮食，还不曾缺。今日听得二官圣驾到此，便急急要来请见，怎奈这里监守极严，不得进来，适才送饭来的人对臣说道：'文丞相，你好造化！有的好吃好喝。你们太后皇帝，只吃得一只炙牛蹄，还是臭的呢！'臣听了此言，不敢自用，解下腰间金带，贿了监守的人，特地送进来御用。那两个一名杜浒，一名宗仁，是臣的门生，并未授职。"全太后道："难得卿等一片忠诚，但愿天佑宋室，将来恢复江山，必当裂土分茅，以报今日。"又抚着德祐帝道："官家，你要牢牢记着呀，我们今日才是'素衣将敝，豆粥难求'的境地呢！"

话犹未了，只见那监守的人，恶狠狠的拉着天祥就走，说道："再迟叫元帅知道，我们担当不起呀！"天祥尚欲有言，全太后道："丞相方便吧，莫要激恼了他，下次不得进来，我姑、媳、母、子三人，此时全靠的是丞相呀。"天祥只得辞了出来。

这里全太后起身，端了一瓯薄粥，喂太皇太后去吃，只吃了几口，便咳呛了，摇头说不吃，全太后自家也是苦的吃不下咽，只有德祐帝爬在地下，一把一把的不分是饭是菜，抓着了便往嘴里送。全太后见了这等情形，又是气恼，又是苦楚，思前想后，又不觉落下泪来。

看看天色已夜，一片胡笳之声四起，帐内黑黑的，并没有一个灯火。德祐帝又哭个不停。忽然看见两行火把，大放光明，一班鞑兵，拥着一个将官，手中挽着十多个人头，走进帐来，对着全太后一掷，骨碌碌血淋淋的滚满一地。吓得全太后不知是何事故，仰面一跤跌下。德祐帝慌得没处躲藏。那将官发话道："这是卖放文天祥见你的人，我家元帅查着了，砍了头来，叫你们看看。此处你容身不得，元帅叫连夜解你们上燕京去，走吧。"说着，不由分说，把全太后及德祐帝推入一顶小轿内，又用二块破板，安放了太皇太后，抬起来就走。这一去不知如何下落，且待下文交代。

再说伯颜叫人押解了宋室三宫去后，思量留下文天祥在营不妙，恐他又生别事，叫人将他师生三人，送到镇江，暂行安置。三人到得镇江时，也同在元营一样，有人监守着，寸步难行，住了好些时候，要想一个脱身之计，总没机会。

恰好一天是伯颜生日，元主特地差官赍了礼物来赐寿。伯颜时尚在临安营中，大摆筵席，与众将官宴饮，传令各处营盘，是日各兵丁一律赏给酒肉，监守天祥之人，也得了一份酒肉，到了晚上，吃得烂醉如泥。宗仁出外，看见这个光景，便悄地去牵过三匹马来，与天祥、杜浒一同跨上，悄悄的出了营门，不辨东西南北，加上一鞭，任那马信脚跑去，不到一时，走到江边。天祥指着对江道："听说真州未失，我们能渡到那边便好。"宗仁便下马沿江边去寻觅渡船，恰好一只渔舟，泊在那里，宗仁便呼渡，惜船大小，只能渡人，不能渡马，于是三人弃了马匹，跳上船去，渡过江来。

恰好在江边遇见一队宋兵巡哨，那领兵官便是真州权守李庭芝部下先锋苗再成。当下再成见了天祥大喜道："丞相得脱虎口，宋室江山，尚有可为，不知今欲何往？"天祥道："我想先去见李庭芝商量。"再成道："不可！先数日真州城中，起了一个谣言，说伯颜打发一个丞相到真州来说降；丞相若去见他，他必疑心及此。今不如先在驿馆歇下，待某先去禀知，看是如何情形再处。"天祥依言，在驿馆歇下，苗再成自去了。不到半日，即回到驿馆，对天祥道："如何！某知李权守必疑到丞相也。某入城告知此事，他果然疑心丞相是说降的，叫某来取丞相首级。某想自军兴以来，守土之人，叛的叛了，降的降了，哪个及得丞相的气节！今某赠马三匹，请丞相投向扬州去吧。"天祥大惊道："如此，我不得不行，但不知将军如何覆命？"再成道："某只说丞相闻风先行，追赶不及罢了。"天祥遂谢过再成，同杜、宗二人上马而去。

　　行不到二十里，忽听得后面銮铃响处，有人大叫："文丞相慢行。"天祥勒马回头看时，只见为首一员武将，率领二十余骑追来，见了天祥滚鞍下马，声喏道："某乃李权守部下副将二路分是也。"天祥道："这又是李权守叫赶我的。"二路分道："正是。"天祥叹道："李权守终久疑我，我便回去与他分剖明白吧。"二路分道："使不得。权守此时正当盛怒，回去必遭毒手。今某奉权守之命来追丞相，某想丞相气节凛然，人人都钦仰的，至于权守的疑丞相，也是一股忠义之气，不过未曾细细寻思，误听谣言罢了，久后终当明白的。某恐丞相路上缺乏资斧，备得金珠在此，不敢说赠贶，乞丞相笑纳。"天祥道："得蒙仗义释放，已是铭感不忘，厚贶断不敢受。"二路分再三相让，见天祥只不肯受，便将金珠委在地下，上马对天祥说一声："丞相前途保重。"回马不顾而去。

　　天祥不胜太息，只得同杜、宗二人将金珠分缠腰际，上马向扬州而去，到得城下时，已是四更，不便叫门，且下马歇息，欲待天明进城。此时四面寂寂无声，忽听得一人在城上道："奉太守命，今日真州李权守文书到此，有能杀文丞相者，将首级去见，赏千金。你们天明留心盘查出入。"天祥等三人听得，惊得手足无措。

　　不知后事如何，且听下回分解。

第八回

走穷途文天祥落难　航洋海张世杰迎君

却说当下文天祥听了城上的话，不觉大惊。思量此时无地可投，算来算去，只有由通州出海一路，可以投奔；然而这一路却是敌兵甚多，路上恐有不测。此处又非久居之地，只得同杜、宗二人，跨上了马，向通州一路而去。

走不多时，天色已亮，只见道旁一座古庙，三人下马，入内计议，只见里面先坐着一人，麻衣麻屦，戴一顶草冠，系一条草带，手中拿着一根四尺来长的竹竿，挑着一块三尺来长的白布，上写着"汉族遗民星卜"六个字。天祥定睛看时，不是别人，正是谢枋得，不觉又惊又喜道："难得叠山在此相遇，请问何以到此？"枋得道："自从丞相去后，不久元兵就到临安城内，可怜那一番淫掠，真是惨无人理，后来又听得三宫北狩，那时张世杰来同我商量，后来闻得他航海而去，大约取道温州，再图恢复去了。不到几日，元兵便去，可怜临去那一番杀戮，真是天愁地惨，日月无光。那时我想杂在城中，徒死无益，因此改了冠服，变了姓名，混出城来，一路以卖卜为生，喜得无人盘诘，故一路到此。不知丞相何来？"天祥也将别后之事告知。又劝枋得同去找寻二王，希图兴复宋室。枋得叹道："天下事已经至此，一定无可挽回，我纵去也无益，还望丞相努力。"文天祥诧道："何以叠山先生也出此言？岂不闻'一息尚存，此志不容少懈'么？"枋得道："我岂不知此理，但我看得目下决难挽回，丞相可去尽力而为，我虽是芒鞋草履，须知并不是忘了中国，不过望丞相努力在朝，待我努力在野；丞相图的是眼前，我图的是日后。"天祥道："日后如何可图呢？"枋得道："丞相此言，莫非疑我迂阔么？你看元兵势力虽大，倘使我中国守土之臣，都有三分气节，大众竭力御敌，我看元兵未必便能到此，都是这一班人忘廉丧耻，所以才肯卖国求荣。元兵乘势而来才致如此，丞相，你想置身通显之人，倘且如此，何况那无知小民，自然到处都高揭顺民之旗，箪食壶浆以迎胡师的了。"古人有言：'哀莫大于心死。'我们中国人人心一起都死完了，如何不哀！我此去打算以卖卜为生，到处去游说那些缙绅大族，陈说祖国不可忘，'胡元'非我种族，非但不能推戴他为君，并且不能引他入中国与我混杂的，如丞相此去，可期恢复，固属万幸，万一不然，我浮沉草野，持此论说，到处开导，未尝不可收百十年后之功。"

天祥听罢拱手道："先生真是深心之人，敢不佩服！"又顾杜、宗二人道："我是受朝廷厚恩之人，不得不以死报，你二人既未受职，何不跟谢先生去？也可助谢先生一臂之力，这也是各尽其职，与委弃责任的不同。"杜浒道："话虽如此，只是师相此时无人作伴，好在谢先生这番话，弟子们都已听见，从此只要留在心上便是。"宗仁道："弟子跟随师相没有几时，何忍相离！弟子但愿跟随师相，以行师相之志，谢先生之志，少不得也要随时留心。如今谢先生赍此志要行于草野，弟子们即秉谢先生之志，行之于阵上行间，岂不是好？又何必远离师相呢！"谢枋得道："伯成兄之言甚是，我们只要立定了主意，到处都是可行的，并且几个人凑在一处，到一处不过是一处；纵使游说动了，也不过是一处，何如大家分道而行，每人到一处，每人说动一处，就有几处呢！"

天祥道："我从镇江亡命到此，不知向何处去为佳，尚望高明指示。"杜浒道："正是，闻得谢先生深通'易'理，何不指示趋向？"枋得道："景文兄何以也出此言？岂不知大易的道理，处常不过论的是修、齐、治、平之道；处变不过论的是天人之理，何尝有甚吉凶？世俗的人动不动以为'易经'是卜筮之书，岂非诬蔑了'易经'么？至于我变易冠服，以卖卜为生，这不过是要掩着鞑子的耳目，暗中行我的素志罢了。难道我也像那江湖上的人，摇了摇课筒，说什么单单拆、拆拆单，去妄言吉凶么！"天祥道："话虽如此，但我们匆促之间，走到此地，实是无处可奔，究不知从哪里去好？叠山先生倘有高见，还乞示知。"枋得道："此去通州，是沿海的地方，最好走动，那边有可作为最好，万一不妥，那里贴近海边，也可浮海而去。大约益王、信王，必是取道温州，海路可以通得的，此是一条正路。若说江南一路，此时已没有一片干净土，倘非兵力厚集，是断断乎去不得的。"天祥道："然则先生此时到哪里去？"枋得道："君后蒙尘，妻子散失，我此时是一无牵挂，四海为家，可以说得'行无定踪'的了。"说罢，立起来，持了那布招牌，长揖而别，大有"闲云野鹤"之致。

天祥叹息一番，与杜、宗二人，上马向通州而去。这日到得高邮，已是黄昏时分。三人拣了一家客店住下，一路上风尘仆仆，到了此时，不免早些歇息。三人用过晚膳，就上床安歇。睡到三更时分，忽听得门外人喊马嘶。正在疑惑间，又不知是什么人将房门打得一阵乱响，叫道："快起来，快起来，元兵到了！"宗仁急起来开门看时，原来是店主人，气喘吁吁的道："元兵来了，你们快走吧，迟了他杀来，与我无干。"宗仁方欲问时，那店主人已是一溜烟的去了。

此时天祥、杜浒也都起来了，三人一同出外探望，忽见一队元兵，一拥而入。三人急急闪在一旁，在黑暗的去处悄悄张望，只见一个头目居中坐下，便叫鞑兵去搜寻各房。不多一会，捉到五七个人上来，内中还有两个妇女。那头目叫搜身，却搜不出什么来。头目叫拉去砍了，只留下两个妇女听用。

　　三人看到此处，不敢久留，闪闪躲躲地要想混出去。谁知门外又来了一群鞑兵，只得回身摸到后院去，寻了寻并没个后门。寻到马房内，喜得三匹马还在，只是无路可出。抬头看时，忽见马房旁边有一堵矮墙，已经缺了一角，那墙下堆着一堆断砖零瓦，知道必是先有寓客在此逃走，三人只得也逾垣出去，那三匹马无从牵得出来，只好弃了。

　　于是三人徒步而行，暗中摸索，喜得这条路甚是僻静，看看走至天明，并未遇见一个鞑兵。天祥道："天色要亮了，我们如此装束，倘遇了鞑子，断难幸免，不如趁此时弃去长衣，改做乡人模样，还可以遮饰遮饰。"二人闻言道："正该如此。"当下三人把外面长衣脱了，只穿短衣，又取些污泥，略略涂污了面目，仍向前行，转过弯来，却是一条大路。

　　此时微微的下了一阵小雨，一天阴云，将太阳盖住，辨不出东西南北，只得顺着大路走去。正走之间，忽远远的听得前面一片胡茄之声，知道元兵又要来了，急得无地可藏，四面一看，只见道旁有一间烧不尽的房屋，七斜八倒的好不危险，三人冒险入内，蜷缩做一堆，伏了良久，听得外面一阵马蹄乱响，一个鞑兵举起了手中枪，把那破房屋搠了一下，只听得泼剌一声，又倒下半堵墙，一块残砖，恰好打到天祥腿上，杜浒头面上几乎也着了两块，幸得双手抱着头，只打在乎腕上，忍着痛不敢声张。等了半晌。外面寂寂无声，方才出来探望，见元兵去远了，方敢出来。此时不敢再走大路，向斜刺里一条小路而去，天祥腿上十分疼痛，杜浒、宗仁二人扶着，勉强而行，走到晌午时分，腹中饥饿难堪，更难行动，身边又没带得干粮，只得坐在路旁小歇。

　　正在无可奈何之时，忽见来了一群人，大约可有五七辈；也像是逃难的光景。宗仁迎上一步，拱手道："列位可也是避兵到此的么？"

内中一个后生道："正是。鞑子的行踪没有一定的,你们坐在此处不走,万一来了,如何是好?"宗仁道："正是,在下昨夜仓惶出走,未曾带得干粮,此处又无饭店,我师徒三人,饿的行走不动,是以在此小歇。不知列位可曾带有干粮,乞卖些与我们充饥,不论价值。"那后生道："兵荒马乱的时候,吃的是最要紧,谁要你的钱财来,干粮是有的,却不肯卖。"内中有一老者对那后生道："哥儿,不是这等说,我们同在难中,都是同病相怜的,我们既有在此,就该给些与他才是。"那后生听了老者之言,便在囊中探出了六七个烧饼,送给宗仁。宗仁便问:"要多少钱?"那后生道:"我说过不要钱,是送给你的。"宗仁便请问姓名。那老者笑道:"我们同是国破家亡的人,逃避出来,不过得一日过一日,得一时过一时,想来大家总不免要作刀头之鬼,你受了几枚烧饼,还要请问姓名,难道还想有甚安乐的日子,供我们的长生禄位么?还是希图日后相逢,再行酬谢呢?我这个不过是行个小小方便,奉劝你也不必啰嗦了,快吃了走路罢,提防鞑子到了,连一日也活不成呢。"说着一行人自去了。

这里宗仁捧着烧饼,来献与天祥,大家分吃了,略略好些。又歇了一会,方勉强起行。走不到十里路,只见迎面一行人,飞也似的跑来,口中乱嚷:"不好了,不好了,鞑子来了,快走吧!"天祥等让过这班人,商量暂避。天祥道:"你二人走得动,快去吧。我是要死在此地的了。"宗仁道:"师相一人之身,所系甚重,何出此言?"说罢,不由分说,把天祥背在身上,向来路跑去。终是背着一人,走不大快,又不知后面鞑兵多少,正在心忙意乱之时,杜浒大叫道:"伯成兄,不要走了,有了避处了。"宗仁立定脚时,杜浒指着路旁一丛芦苇道:"我们何不暂躲在那个所在,料来鞑子总想不到那里面有人。"宗仁看时,那一丛芦苇,果然生得十分稠密,尽可藏得着人。便放下天祥,走下去拨出一条路,方才来扶了天祥下去。杜浒也跟了下来。天祥道:"我在此暂避,你二人可去了,等鞑兵过后,再来此寻我未迟。"宗仁道："这个如何使得！我是要在此保护师相的，不过景文兄不可在此，你须出去将我拨出的一条路，仍旧拨好，方可掩人耳目。不然，一望而知这里有人了。拨好之后，可在就近再寻个躲避之处，等鞑子过了，再到此处相会吧。"杜浒听说得有理，便走了出来，收拾停妥，心中暗想："与其去躲避，不如我在路上等他。他到时我方逃走，引他追过了此地；我纵被鞑兵杀死，却救了师相及伯成了。"打定了主意，就在路旁坐下。

等了良久，方见一行鞑兵，骑着马，衔尾而来。只因这一条是小路，两旁多是荆棘芦苇，所以不能散开走，只得衔尾而行。杜浒望见了，发脚就跑，那为首的鞑兵，便加上一鞭赶来，马行的快，早被赶上，鞑兵再加上一鞭，赶在杜浒前面，方才下马拦住要捉。杜浒道："不要捉，我有些宝物，送与你买命如何？"这鞑兵不懂得汉话，只伸手来拿住杜浒。等后骑到了，内中有几个原是汉人投降过去的，与杜浒传了话，那鞑兵点头应允。杜浒便将缠在腰上的金珠，一起取出，又撩起衣服叫他看过，并没有了。只看那鞑兵又吱吱咕咕说了几句话。那降元的汉奸，便代他传话道："这是我们的队长，我们这一队兵是昨夜到高邮时失路的，如今队长见你这个人老实，不杀你。叫你引导我们到高邮去。"杜浒故作失笑道："你们已经到了高邮，还问高邮呢？只这条小路一直去，不到五里远近，便是高邮大路了，还用得着引导么？"鞑兵闻言，撇了杜浒，自上马去了。

杜浒回身寻着天祥、宗仁，告知此事，于是二人轮着背负天祥而走。走到酉牌时分，忽然倾盆大雨起来，苦得无处可避，只得冒雨前行，行了半里多路，见路旁一个坟堂。宗仁道："好了，好了！我们有避雨的所在了。"背着天祥，走到坟堂之内，只见里面先有两个人在那里避雨，旁边放着两担柴，象是个樵夫模样。三个进内也席地而坐，慢慢的与那樵夫说起话来，将真姓名都隐了，只说是："从高邮避兵而来，要到通州去。今夜没有投宿的地方，不知此地可有客店？"

樵夫道："此地没有客店，过往的人都是在庙宇里投宿；但庙宇都在镇上，远着呢！天又下雨，恐怕赶不上了。"宗仁道："不知二位尊居何处？可能借住一夜么？"樵夫道："我们家不远，等雨小了，可以同去，不过简慢些。"天祥道："只是打扰不当。"

说话间雨也住了。于是一同起行，宗仁依旧背上天祥，此时天色夜了，黑越越的走了一里多路，方才得到。樵夫敲开门，让三人入内，一面烧起火来，让三人脱下湿衣去烘；一面盛出饭来，三人吃毕，宗仁在腰间摸出一块零碎银子，酬谢了樵夫。又问起："此去通州还有多少路？此地可有轿子？"樵夫道："这里去通州，只有五十里路，轿子是没有的，你们想坐轿子么？"宗仁道："我二人并不要坐，只是这位先生伤了腿，走不动了。"樵夫道："那么是为走不动要坐的，不是为的要装体面，这就好商量了。"宗仁道："本来不是要装体面，只要一顶小轿就好；不然就是山轿也使得。"樵夫道："都没有，我家有一只大箩筐，尽可坐得下一个人。明日请这位先生坐上去，我兄弟二人抬起来，不到一日，就可赶得通州了。"说得三人都笑起来。然而想想除此之外。更无别法，只得依他而行，一夜无话。

次日早起，晨餐已毕，樵夫取过一只大箩筐，拴上了绳索，请天祥坐上去。樵夫兄弟二人抬着先走，杜、宗在后跟随，果然申牌时分，便到了通州。天祥索性叫抬到海边，始取些碎银子谢了樵夫，寻了一号海船，向温州而去。

且说当日派益王镇广州，信王镇福州，那时江西道路梗塞，故益王也同了信王一起，从陆路取道温州而去。走到半路时，忽报说元兵已破了临安，遣铁骑追来，杨淑妃大惊，急请附马都尉杨镇，带兵数千断后。自家同了两位小王，轻车轻骑先行，到得温州，十分狼狈。

不到几日，又报道杨镇兵败，被元兵虏去了。杨淑妃十分惊慌，忽报直学士陆秀夫带兵二万来护驾，杨淑妃方才稍定，只得垂了帘子，隔帘与陆秀夫答话。秀夫道："此时临安已失，论理两位王子，早当就藩，但以时势而论，不宜即去。且在此处扎住，待过了几天，临安百官，总有到此的，大家会齐了从长商议，再定行止为是。"淑妃道："便是奴也是这个主意，故此在这里守候多天。先生一路辛苦，且请退出歇息吧。"秀夫辞了出来。

不数日陈宜中也到了，临安百官陆续到的倒也不少，大家会着议事。陈宜中道："今三宫北狩，国不可一日无君，益王系度宗长子，宜即皇帝位，以镇人心。"众人都道："是。"于是大家同去禀知杨淑妃。淑妃道："没有太皇太后的懿旨，如何使得？先生等可从长计议吧！"陈宜中等又议了多时，议定了奉益王为天下兵马都元帅，信王为天下兵马副元帅，同行监国。杨淑妃只得依了。群臣遂进了监国之宝。

又过了多天，张世杰到了，请驾由海道到福州。此时温州风声甚紧，百官多主张此说。于是杨淑妃带了二王百官一同登舟，向福州进发，方才出海，恰好又遇了文天祥的船。当下天祥过船相见，个个下泪。喜得一帆顺风，不数日已到了福州。一行人舍舟登陆，都在大都督府驻定。

天祥、宜中、秀夫、世杰等又联衔请益王即位。杨淑妃仍以"未奉懿旨"为辞。文天祥道："以淑妃及益王之位分而论，自当以太皇太后为重；以宗社而论，则太皇太后为轻。今请益王即位，系为宗社稷，虽太皇太后亦不能以无诏见责。"群臣同声道："文丞相之言是也。"杨淑妃拗不过，道："任凭诸位先生意思便是。"

于是群臣择定五月朔日，奉益王即位于福州。改福州为福安府。就将大都督府正厅改为垂拱殿，便厅改为延和殿。即位之日，遥上德佑帝尊号为孝恭懿圣皇帝，改元景炎，进封信王为广王；封陈宜中为左丞相，兼枢密使，都督诸路军马；文天祥为右丞相，兼枢密使，信国公、张世杰为枢密副使，越国公、其余百官俱加一级。独是陆秀夫因与陈宜中不合，未曾升迁，仍供旧职。群臣又拟尊杨淑妃为皇太后，吓得杨淑妃在帘内颤声说道："众先生，千万不可。"

不知杨淑妃为何大惊，还说出甚话来，且听下回分解。

第九回

辞尊号杨太妃知礼　议攘夷众志士定盟

　　话说杨淑妃在帘内听得众大臣要尊自己为皇太后，吓得手足无措，颤声道："众先生，千万不可如此！"一众大臣，转觉得愕然。淑妃道："皇帝虽系奴所出，但奴不过是先皇帝的一个遗妃，如何敢当这'太后'两字？"陈宜中道："士庶人家，尚且母以子贵，何况皇室！这件事，淑妃倒不必推辞。"淑妃道："士庶人家，虽说母以子贵，但他那等贵，是由朝廷给与封典。至于他在家庭之中，未必因受过封典，就可以忘了妻妾的名分。如今全皇太后，蒙尘在外，奴忽然受了这'太后'两字的尊号，纵使全皇太后宽宏大量，岂不落了天下后世的批评？这是万万不能行的。"陈宜中又道："辽、金两朝，似乎已有此成例，倒可不必拘执。"淑妃道："陈先生这话，越发说得远了！那辽、金是夷、狄之人。我中国自尧、舜、禹、汤、文、武历圣以来，又有周公、孔子制定礼法，真可算得是第一等文明之国。岂可由我而起，废了先圣礼法，学那些夷、狄之人，弄出那什么东呀西呀的。说来也是笑话，把'太后'两个字，闹成了什么东西！岂不可笑么？"一席话，说得陈宜中闭口无言，羞惭满面。

　　陆秀夫道："这事须得请了太皇太后的懿旨，方是名正言顺。"淑妃道:"就是太皇太后有了懿旨,奴也是要抵死力辞的。奴本来不喜欢那身外荣名,更不敢僭分越礼;况且此时偏安一隅,外侮方急,难道奴还像那没心肝的,终日想着那什么上徽号唎、做万寿唎、勒令百官报效银两铸成了扛不动的大元宝叫敌兵来取了去作为话柄么?只要众先生戮力同心的辅佐着皇帝,把中国江山恢复过来,把宋室宗社中兴起来,纵不能杀尽那蒙古鞑子,也得把他赶到万里长城以外去。那时奴的荣耀,比着'太后'两个字的尊号高得万倍呢。"

众官听到此处,无言可对。又复大众商量,以为皇帝之母,似乎不能仍称为妃。倘他日皇帝长成,大婚之后,立了妃嫔,岂不要称混了么?商量了许久,变通一个办法,拟定尊"杨淑妃"为"杨太妃"。商定了又去奏闻,把这个意思表明,淑妃只得允了。于是尊了"淑妃"为"杨太妃",怀抱着景炎帝垂帘听政。可怜杨太妃自从离了临安,一直到了此时,方才得了喘息的工夫。

这里方才商量布置守御,一面兴兵恢复;忽探子报到元兵分两路由海路南下:一路取汀州,一路取广州。汀州一路是阿里海涯做元帅。广州一路是张弘范做元帅。每路有精兵三十万,杀奔前来。

陈宜中等闻报,急急会齐了,同去奏知杨太妃商量。张世杰便告了奋勇,情愿领兵由海路去援汀州。文天祥奏道:"张世杰既领水师去援汀州,臣愿带领陆兵,去克复江西一路。北兵闻江西被攻,海上又有张世杰一支兵,则往攻广州一路的兵,必定惊惶。那时乘势再出一路兵,作为声援。可期北兵不战自退。"杨太妃依言,就令文、张二人克日领兵前去。文、张二人当下辞朝出来,分头去点定人马,一面出榜招揽天下英雄。

忽报杨太妃有旨宣召。文、张二人连忙入朝,杨太妃道:"文先生、张将军这番出兵,但愿一举恢复中原,挽回危局。奴想自先皇帝以来,只有元兵来入寇,我方设法御敌,从未曾起兵去攻伐他。这回文先生去克复江西,可算是头一次,不可不慎重其事。奴想定了主意，学古人那登坛拜将的礼，已委陆先生派人到城外去筑两个将坛，准定后天行礼。只是皇帝年纪幼小，奴又是女流，只好请陈先生恭代行礼的了。二位切不可推辞。"文天祥奏道："现在干戈缭乱，似乎可以不必衍此等仪文，况臣才识浅陋，屡次兵败，哪敢当此隆礼！"杨太妃道："先生，说哪里话来！这拜将出兵，本来为的是干戈撩乱，要去扫荡妖氛，才有这个礼呀！难道天下太平的时节，倒有这等事么？"张世杰道："汉高祖登坛拜将的事，只为韩信年轻，恐怕不能服众；所以玩出这个把戏来，有甚礼不礼？臣等都是身经百战的，何必这个！"杨太妃道："这是奴要表明皇帝慎重这事起见，两位都不可推辞。奴还有一个商量，如今上了孝恭懿圣皇帝的尊号，还没有进上册宝。奴想要差一个精细人，赍了册宝送到北边：一则是进册宝，二则是请三宫圣安，顺便探探情形。先生想想有甚可靠的人？"文天祥道："进册宝自是礼数，但送到北边去，恐怕不方便，倒是差人到北边去，请三宫圣安，打探消息是真。这册宝一节，依臣愚见，不如先在此望空上了，等他日扫平了'胡元'，三宫回銮时再上吧。"杨太妃道："先生说得是。但差遣何人去好呢？"天祥想了想奏道："臣有一门生，姓宗名仁。此人极精细，可以去得。"杨太妃道："他现居何职？"天祥道："在臣幕下，尚未受职。"太妃即命内臣传旨，封宗仁为代觐使，即刻宣召入朝。

不一会宗仁来到，山呼已毕，太妃道："文先生保卿可往北边，代请三宫圣安，屈卿充个代觐使。不知何日可以起行？"宗仁奏道："太妃慈德谦和，臣不敢当；至于代觐一节，无论何时即可起行。况臣也恋主心切，亦望早日觐见三宫，探个着实消息回来：一则上慰慈怀，二则也稍尽臣道。"太妃喜道："既如此，卿可择日起行，愈速愈好。"

当下一众辞出。宗仁跟天祥回府道："侍奉师相未久，今又要分离，真是令人无奈。"天祥道："这是一桩正事！到北边去，要紧是打听元人动静。这事非同小可，所以我不保别人，单保你去。不知你几时可去？"宗仁道："送过师相起节，就可动程。还有一件事，央求师相，不知可承俯允么？"天祥问："是何事？"宗仁道："门生兄弟共是五人。除门生及宗义跟随师相及张将军外，还有三个兄弟，前日追寻到此地来。那第四的名宗智，今年方才二十岁，他从小喜欢弄水，长大了就熟谙水性。宗义因这番张将军由海路出兵，就荐在张将军幕下。还有两个：宗礼、宗信。闲着无事，自小也学过武艺，意欲求师相收在麾下，早晚听候差使。"文天祥道："我今正在用人之际，所以出榜招揽天下英雄。令弟在此，是极好的了，快请来相见。"宗仁就叫人去唤来。不一会兄先弟后的来了。参见已毕，侍立左右。天祥抬眼看时，二人都是彪形大汉，浓眉广颡，燕颔虎腮，一望而知是两员勇将，不似宗仁虽是身材高大，勇力过人，眉目间却像一个恂恂儒者。天祥大喜，留在帐下。

到得晚来，门上又报说有四条好汉求见。天祥叫请进来相见。四人参拜过，各通姓名。第一个姓赵，名龙，表字云从，生得紫面虬髯。第二个姓李，名虎，表字公彪，生得唇红齿白。第三个姓白，名璧，表字复圭，生得气宇轩昂，声音洪亮。第四个姓胡，名仇，表字子忠，生得瘦小身材，举动机警。都是因为见了榜文，前来投效的。

天祥看罢，不胜之喜！齐命坐下相谈；又各赐衣甲鞍马。赵龙道："某等早想拜投丞相门下，尽忠王室，只恨没有机会；今见榜文，特来拜见，务望录用。"胡仇道："在下在临安时已暗暗的跟定了丞相。后来丞相到镇江，在下因恐鞑子要害丞相，也伏在左近。后来听说丞相走了，在下连夜访寻，杳无踪迹。后来在江边寻见了三匹马，料是弃马渡江了，也就跟过江来。忽听得军民人等纷纷传说，说丞相奉了元主之命，来说李庭芝投降。那时在下就冷了半截身子，喜得后来遇见谢叠山先生说起，方才晓得是谣言。那时已是无处追寻了。一天在海边，遇见一个渔翁；因自念终久是个亡国之民，何不学孔夫子说的乘桴浮于海呢？因央那渔翁带我在船上，帮他撒网起网，自愿不受工钱，承他应允了。谁知上船不到几时，起了飓风，把船上的桅也打断了，舵也打折了。无法可施，只得随风飘荡，足足受了五六天的风涛，却飘到了此处。上岸散步，问了土人。知道丞相在此，又说得不甚明白。在下就辞了渔翁，要来打听，半路上遇见这三位，说起丞相在此出榜招人，因此同来拜见。"天祥道："一向多承暗中保护，感谢不尽。"胡仇道："今日得见丞相，三生有幸，务乞收在帐下，早晚听令。"天详也谦让了几句，就让到外厢去，令与宗礼、宗信相见。

天祥叫了宗仁到里面说道："我看那胡仇为人甚是机警。你一个人到燕京去，我正在不放心，明日想派他跟你去，你意下如何？"宗仁道："初次相见，尚不知他的底细，如何好结伴？待门生出去试探试探他再看吧。"天祥道："正是！我叫你来也是要商量这事呢。"

宗仁就辞了出来，与众人相见，互通姓名，挨次坐下。宗仁便做个东，置酒与众人接风。连宗礼、宗信共是七位英雄，把酒论心，各诉生平，十分畅快。到半醉时，李虎叹道："如今干戈撩乱，其实不是我辈吃酒的时候；不过宗大哥美意，不便十分推辞。明日我们跟丞相出师，在阵前打仗的兴致，也要同今日吃酒一样才好呢！"宗仁闻言，十分敬佩道："弟岂不知此理！不过今日与众位初次相会，借此聊表敬意，二则借此大家谈谈心曲罢了！其实主意不在吃酒上呀！"

胡仇道："正是！我们此番得见丞相跟随着效力；我劝众位千万不可把'忠君报国'四个字摆在心上。"大众听得此话，不觉一起惊愕。胡仇道："列位有所不知，世上那班人动不动要讲'忠君报国'，面子上是很好看的，你试问他心里何曾知道君国是什么东西，不过借着这个好名色，去骗取'功名富贵'罢了。不信，你看投了鞑子那班官儿，当日做宋朝的官的时候，何尝不是满嘴的忠君报国？及至兵临城下，他的性命要紧，就把忠君报国那句口头禅丢到爪哇国去，翻转面皮投了降了！及至得了性命又想起那个功名富贵来，只是没法可取,他又拿出他的那副面具来去说'忠君报国';可是忠的是鞑子的君,报的是鞑子的国了!"说罢,便咬牙切齿的恨起来。白璧道:"我们只要把'忠君报国'四个字,不这样用就是了。"胡仇道:"我们何犯着挂那种卖假药的招牌!依我说,我们今日不过是各人去报私仇罢了。列位的事我不知,只我就是临安人,临安地方也没同鞑子见过仗,太皇太后先奉了降表过去,可以算得怕他的了。那臭鞑子不费一兵半卒之力,唾手直入临安。你看他还是杀戮淫掠得一个不亦乐乎!那时我想国也没了,要家何用?所以撇了家去暗中跟随文丞相。今番出兵是我们凭借着君国之力去报私仇。我想此时我家祖坟,不定也叫鞑子掘了,这个破家毁坟之仇,如何不报!列位看着我到了阵上时,捉了鞑子,我要生吃他的肉呢!所以我不说'忠君',只说'孝祖宗';不说'报国',只说'报仇'。"一席话说的众人一起点首。宗礼笑道:"依兄此说,我们国中现在鞑子不少,你何不杀两个出出气呢!"胡仇道:"唉,怎么兄要说出这种话来了!尽我的力量去杀,能够杀得几个呢?就叫我一个人杀他几百,也不能算得报仇,必要仗着兵力去克复城池,赶绝鞑子,才好算得报仇呀。"白璧道:"依兄此说,仍是不离'忠君报国'的宗旨。"宗仁道:"胡兄此言,甚是痛切,不过,他未曾将他的意思说得圆满,他说'报仇'就是'忠君报国','忠君报国'就是'报仇',把两件事混做了一件,办起事来越发奋勇些,是不是呢?"胡仇拍手道:"正是,正是!我满心是这个意思,不知怎样总说他不出来,好笑我在江北遇见了谢叠山,他打扮得不僧不道的模样,同我谈了半天,我说起报仇的话,他说甚好,甚好!但只一样,自己报不来,也要交代子孙去报。我想世界上哪有许多好子孙,到了子孙时候,鞑子盘踞得久了,莫说子孙要存了个深仁厚泽食毛践土的心思,就是子孙要报仇,那鞑子还要说什么'大逆不道'呢。"赵龙道:"及身报得来便好,报不来时,我便一头撞死了。并且连儿女都要自家先杀了,何苦留些骨肉叫人家去糟蹋。"白璧道:

"不能这样说。依赵兄这话，岂不是中国从此没了人了么！"宗仁道："凡事都要有一个退后思想，譬如我们明日出兵报仇，一路都是胜仗便好，万一不胜呢！再万一有甚大不测之祸呢！那时就不能不依叠山先生的话了。这后我也曾听先生说过，反复思量，这倒是个深谋远虑呢。我有一句话，请教胡兄，当日暗中跟随文丞相时，你是怎样跟法的？"胡仇道："我为要暗保文丞相，受了多少恶气。我是见了鞑子就恨的，那时没法，只好投入鞑营去。我若是投到伯颜跟前显显我的本事，不怕他不重用我，但是我为的是保护文丞相，犯不着拿本事去帮助仇人，所以只去充做一马夫。那天伯颜生日，大家大酒大肉的吃，偏偏我也吃醉了，及至醒来，失了三匹马，我心中一想，必是文丞相骑去了，偷入去一看，果然不见了，是我赶出去跑到北固山顶上一望，见那三匹马在江边吃草，知道是渡江去了。"宗仁道："我记得那夜天阴月黑，如何望得见？"胡仇听了，定睛将宗仁看了一看道："同文丞相一起的有两位，莫非一位就是宗大哥么！"宗仁道："正是。"胡仇拱手道："失敬，失敬！兄弟生就的一双眼睛，黑夜里可以辨得五色；若在白天里，只要目力可及的地方，可以辨出人的面貌。起初时，我以为人人都是如此，后来慢慢的才知道我竟是生成的一双怪眼。"大家听了，都觉得惊异。宗仁道："想来胡兄武艺，必定高强。"胡仇道："马上的功夫，却是有限，只因身材矮小，先就吃了亏。我看着各位的身躯雄壮，还十分羡慕呢！其余那小小技艺，不足挂齿的，不过心志总还不让人。"宗仁见他才气磅礴，知道他是一条好汉，非同那投营效力希图升官发财的可比。此番北上，得他结伴最好，因将文天祥打算叫他结伴到燕京的话说了一遍。胡仇道："我们投到此处，本来是任凭丞相差遣，就是赴汤蹈火，也在所不辞，何况走一趟燕京呢！我就伴送大哥到了，再折回到营里去也是一样。"宗仁大喜，再让一回酒。大家饭罢散坐。

赵龙道："今夕得闻胡兄报仇的一番议论，十分钦佩，我们今日虽是初见，却是彼此同志，何不大家定一个盟，不必学那世俗上的什么结为兄弟，只要联合一个盟会，立定了一个报仇的宗旨，始终不许渝盟，好么？"大众齐声道："好。"宗信道："虽不必学那个结拜兄弟的俗套，但必要公举一位盟主方好。"白璧道："赵兄先发此议论，就请赵兄做个盟主吧。"赵龙道："这个断不敢从。"李虎道："我有一句话，要举一个人，却是我说出来，不许再推辞的。"众人道："只要举得公允，自然大众赞成。"李虎道："我们多是一介武夫，如何好当盟主？须知我们今夜虽然只有七个人，将来人众起来，要办大事，或者不仗朝廷之力，另起民兵，代国报仇。或者别有他举，那时人多议事，盟主坐了主席，要博采众论，下个公断的呢。今夜七人之中，只有宗大哥文武双全，人材出众，正合推为盟主。"众人齐声道："好。"宗仁再三推辞。白璧道：我劝宗大哥一话，将来我们慢慢招致的人多了，那时有了比你强的，再让与那位未迟。"宗仁不能再辞，只得应允了。当下商量要起个会名。宗礼道："我们就学《三国演义》上周瑜的'群英会'如何？不然还有俗话说的许多'明日会''改天会'呢。"说的众人都笑起来。宗仁道："三舍弟常会说些疯话，诸位不可见笑。"于是当下议定了叫做"攘夷会"，大众折箭为誓，立了盟约。宗仁署了主名，其余挨次签名。宗礼道："大哥今日吃酒做了主人，如今联盟又做了盟主，真是主运亨通了。"说得众人又一起大笑。一宿无话。

次日清晨，宗仁把昨夜事告知天祥。天祥也是喜欢，当即入朝请旨，将新投效的都授了副将之职，只有胡仇封了代觐副使。

又过了一日，要行拜将之札，行过礼后，天祥就要起节。到了这日清晨，天祥带领众将官，上马出城，到坛上去。

要知到坛后情形如何，且听下回分解。

第十回

下江西文丞相建殊勋　度仙霞宗伯成得奇遇

话说景炎元年秋七月，丞相文天祥奉了经略江西之命，初八日行登坛拜将之礼。是日早晨，天祥自丞相府中，率领众将官乘马来到坛下，大小三军早已伺候。

那坛周围二百四十丈，分作三层，每层高一丈二尺。下层按着方位，分树青、黄、赤、白、黑五色旌旗。中层是风、云、日、月旗，分布四角，上层遍树飞龙、飞虎旗，当中迎风立着一面绣金"帅"字大纛。天祥下马登坛，众将分列左右，军中鼓角齐鸣。旗牌官报吉时已到，陈宜中秉着节钺，两员中军在后面左右跟随，一个手中捧着"经略江西丞相信国公定北大元帅"的金印，一个手中捧着尚方宝剑，步到坛上，南面立定。天祥北面受命，军中换奏西乐。宜中口传诏旨已毕，将节钺授在天祥手中。左一员中军官即将帅印代为挂上，右一员中军官也代佩上尚方宝剑。天祥北面谢恩。礼毕，宜中率领中军退下。

天祥就在坛上誓师，其辞曰：

粤唯皇宋，奄有四海，三百余年。上应天运，下洽民情。威震远迩，德被黎庶；蛮、夷归化，华夏倾心。蠢兹北虏，寒盟入寇。马蹄所及，恣其蹂躏。愤我宗社，几成墟屋；哀我百姓，淫毒备尝。三宫北狩，皇帝南渡。凡我中国臣民，咸当疾首；用是皇帝特命文某经略江西，荡除胡虏，洗涤腥膻。复我邦族，还我民命。文某才薄德凉，时虞陨越。咨尔大小军士，其各一乃心，用乃命，复乃皇室，为邦家光。荣施所及，矧唯文某？呜呼！"天下兴亡，匹夫有责。"尔军士尚其勖哉！

誓时三军肃静无哗。誓毕，军中又奏起军乐，勇气百倍。天祥下坛来到中军升帐，齐集诸将听令。先命赵龙领精兵三万，径取梅州。宗信领精兵一万，去取会昌。此二路系吉、赣要道，先须克复。白璧领兵二万，为两路都救应。自家率领宗礼、李虎将中军。杜浒随营参谋，其余偏裨将校，不及备载。调遣已毕，令前军先行。遂入朝陛辞。

却说陈宜中下得坛来，就往那边坛上去，与张世杰行拜将之礼。大致与这边一样，不必细赘。

天祥入到朝堂，恰遇张世杰也来辞朝。杨太妃道："文先生、张将军，此去但愿旗开得胜，马到成功。奴在这里专盼捷报。如今宋室江山一担的都托在两位身上。可怜奴是女流，一事不知，皇帝年幼，真正是孤儿寡妇。务望两位各矢丹心，列祖列宗在天之灵，也当铭感！奴母子更不必说了！"说着不觉抽咽起来。天祥、世杰同奏道："臣等自当竭尽股肱之力，恢复中原，继以肝脑徐地，以报国恩。"奏罢，辞出。张世杰自由海道进兵。

天祥回到军次，先行官早已起程去了。宗仁、胡仇等着要送行。忽报有故人求见。天祥叫请入相会。原来是皇宋前任权守赣州的吴浚，天祥做江西提刑使时与他相识。此时已降了元朝，封了顺侯，派在伯颜帐下效力。阿里海涯来攻汀州，伯颜又派了他跟随呵里海涯。他仗着素来与天祥相识，在阿里海涯跟前夸了口，要说天祥投降，所以此番来到。天祥不知来意，只叫请入来相见，分宾主坐下。天祥先开口说道："仆与足下昔日是寅僚，今日是仇敌。远劳光临，不知有甚见效？"吴浚道："今日虽是仇敌，焉知他日不仍做寅僚？久不见故人，特来倾吐心腹，何以足下一见先就说此决绝之话？"天祥拱手道："如此说来，莫非足下已萌悔过之心，要投诚反正么？果是如此，仆当奏闻朝廷，赏一个四品衔的主事。足下自北营来，必知北营虚实；倘能倾心相告，只这便是一件大功。"吴浚道："足下且莫性急，容仆细细奉告。"古人云：'良禽相木而栖，贤臣择主而事。'又云：'识时务者为俊杰'。宋室三百余年，气运已尽，今大元朝大皇帝奉天承运，入主中华，况又礼贤下士，所有投诚之人，一律破格录用。又久仰足下大名，特降谕旨，令各路军马倘遇足下，不许杀戮，必要生致。圣意如此，无非欲足下改事新朝，与以股肱之托。足下何不弃暗投明，不失封侯之位？仆为此事，特来相劝，务乞三思。"天祥听罢，勃然大怒道："我以为你投诚反正，方十分庆慰；讵料你出此禽兽之言，也不想你身为何国之人，向食哪朝之粟，欺君背主，卖国求荣。还有面目来见我，出此没廉耻之言。我文某一向只知道：'乐人之乐者忧人之忧，食人之食者死人之事。'你那一派胡言，只怕狗彘也不要听，何得来污我之耳！我今日系兴兵恢复的吉期，正缺少祭旗品物，就借你狗头一用。"喝叫："左右，与我斩了。"左右听令，一拥上前将吴浚推出辕门斩讫，呈上首级。天祥祭旗已毕，下令起行。

　　宗仁、胡仇二人，送至十里长亭，方才拜别。回到朝中，拜辞杨太妃，也要即日起行。太妃发下请三宫圣安的表文及黄金千两，叫代呈三宫使用。二人辞了下来，便结束登程。

　　胡仇道："我们今日虽是奉命往北，但沿途上多是失陷的地方，都有元兵把守盘查。我们须得改了装束，冒作鞑子，方得便当。"宗仁道："我们堂堂中国之人，岂可胡冠胡服？"胡仇道："时势不同，只得从权做去。我们虽是暂时借穿胡服，那一片丹心，却是向着中国，比那些汉家衣冠的人，却一心只想要降顺新朝的如何呢！我们此去，虽说是个钦差，其实是细崽的行径，怎好不从权做事！"宗仁见他说的有理，就换上一身蒙古衣服。两人分着背上了那千两黄金，怀了请安表文，佩了宝剑，结束停当，扳鞍上马，一路长行去了。

路上看见那些百姓人家，流离迁徙的景象，真是伤心惨目，看见他二人走来，都是远远避开的。到了晌午打尖晚来落店，那些饭店旅馆，都不较量价值，可以随意开发，有的时候，开发他也不要。宗仁心中甚是诧异，便向胡仇说起。胡仇道："宗大哥何以聪明一世懵懂一时？连这个道理也不晓得！"宗仁诧道："这里面又有甚道理？我却是不晓得。"胡仇道："宗大哥何不自己照照镜子，扮的是什么模样！中国百姓，叫那臭鞑子凌虐的够了！莫说看见了害怕，就是说起来也心惊胆战呢！他们看见我们这个模样，当是真正鞑子来了，哪里还敢计较！哪里敢不走避！只怕我们吃了他的饭，住了他的店，一文不开发，还打他一顿踢他几脚，他也不敢作声呢！"宗仁听了不胜叹息，胡仇又道："我们改了这个装束，不过是为了前面走路起见，真是神人共鉴的。还有那丧廉耻，没天良的，故意扮了鞑子来欺人。或者结识得一两个鞑子，仗着鞑子的势来欺人呢！这种人，真是狗彘都不如，说着也要动气的。"宗仁越加叹息。一路上谈谈说说，倒也不甚寂寞。

一天走到了衢州地界，已是申牌时分。只见迎面一座大山，挡住去路。胡仇指道："前面那山，名叫仙霞岭。有一条石路，可以越过岭去。岭上山明水秀，还有瀑布一道，倒可以游玩游玩。"说着走到山下，谁知要寻那条石路时，再寻也寻不着，添了许多树木怪石。胡仇道："这又作怪！莫非鞑子做出来的，这塞断了大路，又是为着甚事呢？如今只好在山脚下绕过去的了。"抬头看时，西面万山丛杂，路径崎岖，想来不大好走。东面虽然也是一条小路，却还平坦些，二人就投东面路上去。一路上弯弯曲曲，甚是难行。约摸走到三里路光景，忽听得一声锣响，树林内跳出二三十骑人马，大叫："鞑子！留下买路钱来。"恼了胡仇,拔出佩剑,纵马杀将过去。那二十余骑一起迎上。宗仁也舞剑来助,杀十几个回合,不分胜败。终究是在小路上厮杀,转动不便,手中又是短剑,所以杀不过去。

宗仁大叫:"胡兄,且休同这毛贼厮杀,我们先退下去再商议吧。"说罢,拨马先走。胡仇随后也退了,喜得那毛贼并不来追赶。两人退了半里路,下马歇息。此时已是日落西山,天色昏黑,两人席地坐下,取些干粮充饥,商量如何过去。胡仇道:"我道此处本有一条石路,越过岭去的。如今寻不出来,一定是这伙毛贼塞断了,叫人家走这条小路,他却在那里拦抢。我们今夜先寻一个地方宿了,明日过去,好歹杀他一个一干二净,以便行旅。"宗仁道:"此地厮杀很不便当,并且不知他有多少伙伴,我们不如且在此歇息歇息,等到夜深时,摘去了马铃,悄悄的过去了,岂不是好?"胡仇点头称善。

二人坐了许久,看看斗转参横,大约已是半夜光景。两人悄悄的上马,按辔徐行,一路上果然没有遇见强人。走了一程,看看将近绕尽此山,忽然吃嗒一声,如天崩地塌一般,两个人两匹马一齐跌落陷坑之内。四下里锣声响处,登时火把齐明,一伙喽罗走来用钩铙搭起。说也奇怪,搭起看时,明明两个匹马,却只有宗仁一个人。那喽罗便四面去搜寻,哪里有个影儿?宗仁心中也暗暗称奇。

众喽罗只得绑了宗仁,牵了马匹,解上山去。来到一个所在,有几间大房子,气象倒也威严。入门看时,当中一座大厅,正面摆着公案。公案上面坐着一条大汉,见众人推宗仁上来,便喝问道:"你这靼子,往哪里去?从实说来,饶你一死。"宗仁喝道:"胡说。我明明是中国人,你怎么知道我是靼子?"左右又禀道:"本来是两个靼子,跌在陷坑内。另外一个不知哪里去了!"那大汉又道:"你那同伴的靼子哪里去了?"宗仁道:"你怎么只管叫我做靼子?我已被你们暗算了!我哪里知道我同伴的下落!"那大汉切齿大怒道:"你自头至脚没有一处不是靼子装束,怎么敢冒充中国人?"宗仁道:"我偶尔改装,也是常事。"那大汉更是暴跳如雷道:"你是个真鞑子,我倒饶你一条狗命,留在山中当点苦差。你若是个中国人忘了国家,甘心扮作鞑子,我便先杀了你。"喝叫左右搜他身畔。先是解下一个皮袋,内有黄金五百两,并有些零碎银子干粮等物。又在怀中取出了恭请三宫圣安的表,那大汉看了吃了一惊,立起来问道:"你这人究竟是甚路数?快快说来。"宗仁看他神色举动,料是一个草莽英雄,正打算用言语激动他,使他投诚到文天祥那里去,也可得一臂之助。今忽听他又问,因直说道:"我姓宗名仁,表字伯成。奉了杨太妃及皇帝之旨,到燕京去请三宫圣安。因恐到得北边,中国人走动不便,故此改了胡服。"那大汉听罢,急急下座,亲自松了绑,扶宗仁上坐,纳头便拜。口中说道:"不知天使过此,多有冲撞,不胜死罪,还望天使包涵。"宗仁倒弄得一惊,连忙扶住道:"壮士快请起,不必如此。请问贵姓大名?"

那大汉不及回宗仁的话,忙叫手下:"快快多打火把,四面去寻那一位天使的伙伴来,倘有一差半失,我的罪更大了。"说话未完,忽听得半空中有人大叫道:"不要寻,我来也!"声尚未绝,飕的一声,胡仇已立在庭前,手中仗着雪亮的宝剑。那大汉及宗仁都吃了一惊。宗仁虽是同胡仇结伴同来,却也不曾知道他有这个本事,当下吃惊之中,着实带几分欢喜。当下胡仇上前相见,通过姓名,便道:"刚才我跌下坑去,几乎也同宗大哥一齐被捆,幸而生得身体轻便些,一纵便纵出坑外。四下里已是一片锣声,火光乱起,急得我又不敢厮杀,只得寻个地方藏身。喜得此地树木甚多,我还不敢爬上树去,恐怕被人看见;只得又是一跳,跳上去时,双手捉住一个树枝,然后将双脚钩起,伏在树上。看他们簇拥着大哥进来,我一路上也在树上蹿来蹿去的跟到此地,伏在檐上窥探,打算要设法相救。"说毕在怀中取出一支小小的镖儿,对那大汉道:"你若要杀宗大哥时,你脸上早着了它也。"那大汉连道:"不敢,不敢。"

宗仁又请问那大汉姓名。大汉道："在下姓金，名奎，本是衢州人氏。当日在吕文焕部下，镇守襄阳，可恨吕文焕那厮，平白地反了，投了胡元，引兵入城。我恨得无法可施，率领部下五百人，大杀他一阵，走回衢州。鞑子来寇衢州时，本来可以把守；又可恨留梦炎那厮，不知为着甚事，放着现成宰相不去做。却逃到衢州去隐姓埋名的住了好几时。等到鞑兵临城时，他却偷出来开了城门，纳了元兵。气得我三尸乱暴，七窍生烟，仍旧率领五百人，杀出城来，走到此处。我忽然一阵心动，想去投朝廷，不如权且在此落草，养精蓄锐，再定行止。因将大路塞断，单留下一条小路，在下虽说是落草在此，却并不称王称霸，也并不骚扰中国人，专门与鞑子为难。两位天使如果不是这等打扮，过山时，守路的兵非但不敢惊动，并且指引避过陷坑呢。"宗仁听了一席话，十分钦佩。因劝金奎去投文天祥。金奎道："在下也久有此意。但我的庐墓，多在衢州，因想先克复了衢州再讲。"

胡仇道："不可，不可。我猛然想起一事来了，我们所定的'攘夷会'，还没有一个基址，终不成这会散在各处，没有一个归总的所在，莫若就设在此处，将来招致着会友，有愿跟随文丞相张将军出征的最好；倘是一时没有机会的，也好投奔此地。"金奎问是什么"攘夷会"。宗仁告知备细。金奎大喜道："此地尚有一位英雄，等天明了大家相会，再作商量。此刻天也快亮了，大家歇息歇息吧。"叫左右在别室铺设好床褥，请二人安置。自家也去睡了。

二人听说还有一位英雄，不知是何等人物，急着要相见，哪里还睡得着，翻来覆去，直至天明，即便起来，伺候的人送上脸水，二人梳洗已毕，早点已送上来，只见侍候的人，走路好像很不便似的，再细看时，原来一个个脚下都戴着脚镣。二人心下暗想："这是为着何故？看金奎是个豪爽的人，不应该如此刻毒。"正在想着要问时，金奎已带着一个人进来。只见那人生得面如冠玉，唇若涂朱，眉清目秀，虎步龙行。两人起身迎着相见。金奎代通姓名，始知此人姓岳，名忠，表字公荩，系岳飞的玄孙。当日在仙霞岭的一个古庙内读书。金奎到仙霞岭时，彼此相见十分投机。及至金奎将大路塞断，就山中立起寨栅，将古庙拆去，盖造了若干官室，俾众兵士居住。这岳忠仍留在此，金奎只当他是个客。

当下表明来历，四人重新叙起后来。讲到'攘夷会'一节，岳忠也十分赞成。宗仁在皮袋内捡出那张盟约，请他二人署名。二人署毕，宗仁便要将这盟主让与岳忠。岳忠哪里肯应。胡仇道："如今主盟不主盟，倒还不急着推让；倒是这张盟约，要存在此地。金兄既允了借此地做个会所，就请按着这约上的姓名，写个信儿，到文丞相大营去通知，好在各友都在那里。"金奎道："这个使得。"当将盟约收下，邀二人同去看操。二人应允。

于是四个人一起出来，走到大厅上，抬头看时，当中挂着一个大匾，写着"仇胡堂"三个大字。胡仇不觉笑起来道："昨夜来得鲁莽，未曾看见。金兄何故将我的名字，倒过来做了堂名呢？"金奎也笑了。岳忠道："当日我本说这两个字不雅驯，金兄要表明他的主意，一定要用它。此刻做了攘夷会的会所；明日把它卸下来，就直用了'攘夷会'三个字，岂不是好！"金奎道："好，好，明日就换。"说着出了门，上马去看操。

宗、胡二人沿路看时，原来遍山都是树木，而且那树木种的东一丛，西一丛，处处留着一条路，路路可通，真是五花八门，倘不是有人引着，是要走迷的。金奎道："这山上树木很多，这都是岳兄指点着移种的。这是按着'八阵图'的布置；虽然不似'三国演义'说那鱼腹浦的'八阵图'的荒唐。然而生人走了进来，可是认不得出路呢！"宗、胡二人十分敬服。说着出了树林，来到校场。金奎让三人进了演武厅，分宾主坐下。下令开操。看他不过是三四百人，却是号令严明，步伐齐整。金奎道："这也是岳兄训练的。"二人益加敬服。

阅毕，又同到山后去看农业。原来仙霞岭后面，是一片平阳，四面众山围住，一向是个荒地。金奎到后，就叫众兵开垦起来，居然阡陌交通。田畔又有百余间房子，居然像个村落，里面有纺织之声。宗仁道："这里还有妇女么？"金奎道："在下所部的兵士，多是衢州人，所以陆续有接了眷属来的，都住在此处。左右没事，就叫她们做些女织。我这山中便是个世外桃源了。"

　　说话间，宗仁瞥见一群人，在田上耕作，却一般的都戴着脚镣。正要相问，忽一个兵士来报山下捉住一人，装束得不蒙不汉，又像是个疯子，请令定夺。

　　不知此人是谁，且听下回分解。

第十一回

君直初上仙霞山　岳忠夜闹河北路

　　却说岳忠、宗仁、胡仇、金奎四人，正在那里观看地势，彼此闲谈。忽报山下捉住一人，装束得不蒙不汉，请令定夺。金奎便同三人仍旧上马，回去发落。走到大堂之上，只见"仇胡堂"的匾额，已经卸下；另用青松翠柏，扎成"攘夷会"三字，挂在上面。金奎愕然，问起缘由。方知是岳忠交代手下人做的，不觉大喜。

　　四人分宾主坐定。众兵丁拥上一个人来。大众举目看时，只见那人须眉似雪，面目枯槁。穿着一身麻衣，足蹬麻履，头戴草帽，将一把雪白头发，披在肩头。手执一只黎杖，昂然上前。金奎远远看见，便道："这不僧不道的，一定是个妖人；不然就是个疯子。"岳忠道："当此扰乱之时，或者是个高人，佯狂玩世，也未可定，正未可轻视。"话犹未了，只见宗仁起身下座，抢步前去，对着那老人，倒身下拜。金奎等倒觉得愕然。

　　原来此人不是别人，正是谢枋得。当下宗仁指与众人，一一相见。金奎先举手谢过道："不知老先生鹤驾远来，有失迎迓。下人无知，又多失礼，尚望恕罪。"岳忠道："谢先生节义凛然，久已钦佩。今日不吝尘驾，必有所见教。"枋得道："国破君亡，不能补救万一；

又且丧师失地，正在不胜惭愧，不期外间反加以节义之名，真是惭愧欲死。因在福建一带，闻得金将军义不降元，独在此处，占据一方，故特冒昧到此拜谒，愿闻将军雅教。"金奎道："在下鲁莽无知，只知道'食人之禄者，忠人之事'。一向佐着吕文焕那厮，把守襄阳。当日虽然樊城已失。襄阳势孤，然若肯死守，未必不可以待援兵。叵奈吕文焕并不集众商议，竟就私竖降旗。那时我本待杀却那厮，据城自守。无奈降旗一竖，人心已散，杀他一人，亦属无益；所以等他迎鞑子入城时，痛杀他一阵，逃到此地。我意总以为守得大宋一寸土，还有个安身之地。公芘屡次劝我，力图恢复。我想这是一件极难极重的事，只好做到哪里算哪里的了。"

岳忠道："在下虽有此志，只是才疏学浅，年纪又轻，经练更少。今得叠山先生惠然肯来，正好商量此事。"枋得道："哪里话来！岂不闻'英雄出少年'。列位年富力强，正好替国家出力。老夫年来神气昏瞀，在此苟延残喘。天下大事，正在仰仗列位呢！老夫今日来此，有一件事奉告，亦有一件事奉托，不知可肯见听？"岳忠忙道："老先生不吝教诲，自当洗耳恭听。"

枋得道："列位雄据仙霞岭，志图恢复，自是可敬。老夫所奉告者是：请列位万勿灰心，更不可轻弃此地。而且据此一隅之地，要图恢复万里江山，子非三年五年可成之事。列位在此办事顺手，固是可喜可贺，万一施展不来，可不要徒恃一己之能。"金奎道："招致英雄，是我本来心愿。这节自当领教。"枋得道："不独招致英雄，就可了事，最要的莫如教育后进。拣年轻有志之子弟，各尽所长，尽心教育，务必使之成才。如此就是我一生之志未遂，将来也可继起有人。我办不到的，也可望后人办到。若只知尽我之力，做将过去。有志未遂，一朝咽了气，便以为我一生已经尽职。未免所见太浅了。所以诸葛武侯'鞠躬尽瘁，死而后已'两句话，为世人所最佩服，我却并不佩服。须知受人寄托，死后尚不能卸责。既知道死后尚不能卸责，就当立一个死仍不已的主见。若只知死而后已,则只须看见事不就手,拼了一死,博个死后荣名。试问于事有何益处?至于要做到死仍不已的地步,却除了教育后起,没有第二个方法。此是老夫特来奉告的一件事。"岳忠不禁点头道:"老先生高论,真是高深邃远。从此当写作'座右铭',竭力做去。并当把此论传之后世,庶几一代办不成之事,可望第二代,推之还可望第三第四代。"胡仇忽接口道:"这么说,到了灰孙子的灰孙子一代,总有办到之一日呢!"说的大众一笑。

枋得正色道:"这可也是正论,不过讲到教育后起,并不是一定要教自己子孙,只要是年轻有志的,都要教起来。不必多算,一个人只要教十个,将来那十个,就可以教一百个,人才日多,哪里还有办不到的事呢。"金奎道:"话虽如此,只是同在下一样的,不过只有了几斤蛮力。别样学问,一点也没有。拿什么去教人呢?"枋得道:"这是将军过谦了。将军有了武艺,就教武艺。等那有韬略的去教韬略。我本来说的是各尽所长去教人呀!并且还有一层,像将军这抗拒元兵。那一腔忠义之气,就很要拿出来教人。这个比教武艺、教韬略更为要紧。只要教得遍地都是忠义之士,你想我们中国,还有那鞑子立脚的地方么?"金奎大喜道:"我一向也不知什么叫做忠义,只觉得我自家满肚子不平。看看我们好好的一座锦绣江山,怎么叫那骚鞑子来乱糟跶。想到这里,我就恨不能生吃鞑子的肉!谁知这点不平,就叫做忠义。老先生这等说来,那忠义之士是极容易得的。"枋得道:"本来从古忠义之士,多半是不平之气养成的。施展在朋友上面,就是侠士;施展在国家上面,就是忠义。"岳忠道:"金将军向来没有表字。今得闻谢老先生高论,我可奉赠一个表字给金将军,莫若就称做'国侠'吧。"宗仁道:"好个'国侠'!除了金将军,也没人敢当。"

岳忠道:"闲话少提。请教谢老先生说,托我们的是一件什么事?"枋得道:"老夫所生三子,长子名义勇,不幸早年亡故。次子熙之,三子定之,此时尚流落江西。老夫一月以前,已经着人带信去。叫他投奔金将军麾下,早晚听受驱策。料想不日可到,还求金将军收纳。"金奎喜道:"这好极了!有什么托不托,求不求,只叫我仙霞岭又多两位英雄。"岳忠道:"两位公子,如果惠然肯来,在下等得以朝夕侍教。"枋得抢着说道:"将军不必说此谦话。总是气味相投,志同道合,方才来投奔。将来彼此有个切磋。这是老夫敢说的。"说罢,又回头问宗仁:"何以亦在此处?"宗仁将奉诏到燕京的话,说了一遍。

金奎便叫置酒,代枋得接风。枋得道:"这可不必!老夫也不能多耽搁,就此要告辞了。"岳忠道:"老先生既然到此,何不就在此处安住几时?"枋得道:"我住在此处,徒占一席,于事无济,倒不如仍然到外面去,明查暗访。遇了忠义之士,英雄之流,也可以介绍他到此地来。岂非一举两得?"岳忠道:"老先生既不肯屈留,又有这番盛意,自不敢相强。但是吃杯水酒,再去不妨。"枋得道:"不瞒列位说,老夫惨遭世变,国破家亡,已是茹素多时了。"岳忠对金奎道:"我们终日酒肉,惭愧多矣。"枋得道:"这又是一个说法,老夫是老朽无用,论公事上面,眼看得天子蒙尘,山河破碎,不能补救万一,论私事上面,先兄君禹,在九江就义,亡弟君泽、君恩、君锡都是同死国难。只有我觍然面目,偷生人世。所以食不甘味,麻衣茹素,稍谢罪戾。至于列位,正当养足精神,代国家报大仇雪大耻,又岂可以我为例呢!"说罢,飘然辞去。金奎等送至山下,握手而别。

当下四人送过枋得,仍上山来。宗仁亦欲告别。金奎、岳忠,哪里肯放,一定留住,要把"攘夷会章程"议定,才肯放行。宗仁道:"此时小弟君命在身,实在不敢久留,等到过燕京,得了三宫着实消息,复过命,再来商议。"岳忠道:"君命固重,但以国家大事,与君命较,则君命为轻。我等所议'攘夷会',正是国家大事,纵耽搁几天,有何妨碍。"宗仁无奈,只得暂时住下。又取出盟约,请金奎存下。金奎初时不肯,宗仁再三推让,并要将这盟主,让给金奎。岳忠道："盟约带在身边，本不方便，就存下何妨。盟主一层，依小弟愚见，一定是要众位同盟公举，宗天使也不能以一人私见，就让了出来；不如盟主的名目，仍旧请宗天使承了。一而发信到各同盟处，知照本会基址，设在此处，以后有愿入会的，都以此处为归宿。招接一切的事，就请金将军担任了，岂不是好？"宗仁、金奎听了，也同声应允。

大家又商量了一会整顿山寨、操练兵马的事。岳忠想起谢枋得之言，就挑选了十多名年纪少壮、粗知字义的兵丁，教育起来。金奎也选了二十名彪形大汉，教他们十八般武艺。

宗仁、胡仇又耽搁了一天。到了次日，一早起来，便要辞别。金奎不便强留，就在山下置酒送行。宗仁、胡仇也不便推辞，一起来到山下草亭之内。宗仁便不肯入席，只立饮三杯，就要上马，因看见行酒的小厮，也都带着刑具。宗仁更耐不住，问道："请教金将军，这班人犯了何罪，却要他带了刑具服役？"金奎道："大使有所不知，这班都是我虏来的鞑子。因为他野心不死，恐怕他逃走去了，所以加上刑具。然而白养着他，又不值得，因此叫他服役。"宗仁道："这个似乎过于残忍了！"金奎道："天使知其一，不知其二。我若不残忍他，他却要残忍我呢！两位此次到燕京去，留心看那鞑子待我们汉人，是怎样待法，就知道了。"宗仁此时，不及多辩。同胡仇匆匆饮过三杯，大家说声珍重，上马向北而去。在路上晓行夜宿，自不必提。

一日行至河北地方，这里久已被元兵陷落，一切居民，都改换了蒙古服式，蒙、汉竟无可分别。只有蒙古人，不问寒暑，颈上总缠着一条狐狸尾巴，因他们生长在沙漠寒冷之地，自小就用惯了这件东西。所以到了中国，虽在夏天，热的汗流浃背，他仍不肯解下。中国人向来用不惯，所以虽然改了蒙古装束，颈上却还没有这一件毛茸茸的东西。这天宗、胡二人，来到河北镇上，天已将晚，遂寻一家客寓歇下。

胡仇往外散步，偶然经过一条街上，看见围了一丛人，不知在那里看什么。胡仇走上一步，分开众人，挨进去观看，只见两个蒙古人，按着一个汉人，在那里攒殴。胡仇正欲向前问时，那两个蒙古人已经放了手，两个人各提了一只牛蹄，扬长的去了。那个汉人，在地下爬了起来，唧唧咕咕的低声暗骂。胡仇把他打量一打量，这人却也生得身材高大，气象雄壮，只可怜已是打的遍体鳞伤了。只见他一面骂着，一面一拐一拐的向旁边一家铺子里去了。

此时围着的人，也都散开了。胡仇走到他铺子里，拱拱手道："借问老哥，为何被这两个鞑子乱打，却不还手，难道甘心愿受的么？"那人听说，把舌头吐了一吐，道："你这个人，敢是蛮子，初到这里来的么？"胡仇道："在下是中国人，不是什么'蛮子'。可是今日初到贵地，因见你老哥被人殴打，心有不平，所以借问一声。又何必大惊小怪呢！"那人听说，站起来道："客官既是初到此地，请里边坐吧。"胡仇也不谦让，就跟他到里间去。

那人先问了胡仇姓名，然后自陈道："我姓周，没有名字，排行第三，因此人家都叫我周老三。又因为我开了这牛肉铺子，又叫我做牛肉老三。胡客官，你初到此地，不知此地的禁令，是以在下好意，特地招呼你一声。你方才在外边说什么'鞑子'，这两个字是提也提不得的。叫他们听见了，要拿去敲牙齿拔舌根呢。"胡仇道："我不问这些，只问你为什么被他们乱打？我来得迟，并没有看见你们起先的事，但是我看你光景，好像没有还过手，这是什么意思？"周老三吐舌道："还手么，你还不知这条律例！此地新定的条例：天朝人打死汉人，照例不抵命；汉人打死天朝人，就要凌迟处死。天朝人打汉人，是无罪的；汉人打了天朝人，就要充到什么乌鲁木齐、乌里雅苏台去当苦工。你道谁还敢动手打他呢！"

胡仇满腹不平，问道："难道你们就甘心忍受他么？"周老三道："就不甘心，也要忍受。忍受了，或者还可以望他们施点恩惠呢！"胡仇道："这又奇了，眼见你被他打了，还有什么恩惠？难道你方才是自家请他打的么？"周老三道："天下也没有肯请别人打自家的道理。因为这两位兵官，到我小店里买一斤牛肉，我因为刀子不便。"胡仇道："怎么你开了牛肉铺子，不备刀子的呢？"周老三道："你真是不懂事。这里的规矩，十家人共用一把刀子；倘有私置刀子的，就要抄家的呢！这一把刀子，十家人每天轮着掌管。今天恰不在我家里，所以要到今天掌管的家里去取了来，方能割剖。那两位兵官等不得，只给了我五十文钱，就要拿了一只牛蹄去。我不合和他争论，他就动了怒，拉我到外面去打了一顿，倒把牛蹄拿了两只去，五十文也不曾给得一文。"胡仇道："这明明是白昼横行抢劫，还望他施什么恩惠呢？"周老三道："我今天受了打，并没有还手。他明天或者想得起来，还我五十文，也未可定。这不是恩惠么！"胡仇听得一肚子气。却因为要打听他一切细情，只得按捺着无明火。又问道："他的规矩，虽然限定十家共用一把刀，你们却很不便当，不会各人自家私置一二把么？"周老三道："这个那里使得！这里行的是十家联保法：有一家置了私刀时，那九家便要出首，倘不出首时，被官府查出了，十家连坐。你道谁还敢置私刀么！"胡仇道："我只藏在家里，不拿出去，谁还知道。"周老三道："到了晚上，官府要出来挨家搜查呢！搜查起来，翻箱倒匣，没有一处不查到，哪里藏得过来。"胡仇听了，暗暗记在心上。却又问道："这镇上有多少人家？他哪里夜夜可以查得遍？"周老三道："他不一定要查遍。今天查这几家，明天查那几家，有时一家连查几夜，有时几夜不查一次。总叫你估量不定。"

胡仇道："你们也一样是个人，一样有志气的，怎么就甘心去受那骚鞑子的刻薄？"周老三连连摇手道："客官噤声。这两个字是提不得的，叫巡查的听见了，还了得么！这里安抚使衙门出了告示，要称他们做'天朝'，叫你们中国人做'蛮子'。"胡仇大怒道："难道你不是中国人么？"周老三道："我从前本来也是中国人，此刻可入了'天朝'籍了。我劝你也将就点吧,做蛮子也是人,做天朝人也是人,何必一定争什么中国不中国呢!此刻你就是骂尽天朝人,帮尽中国蛮子,难道那蛮子皇帝,就有饭给你吃,有钱给你用么?从古说:'识时务者为俊杰'。我看客官你真是不识时务呢!"胡仇听了,一肚子没好气。知道这等人,犹如猪狗一般的,不可以理喻,立起来就走了。

回到客店,同宗仁说知前项情事,道:"旁的不打紧,只有我们的要紧东西,不能不收藏好了。不知那鞑子们,今夜查到这里不查呢?"宗仁点头道:"是。"此时已是黄昏时分,两人商量把那请安表文,和自家的随身军器,以及金银等物,要设法藏过。四围看了一遍,正在无处可藏,忽听得外面有人说话道:"客人来迟了!小店都已住满,请到别家去吧。"又一个道:"东边那屋子,黑漆漆的没有灯光,不是空着么?"一个道:"那屋子住不得。那里有大仙住着,走近门口就要头痛的。"这一句话,直刺到胡仇耳朵里,连忙出来一看,果然见东面一间房子,乌漆黑黑的,没有人住。心下暗暗欢喜,等那些人走开时,回到房里,把那要紧东西,包在一起,悄悄的拿到东边那屋子里来。走到门口,轻轻用手一推,却是锁着的。门旁有个小小窗户,再去开那窗户时,喜得是虚掩着的,一推就开了。忙忙把那要紧东西,递了进去,倚在窗下,仍把窗门轻轻带上。回到房里来,与宗仁两个相视会意。

胡仇叹道:"不料此处行这般的苛政,把汉人凌虐到这步田地。还有那些人,肯低首下心去受他,真是奇事!"宗仁道:"岂但此处,自此往北一带,无处不是如此。我们从此倒要十分把细呢!他到处都设了一个安抚使。这安抚使何尝有丝毫安抚!我看倒是一个凌虐使呢!我今日听得这里店主说,这安抚使每夜还要选民间美女十名,去侍候他。那没廉耻的顺从了他,到明日,或后日,不定还望他赏了一二百文铜钱。放了出来,碰他高兴的时候,还要叫进去。内中有两个有点志气的,自然抗志不从,却从没有放出来过,不知叫他怎样处置了。你想：这还成个世界么？"胡仇听了，好生不平。

　　说话之间，已交二更。于是安排就寝，这一夜却喜得鞑子没有查到这店里来。不一会，宗仁先睡熟了。胡仇翻来覆去，只睡不着；坐起来侧耳一听，觉得四边人静，不觉陡然起了一点侠气。悄悄起来，换上了一套夜行衣，开出房门，走到东边那房子，开了窗户，取出那一包东西来。解开来取出了自己所用的一把朴刀，挂了镖袋，取了火绳，结束停当，仍旧把东西放好。掩上窗户，腾身一跃，只觉得满天星斗，夜露无声。

　　不知胡仇要到何处去，且听下回分解。

第十二回

盗袖镖狄琪试本领　验死尸县令暗惊心

　　话说胡仇当夜结束停当，佩了扑刀，带了袖镖袋儿，纵身上屋。四下里一望，只见是夜月色微朦，满天上轻云薄雾，疏星闪闪，从云隙里射出光来。胡仇此时，一心只要往安抚使衙门里去，探听他们的举动，到底他把我们汉人如何凌虐；好歹结果了那鞑子民贼，抒抒这胸中恶气。想罢，只往房屋高大的地方窜去，好在他从小学就的是飞檐走壁的本领，不用三蹿两蹿，早到了一所巍峨官署。胡仇心下暗想："我此番进去，是要杀人的，要探听明白，不要误伤了人才好。我今日初到此地，未曾打听得到底有几处衙门，要是错走了人家，岂不误事！"想罢了，蹿到头门瓦檐旁边，一翻身扑将过去，双脚钩住了廊檐，右手托着椽子，左手拿出火绳，晃了一晃。仰起面来一看，只见门头上，竖的一块白匾，写着"钦命河北路安抚使"八个大字。暗道："不错了。"

　　收过火绳，使一个猛虎翻身的势子，仍旧到了屋上。走到里面廊房顶上，往下一看，只见静悄悄的没有人声。只有东边一间，里面有灯光人影。想来："这都是不要紧的地方，我且到上房去看。"想罢，就从大堂顶上过去，又过了三堂。再往下一看，是一排五间的高大房屋，两边还有厢房。想："此地是上房了，只不知那鞑子住在哪一间里面，且下去看看再说。"

遂将身一纵，轻轻落了下来，脚尖跕地，四面一望。只见东面一间，灯光最亮。走到窗下，吐出舌尖儿，将纸窗湿了，轻轻点了个窟窿，往里一看。只见一个老头儿，坐在醉翁椅上打盹，还有两个白面书生对坐着：一个低头写字，一个旁坐观看。只见那写字的放下笔来，把纸一推，说道："据我看来，这些人都是多事。此刻眼见得天命有归的了，乐得归化了，安享太平富贵，何必一定要姓赵的才算皇帝呢！象文天祥、张世杰他们倒也罢了，这一班手无寸柄的，也要出来称什么英雄豪杰？想来真是呆子，他也不想想，就算姓赵的仍旧做皇帝，那姓赵的哪里知道有他这么一个人呢！"一个道："可不是吗！我先父做了一世的清官，到后来只叫贾似道一个参本，就闹了个家散人亡，先父就在狱中不明不白的死了。这种乱世之中，还讲什么忠臣孝子！只好到哪里是哪里的了。"说话之间，那打盹的老头儿，盹昏了，把头往前一磕，自家吓醒了。一个笑道："张老夫子，醒醒呀！提防刺客。"胡仇听了这话，暗暗的吃了一惊，道："奇怪！难道他知道我在外面吗？"只听得那老头儿打了个呵欠，道："不要紧！刺客在平阳，离这里远呢。"一个道："平阳捉拿的公事，已经到了这里了。难道那刺客还不能到吗？"老头儿道："也不要紧！那刺客不说么？'刺蒙不刺汉'。我是汉人呀！并且主公今日不在家，他哪里就来呢？"胡仇听了，好不纳闷！这不清不楚，没头没脑的，听了这几句话。又是什么拿刺客。这刺客是说的谁呢？又说主公不在家。可见这鞑子是不在家的了！我这岂不是白跑一次么？且不管他，再到别处去看看再说。

想罢，一纵又上了屋顶，重新走到外面廊房顶上，跳将下来。往东面屋子里一看，只见两个鞑子席地而坐，当中放着一个红泥炉子，红红的烧了一炉炭火。旁边地下，放着两段牛蹄。那鞑子拿刀割下来，在炭火上烧着吃。还有两个妇人，嬉皮笑脸的陪着。仔细看时，就是打周老三的那两个鞑子。胡仇走过门口，在门上轻轻的敲了两下。只听得一个鞑子说道："不好了，分润的来了。"一面问道："谁呀？"胡仇不作声，又敲了两下。里面又道："你不答应，我开了门，总要看见你呀。"一面说着，拔去门拴，开了出来。胡仇手起刀落，只听得呀的一声还没有喊出来，早结果了。胡仇在死的身上扑将进去，把刀在那一个鞑子脸上晃了一晃，当胸执着道："你要喊了，就是一刀。"那鞑子要挣扎时，又见他雪亮的刀在手，只得说道："不喊，不喊，请你不要动粗，有话好说。"胡仇道："你家主子到哪里去了？说。"那鞑子道："到河南路安抚使那里祝寿去了。"胡仇道："上房还有甚人？"那鞑子道："没有人。太太和小少爷都没有随任。"胡仇提起刀来，在他颈脖子上一抹，骨碌碌一颗脑袋，滚到墙下去了。

　　看看那两个妇人时，一个躺在地下不动，一个抖做了一团。胡仇一把头发提来问道："这里囚禁女子的房屋在哪里？"那妇人道："在在……在……在……在……"胡仇道："你不要怕，在哪里，你说了，我不杀你。"那妇人道："在在……在……花……园……里。"胡仇一刀，把她结果了。又把那吓的不会动的，也赏了她一刀。

　　四下看了看，只见那一段吃不尽的牛蹄，顺手拿起来，插在死鞑子的颈腔里。吹熄了灯，出了房门，纵身上屋，再到后面，往有树木的地方窜去，到了花园，落将下去。只见四下里都是黑魆魆的，哪里是囚禁女子的地方呢？

　　一时摸不着头脑，只得又腾身上屋东张西望，忽见前面有一带高墙，便纵身上去；往下一望，却是三间屋子，四围都用高墙围住。屋子里面，一律的灯烛辉煌，照耀如同白昼。只见一个婆子，提了一个水铫，往后面去了。胡仇轻轻落了下去，蹑足潜踪，跟在她后面。只听她嘴里咕哝道："这班小孩子，没福气，就应该撵她出去，还她的娘，偏又囚在这里，叫老娘当这苦差，这是哪里说起。"一面咕哝着，到后面一间小屋子里去了。又听她道："老王婆没有好事，炭火也不加，水也不开了。"说着又翻身出来。胡仇等在外面，等她出来，迎面晃了一刀。那婆子吓的訇的一声，把铫子扔了，缩做一团，抖道："大大……王……饶命！"胡仇道："此地囚下的女子有多少？"婆子道："一共有二十五个。"胡仇道："监守的人有几个？"婆子道："六个。"胡仇扯过她的裙来，嗤嗤的，撕下了两条，把她反绑了手脚；又撕下一块，塞住了口。提起来，扔在一旁。

方欲举步向前边去，忽听得小屋子里，有呼呼的鼾声。走进去一看，三个老婆子，同在一个榻上，正睡熟呢。胡仇也不同她们说话，一个个都绑好了，放到前面去。

刚要转弯，不期那边一个人也转弯过来，扑了一个满怀，口里嚷道："老婆子！你去取开水，怎么去了这半天呀？"胡仇把她兜胸拿过来，也绑好了。

走到正屋里去，又是一个老婆子，正在门阃上朝里坐着呢！胡仇在她肩膀上一扳，道："夜深了，请睡吧。"那婆子仰面一跤，看见胡仇，大惊道："你是谁？"胡仇道："你不要怕，我不杀你。"正要绑那婆子时，忽然里面走出个女子来，道："怪道今夜睡不着，原来死期到了！阿弥陀佛！你们大人也肯开恩，赏我们死了。快拿刀来，不要你动手。"胡仇不做理会，且把婆子绑好了，提起来，觉得他身边掉下一件东西来，胡仇也不在意，提到后面，往旁边一扔。

仍到前面来，只见那女子还站在那里，毫无惧色，对着胡仇道："要杀拿刀来，可不许你动手。"胡仇故意把刀在她脸上晃了一晃；但见她非但不退缩，倒伸长了颈脖子，迎到刀口上来。不觉暗暗钦敬道："好刚烈女子。"因收住了刀，对那女子道："请教姐姐此地共有几位？"那女子道："连我共是十九人，要杀便杀，问什么呢！"胡仇道："在下并不是来杀姐姐们，是要来救姐姐们出去的。不知姐姐们可愿意？"那女子道："我不信有这等事，莫不是奸贼又出甚法子来骗我们。"胡仇道："在下是实意来救各位烈女出去的，并非奸贼所使。此刻已经将近四更了，姐姐们要走就快走，不要耽误了，反倒不妙。"那女子把胡仇打量一打量，翻身进去。不一会就同了七八个女子出来，都是睡眼朦胧，胡仇道："还有呢，都叫起来同走吧！可要静点，不要惊动了人。"于是又有两个到里面上，把一众都叫醒了出来，一个个却惊疑不定。内中一个道："管他什么呢；倘使这位真是义士，救了我们出去，自然是侥天之幸；万一是奸贼所使的，我们左右是一死，这又何妨呢！"众人都道："有理，有理。"于是胡仇翻身出来，那一班女子也争先恐后的往外走。

刚刚跨出门阈，忽然一个踹着一样硬邦邦的东西，几乎跌了个筋斗。低头拾起看时，却是这里大门的钥匙，就是方才那婆子身上掉下来的。胡仇走到门前，看见大门锁着，正在焦躁。那女子恰把钥匙递过来，胡仇开了，大众就要出去。胡仇道："列位且慢着，等我先去找着了花园后门，再来领路；不然到了外面走散了，倒不便当。哪一位先到里面把灯都灭了才好，不然，这一开门，灯光射了出去，就着眼了。"说着去了，不一会便匆匆走来道："真是造化，后门找着了，并且是虚锁的。"又看了一番手脚，道："快来吧！"于是一行人悄悄的出了高墙，径到后门而去。胡仇取下了锁，开了门，一个个都放出去了。

他却重新把门关好，上了锁，复又回到高墙里，也仍旧关上门，下了锁。纵身上屋，走到大堂，落将下来，寻了一张纸束，公案上现成有笔墨，拿火绳在纸束上晃着，写了"下民易虐，侠客难防"八个字。又想了一想，在后面批了两句道："此刀不准动，明日亲来取。"将身一纵，左手扳住正梁，吐了点吐沫，把纸束先粘在梁上，然后拔出刀来，把纸束插住，方落下来。细细一想，诸事停当，然后再由旧路悄悄的回到客寓。

此时已初交五更，来到东边房子窗下，轻轻开了窗户，提了包裹，解下朴刀，除下镖袋，觉得轻了；摸一摸，呀、不好了！袋里的七支镖，都不见了。这是几时失去的呢？又未听得有落地声响，这事可煞作怪，越想越不解，不觉顿时呆了。

忽听得背后有人轻轻说道："不要着急，镖在这里呢！"胡仇猛回头看时，却又不见有人；忽听得屋顶上有微微一声拍手响，抬头一看，却是站着一个人。遂将身一跃，也上了去，对那人道："彼此既是同道，你何苦作弄我！"那人道："你跟我来。"说着将身一纵，往北去了。胡仇只得跟着去，纵过了二三十重房子，那人却跳落平地。胡仇也跟着来，走到一棵老松树下，那人坐定。胡仇道："朋友，我的镖是你取去的么？"那人道："你且莫问这个，你有多大本领，却去干这个勾当。"胡仇道："我并非有甚本领，不过要为民除害，叵奈那厮不在这里，我好歹救出了十九个节烈女子。你既说我没有本领，足见你本领高强，敢问贵姓，大名？"那人道："在下姓狄、名琪，字定伯，汾州西河人。武襄公狄青玄孙。请问阁下贵姓？"胡仇也告诉过了，又道："原来是名臣之后，失敬，失敬。适间弟失去了袖镖，正在怀疑，忽闻背后有人说镖在这里，不知可是狄兄所为？"狄琪道："恕小弟斗胆。兄到安抚衙时，弟恰好也到，见兄跳下身去，照着牌匾，知道兄是日间未曾来探听过的。那时弟在兄身后，就暗暗取了一枚；及至兄在书房窗外窃听时，弟又取了一枚；后来兄又到廊房外面探望，弟刚取得一枚，兄便过去叩门，弟又顺手取了一枚；兄在高墙里面，提那婆子到后头时，又取了一枚；关花园后门时，又取了一枚；在大堂写字贴时，又取了一枚。共是七枚，谨以奉还。"说罢，双手递了过去。

一席话说得胡仇目瞪口呆，暗暗惭愧，说道："狄兄真是神技，怎么跟了小弟一夜，小弟毫不知觉，倘蒙不弃，愿为弟子。"狄琪道："哪里话来！胡兄技艺高强，不过就是老实些，只顾勇往直前，未曾顾后；倘再把身后照应到了，就万无一失了。小弟此来，还有一句话奉告：尊寓那里藏不得军器，这些鞑子，要挨家查的。"胡仇道："弟也知道,只是那间房子,说是有什么狐仙居住,永远锁着的,谅也查不到。"狄琪道:"在平日或者查不到,今夜胡兄闹了这么大事,明日哪里有不查之理!只怕粪窖也要掏掏呢。"胡仇道:"似此如之奈何?"狄琪道:"弟已算好在此,兄快去取来,包你藏得十分妥当。"胡仇不敢怠慢,立刻窜到寓里,取了包裹来。只见狄琪仍在树下,说道:"快包好了,这树上有个鸦巢,两个老鸦,我已拿下来弄死了;快把包裹放在巢里,万无一失。"胡仇听说,就背了包裹,盘上树去,安放停当,仍旧下来。向狄琪道谢。

狄琪道:"胡兄明日要到哪里去?"胡仇道:"弟还有一个同伴要到北边去。"又道:"明夜要去取刀,明日怕不能动身,后天便取道山东路,往北上了。不知狄兄要往何处?"狄琪道:"弟四海为家,行无定址,恰才从平阳路来。胡兄既往北行,弟明日就往南去,到河南路也闹他一闹,叫他们以为刺客向南方去了,兄好放心北行。"胡仇道:"多谢之至!兄说从平阳来,恰才听得那衙门里人说:'平阳出了刺客。'莫非就是狄兄?"狄琪道:"正是。然而未曾伤人,不过在那安抚使床前,留下一把刀罢了。"胡仇道:"狄兄如果南行,可投到衢州仙霞岭,暂住几时。"遂把设立"攘夷会"一事,大略告知。狄琪道:"如此甚好!弟如路过那边,一定前去。"说罢,握手而别,各奔东西。

才行了数步,胡仇又站定了,回头叫道:"狄兄且慢,定伯兄且慢!"狄琪也立定了。胡仇上前问道:"万一他明日大索起来,连鸦巢都搜到,岂不要误事?"狄琪道:"不要紧,此中有个缘故,这鞑子不知哪一代的祖宗,亲临前敌,与金兵交战,被金兵杀得大败,单人匹马落荒而逃;后来因山路崎岖,骑了马匹,走到旷野之地;走不动了,蹲在地下憩息;可巧一只老鸦飞下来,站在他的头上。金兵远远望见,以为是一块石头,就不追了,他方才得了性命。从此鞑子们,见了老鸦,就十分恭敬,称为'救命神鸟'。连这'鸦'字的讳也避了,他如何敢动到鸦巢呢!"胡仇道:"如此,是万无一失的了!承教,承教。"说罢,两人分手。

胡仇仍窜回客寓,悄悄的回房安寝。此时已是天色微明,胡仇闹了一夜,此时得床便睡,也不知睡到什么时候,朦胧之间,只听得宗仁叫道:"起来吧,要赶路呢。"胡仇故意哼了两声道:"我昨夜只怕感冒了,难过呢,让我歇歇吧。"又哼了两声,仍然睡着了。宗仁听他说病了,只好由他睡去。胡仇这一觉睡到日高三丈,方才醒来。宗仁忙问道:"此刻可好点么?"胡仇道:"好点,只是太晏,来不及上路了。"宗仁道:"赶路不打紧,只怕要弄出事来,我在这里正没主意呢。"胡仇道:"弄出什么事呢?"宗仁道:"今日一早,外面就哄传起来了,说是安抚使衙门出了刺客,杀死亲兵。方才店小二来告诉我这件事,说本镇上各客寓,三天之内,已住之客,不准放行,未住之客,一概不准收留,要挨家搜寻呢。并且听说街头路口,都有兵把守,过往之人,一律要搜查呢。"胡仇道:"如此正好,我就在此处养息三天。"宗仁把手向东边屋子里一指道:"只是那东西怎么得了?"胡仇道:"不要紧,这寓里人多着呢,他知道是谁的?"宗仁道:"那里面有请安折子呢!一起弄掉了,怎么复旨?"胡仇道:"不要紧,那屋里有大仙呢,也许他们不敢搜那屋子。"宗仁道:"说也奇怪,你昨夜安放东西,可曾给他关上窗户?"胡仇道:"关的。"宗仁道:"今天早起,可开了!他们嚷什么大仙出来了,宰了鸡,点了香烛去祭。我很担心,恐怕他们进去,见了包裹。幸而他们非但不进去,并且连窗户里面也不敢看一看。我才放下心来。"胡仇听了,暗暗好笑。这明明是我五更回来时,取出包裹,忘记关上的,他偏要说大仙出来了,谁知我就是大仙呢!

不说宗、胡二人悄悄私谈,且说安抚使衙门,到了次日早起,一个亲兵到东廊房里来寻他伙伴,推门进去,呀!这一吓,非同小可,怪声大叫道:"不好了,不好了,杀了人了!"顿时惊动了众人,乱哄哄都来观看。恰好本官又不在家，只得去告禀师爷们。一时间几位师爷都出来了，也是大家吓了个没有主意。

一面地方上也知道了。因为安抚衙门，出了命案，非同小可，飞也似的去禀报县令。县令闻报，也吓得魂不附体，轿子也来不及坐了，连忙叫备了马，带了仵作各自扳鞍踏镫，加上三鞭，如飞的到了辕门下马。气喘吁吁的跑到里面，与众位师爷匆匆相见。便问："尸首在哪里？"当下就有地方上的人引到东廊房里来。县令也不敢坐，就站着叫仵作相验。验得：女尸二具，男尸一具，均是被刀杀死，身首仍是相连；另男尸一具，已经身首异处。县令逐一亲身看过，看到那一具，说道："这一具是身首异处的了！既然没了脑袋，他那颈腔子上，血肉模糊的，又是什么东西呢？"仵作听说，蹲下来，摸了一摸，又摇了一摇，把它一拉，拉出来。看了看，是半段牛蹄。禀道："禀老爷，这个死人想来生前是个馋嘴的。他脑袋也没了，缺了吃饭的家伙，还要拿颈腔子吃牛蹄呢！可是没有牙齿，嚼不烂，未曾咽到肚子里去。"县令一声喝断。心下暗想："这个杀人的，很是从容不迫，他杀了人，还有这闲工夫，开这个心呢！"正在肚子里纳闷，忽听得外面众人，又是一声怪叫。

未知是何事情，且看下回分解。

第十三回

胡子忠再闹安抚衙　山神庙结义狄定伯

且说安抚衙门的人，乱做一团，一个个交头接耳，议论纷纷；闻得县令来验尸，大家又忙着打听，谁知这县令也验不出什么道理来。忽然大堂上一个小厮大叫道："在这里呢！在这里呢！"众人不知何事，一哄又到大堂上去。只见那小厮抬着头，在那里指手画脚。众人仰面一看，吓了个魂不附体，一起乱嚷起来。一时县令及几位师爷，都来看了。县令道："这个刺客的本领，也就非凡。那么高的正梁，他竟能把刀插上去。"内中一个师爷，戴起了近视眼镜，把那纸帖上的八个大字，一个一个的细辨出来；后头那一行小字，还是看不见，叫眼睛好的人，念给他听。他听了，吐舌道："这个胆子还了得。"

正说着人报中军到了。原来这中军，昨夜也拥了民间美女，饮酒作乐，不觉过醉，直睡至红日三竿。左右闻得这事，急急走到帐内，把他千呼万唤，方得起来；还是宿醉未醒，听得这件事，老大吃了一惊。忙忙过来，正遇着师爷们同着县令议论这刺客留刀的事。中军抬头一看，也觉吃了一惊，想了一想道："这厮合当命尽。他既然说今夜来取刀，待我今夜点齐了本部人马，在这里守着，不怕他会飞上天去。"又对县令道："少不得贵县也要辛苦了！费心也点齐了通班捕快,今夜在这左右,帮着巡逻。侥幸拿着了刺客,大人回来,彼此也有个交代。"

内中一个师爷道:"不如此刻先派了兵,挨家搜查,各处要路隘口,多派人把守盘诘。"中军听说,连连称:"是。"马上就发出号令,各处大索。又叫具令派了差役,跟着众哨官、百长、什长分头搜查去了。

宗、胡两人,正在窃窃私议。胡仇心下明白,只因此时众寓客历乱异常,房外不住的有人走动,不敢轻易说出,恐怕泄漏机关。只有宗仁急的搓手顿足,又不敢露出形色来,恐怕犯了人家疑忌。其实同寓客人,哪一个不是忙着赶路的?今听得已住之客不准放行的号令,哪一个不急的搓手顿足,唉声叹气?不过宗仁是有事在心的人,格外提心吊胆罢了。

正在惶惑之间,那搜查的人到了。一声斥喝,把一座客寓,重重围住。当先一个哨官,跟着一名县差,带了几十名兵丁,一哄而进。先是每一个客房,派一名兵士守住,那哨官亲自一处一处搜过来,跟随的人,带着就抢掠金银。一间间翻箱倒匣摧墙倒壁的搜过。可怜有一个被他在行李内搜出一把裁纸刀,一个搜出一把扦脚刀,也被他当作凶器,顿时锁了,押到县里去比问。真个是马槽厕所,没有一处不搜到。

后来搜到有大仙的那一间,宗仁更是提心吊胆的,两手捏着一把汗。只见那店主人跪倒禀道:"这屋里向有大仙居住,求老爷免搜。"那鞑哨官喝道:"胡说,莫不是你这里藏着奸细么?"那店主不敢再辩,连跌带爬,退了下去。那哨官举足一踢,匌匒把门踢开了。先自进去,后头跟了六七个人,在屋里四面一看,并没有东西,连个桌椅也没有的。那哨官反动起疑来,细细的四下里找寻。忽见一处地下的泥松了,凸了起来,就叫手下发掘,掘下了三四尺深,忽觉得一股腥气,直刺鼻孔。一个兵丁,举动铁锹,再掘了一下。不好了,掘出祸来了！只见地洞中，伸出了一个碗大的蛇头，吐出三四寸长的舌头，往上一喷。那兵丁早着了毒气，晕倒过去了。吓的众人，一声大喊，跑了出来。大叫："捉蛇、捉蛇！"那蛇不舍，蜒蜒婉婉，往外追来。这里面搜查的人，一个个都是赤手空拳的，奈何不得。内中有个机警的，连忙出去招呼了有兵器的进来。一阵大刀长矛，乱刺乱砍。那蛇腾跃起来，拿尾巴打伤了几个人，方才被众人打死。细看它时，真有碗口粗细，一丈来长。想来这间屋子，一向是它在那里作怪，住的人住得不安，无知的愚人，就说是有了大仙了。

　　闲话少提。且说当下那哨官，叫把晕了过去的兵丁，拖出来一看，已是无救的了。又伤了几个人，也就无心搜查。有那未经搜查的，也不过胡乱翻了一遍，就算了。宗仁眼看着他们去了，方才放下心来，然而不见搜出自己的包裹，却又纳闷。胡仇道："大哥不必心焦。那东西我早就安放了一个妥当去处，包你不误事就是了。"宗仁不知此中缘故，仍是闷闷不乐。

　　且说那中军当日抖擞精神，要捉拿刺客。不到日落，就传令众军士饱餐一顿。到得黄昏时分，便点齐人马，把一座安抚使衙门，围了个水泄不通。众军士一律的弓上弦，刀出鞘。又叫了两小队，分布在大堂、花园等处，只等刺客到了，一起动手。中军又出下号令，如有能捉住刺客者，回明安抚大人，破格行赏；倘刺客当面，仍被逃脱者，即照军法从事。你想从军士哪一个不图赏怕罚呢！一个个都振起精神，摩拳擦掌，等待捉人。那中军官，身披掩心甲，佩了腰刀，不住的内外巡逻。

　　那几位师爷，已是吓的手足无措。他们本是分着房间居住，到了此夜，天尚未黑，便商量要住到一屋子里来。立叫小厮，支起铺来，关上房门，下了门拴；又抬了一张桌子，把房门堵住；恐怕不够，又七横八竖的加上几把椅子，又支上一床薄被，把窗户挡住，收拾停当。有两个格外胆小的，早就钻到床上，抖开被窝，连头蒙住。有两个自命胆大的，还要商量今夜如何睡法。一个说："要点灯睡的好，就是刺客来了，也可以看得见。"一个说："灯是点不得的，点了灯要被他看见，反为不美。"一人一个主意，正在争执不已，猛回头看见先睡的两个，在床上抖的连帐子也动了！不觉打了个寒噤，也不管三七二十一，一头钻到床上，也陪着他发抖去了。

不提这个慌张。且说那中军官巡出巡进，不住的喝着口号叫："留心呀，留心！"后来巡的乏了，就坐在大堂上休息，抬头看着那把雪亮的刀，暗想看他如何取法。忽又回头想："我坐在这里，是吓的他不敢来了，不如藏在暗处，张弓搭箭，等他来时，给他一箭，岂不是好！"想定了主意，便走出廊外，拣个黑暗去处伏住，也不去内外巡逻了，只眼睁睁的望着那刀。

守到三更以后，大众都有点困倦了。忽报说后面马房失火。中军此时，隐身不住，忙忙出来，分拨兵丁去救火。方才分拨定了，又报中军府失火。中军官道："不好，他这是个'调虎高山'之计。我不能去，只分派得力人，回去扑灭就是了。这个时候，他一定要来了，众军士们，小心呀！"

一声未毕，只听得扑通一声，又是扑通一声，屋顶上掉下两个人来。众兵一齐大喊道："刺客来了，刺客来了！"举起火把，围上前来照看，中军也忙着来看时，却不是什么刺客，原来是本标的两名哨官：一个已是跌得头破额裂，脑浆迸出，眼见得是硬了；一个未受重伤，还能说话。中军喝问道："你们做什么来？"那哨官道："我们二人商量着，刺客一定从屋顶上来的，徒在底下守着无益。我两人曾学过飞走的功夫，因此我同他两个，同登屋顶，分做东西两处屋角守着。方才看见大堂屋脊上，好像有两个影子，我连忙赶过去，看见那一个也赶到那里去了。我两人合在一处，却看不见人。不知怎么，觉得脚下绊了一绊，就跌了下来了。"

中军听说道："不好，这时候管保到了！"抬头看时，咯噔一声响处，中军只喊得一声："嗳……"那"呀"字还没有喊出来，身子便倒了。众兵士这一惊，非同小可，上前一看，便一起发出怪声喊道："不好了，中军爷着了镖了！"这一声喊，大堂上下，一切守看的兵士，都围了过来。两个百长，忙叫先抬到堂上去。这是刺客放的镖呀！众兵士七手八脚，忙忙抬了进去。大众还抬头一看，道："还好，刀还未拿去。你看明亮亮的还插在上面呢。"这一闹可闹的不得了了，安抚衙门搅它一个人马沸腾：又忙着防刺客，又忙着救中军。谁知他这一支镖，不偏不倚，恰恰中在太阳穴上，哪里还救得过来？一面将镖拔下，他早大叫一声，气就绝了。

此时上下无主，只得飞跑到里面，报与众位师爷。谁知一处处的房门，都是敞着的。末后找到一个房间，门虽关着，却是任凭你把门打得如同擂鼓一般，里面只是寂无声息。这报信的吓得没了主意，跑到外面去，大叫道："不好了！众师爷都被刺客杀了！"大众听了，慌做一团。内中就有个哨官出来做主：一面报县，一面用流星马，到河南路飞报。不一会县令来了，慌慌张张，验了中军，派定人守护了尸首，又到后边去要验众师爷，叫人撬开房门，推开桌子椅子，看时，只见六七顶帐子，在那里乱摇乱动。一个便叫道："不好了，刺客在房里呢！"翻身就跑。县令恰才要进去，倒被他吓的倒退两步。后来有两个稍为胆大的，约了一同进去，剔起了灯亮，揭开帐子一看，只见一团被窝，在床上抖着呢。拉开被窝看时，内中一位师爷，唇青面白，嘴里三十二个牙齿，在那里打着关，说道："大……大……大……大……大……王饶命。"这兵丁伸手拉他一把道："师爷莫怕，刺客去了呀！师爷的手，怎样湿汰汰的？"扶起他看时，浑身上下，犹如水里捞起的一般，可怜这是他出的冷汗呢！不曾叫他汗脱了，还算好。那位师爷定了定神，看见挽他的人，是个鞑兵打扮，方才放了心。一面县令也进来了，一个个的都叫了起来。

县令看见一众师爷无事，方才略略放心。仍旧出到大堂，吩咐把中军尸首停好，代他解去了掩心甲。忽见他的腰刀，只剩了一个空鞘，刀却不见了。此时众人防刺客的心都没了，乱哄哄的不知乱些什么。此时听说中军爷的刀不见了，一个便道："不好，中军爷的刀，是宝刀呀！不见了，还了得吗？回来中军爷问起来，怎么回话呢？"一个道："呸，人也死了，还会问你要刀吗？"这一个方才笑了。

县令在大堂上，踱来踱去，搓手顿足，急不出个主意来，猛抬头看见梁上插的那把刀，忽然想起道："早上来时，那刀子没有那么大，好像换了一把似的，莫非他们捉弄我吗？"想罢，便对那哨官说道："怎么梁上那一把刀子，好像不是早上那把呢？"一句话提醒了众人，留心细看，就有中军贴身的亲兵，认得是中军的刀。便道："这是我们爷的刀呀！怎么飞到上头去了？"众人留心再看时，那纸束儿也换过一张了，只是灯光底下，看不大出是写的什么字。县令便同哨官商量道："这光景只怕又是那刺客所为，莫若把他拿下来吧。"哨官道："我们天尚未黑，就守在此处，寸步未曾离过。他哪里就换得这样神速呢？没奈何先把它拿下来吧，万一它插不稳，掉了下来，又闹出事。"于是吩咐兵丁，拿梯来取。可奈没有这个长梯，恰好两处救火的回来了，就拿那救火梯子进来，谁知仍旧搭不到正梁。又取过一张桌子，垫了梯脚，方才搭住。爬上去取下来看时，正是中军的宝刀。此时县令心中还疑心众人拿他捉弄，再看那纸束时，却是并未换去，不过上面又加了一张，写的是："原物取还，我去也！"七个字。不觉心中纳闷，只好等安抚使回来，听候参处。这里足足忙了一夜，天色大明，县令方才别去。这一天镇上各处，格外搜查得厉害，可奈绝无踪影。宗仁只是纳闷，唯有胡仇心下明白，他却绝不做声。

一连过了三天，看着有人动身去了，知道已经弛禁。宗、胡二人，也收拾马匹，料理动身。宗仁道："我们的东西在哪里呢？可要取了回来。"胡仇道："大哥只管放心前去，包在弟身上，取了回来。"宗仁无奈，怏怏而行。一行出了河北镇，往北进发。

这一天胡仇有意耽延，从早到晚，走不到五十里路，便要歇宿；恰好这个所在，没有村店，只在路旁一个古庙内歇下。喜得这座古庙，没有闲人，只有一个老和尚在那里苦修；用了一名香火道人，也是个老头儿。当下二人，叩门入内，说明投宿来意。和尚连忙招呼到方丈里坐地，一面摆出斋饭，就让二人在云房歇宿。

胡仇饱餐一顿，便嚷困乏，要去歇了。拉着宗仁到云房里来，悄悄说道："大哥，你看天色已晚，我正好去取东西。你且在此等我，倘是等久了，可不要着急。我这来去，差不多有一百里路呢！你放心安睡吧，我不到天亮就来了。"一面说着，一面急急的换上夜行衣。宗仁问道："到底往哪里去呢？"胡仇道："自然还到镇上去取。"宗仁还要说话时，胡仇已经走出天井，轻轻一跃，到房顶上去了。

宗仁暗暗想道："一向只知道他是技击之流。原来有这个本事，说不定镇上闹的事，就是他做出来的呢！"一时心中又惊，又喜，又是纳闷：惊的是胡仇有这等本领，居然像侠客一流；喜的是有了这等伴侣，沿路可以放心；纳闷的是他既干下这个事来，何以三天以来，并没有一言吐露？把我瞒得铁桶似的。呆呆的坐在那里闷想，一时人声俱寂，四壁虫鸣，那一寸心中，犹如辘轳般乱转，看看坐至三更，只得安排就寝，睡到床上，哪里睡得着？只是翻来覆去，好容易捺定心思，方才朦胧睡去。

一觉醒来，已是天色微明，仍未见胡仇回来，不觉又是担心。开出门去解手，走到廊下，只见漆黑的一团东西，宗仁心疑，走过来踢了一脚。忽的那团东西竖了起来，原来是一个人。宗仁定睛看时，不是别人，正是胡仇。不觉大喜道："胡兄回来了，何不到房里去？"胡仇道："弟回来得不多一会，因推了推门，是关着的。不便惊动大哥，就在这里打一回盹，却也刚才盹着。"于是宗仁解过手，一同进内。

胡仇提着一个包裹，进房放下道："东西都取来了，一件不失。大哥请点一点。"宗仁道："又何必点呢！只是你把这东西放在那里？

如何把我瞒起来呢？"胡仇道："我何尝要瞒大哥！只因那边耳目众多，不便说话罢了。"宗仁道："那刺客的事，莫不是也是你闹的么？"胡仇道："大哥哪里知道的？"宗仁道："我只这么猜着，也不知是与不是？"胡仇就把当夜如何到安抚使署，如何杀了两个鞑子，如何放了十九个女子，如何留下朴刀，如何遇见狄琪，如何把包裹寄放在鸦巢内，一一都告诉了。

又道："昨夜还要有趣呢！大哥睡了。我到三更时候，前去取刀。见他们防备得十分严密，我便到马房里及中军衙门两处，都放了一把火，要想调开他们。谁知他们人多了，调不尽许多。后来又看见东西屋角上，都伏着有人。凭着我的本事，本可以躲避得过，然而究竟碍事。我就在屋脊上面，故意露了一露影子，那两个人便一起赶过来。他们在南面来，我却伏在屋脊之北。等他走近，我只伸手在两个脚上，一人拉了一把，他们便倒栽葱的跌下去了。我走过来一看，连那中军官也围着观看呢！我就轻轻跳了下去，走到那中军背后，把他的腰刀，轻轻拔了下来。仍然纵到屋上，好笑那骚鞑子，犹如睡着一般，一点也不知道。我等他回过脸来，觑准了，赏他一镖。众人乱了，围着去救。我这才翻转身子，抱定庭柱，翻了个神龙掉尾的式子，又换了个顺风拉旗，到正梁上，拔下自己的刀来。又把他的腰刀插上，留下一个纸束，方才把刀送到鸦巢里去。你道有趣不呢？"宗仁听罢，半晌才说道："这件事好便好；只是于大事无济，以后还是不要做吧。"胡仇道："我本要刺杀那安抚使，为民除害。可巧他不在家，倘使在家时，叫我给他一刀，岂不省了许多凌虐？"宗仁道："话虽如此。只是胡兄知其一，不知其二。从来奸佞之辈，逢君之恶，或者贪污之辈，虐民自利，那就可施展行刺的手段，杀了他为民除害。须知那奸佞贪污之人，不过一两个，多不过十来个，刺杀他也还容易，警戒他也尚容易。此刻外族内侵，遍地都是鞑子。他本来已经是生性残忍，更兼仇视汉人，几乎成了他鞑子的定例。那一种凌虐苛刻，看的同例行公事一般，哪里还知道这是不应为而为之事？就让你今番得了手，杀了他，明天又派一个来，仍是如此。你哪里有许多功夫去一个个的刺杀他呢？何况未曾得手，格外惹起他的骚扰来。你看前两天那种搜索的样子，只就我们歇宿的那一家客寓，已经是闹得鸡飞狗走，鬼哭神号。那一班哨兵，借着检搜为名，恣行动掠，内中正不知多少行旅之人，弄得进退无路呢。胡兄具了这等本领，莫若早点到了燕京，觐过三宫，覆过旨，仍到文丞相那里立功去，倒是正事。"胡仇听了，怔着半晌道："这么一说，倒是我害了河北百姓了，这便怎么样呢？"宗仁道："既往不咎，以后再办起事来，谨慎点就是了。"

说话之间，天已大亮。二人梳洗过后，吃了早点，谢过和尚，上马启程。走不上三十多里路，只见迎面来了一人，生得唇红齿白，风度翩翩，书生打扮，骑着一匹白马。后面一个小小书童，背着书囊，紧紧跟随。那书生见了胡仇，滚鞍下马。

未知此人是谁，且听下回分解。

第十四回

仙霞岭五杰喜相逢　燕京城三宫受奇辱

却说那书生见了宗仁、胡仇，连忙滚鞍下马。宗仁、胡仇不知他是何人，见他招呼，也只得跳下马来，彼此拱手相见。宗仁、胡仇同声问道："足下何人？素昧生平，望恕失敬。"那书生道："路上非说话之所。那边一座小小的庙宇，可到那边谈谈。"宗、胡二人，满腹狐疑，只得牵了马匹，一同前去。走不上一箭之地，就到了庙前。四人一同入内，那书生又翻身出来，在那庙的四面看了一遍，再复入内，叫小童到外面去看好了马匹，方才指着宗仁对胡仇道："这一位兄弟是素昧生平的。怎么胡兄也认得我起来？"胡仇被他邀到此地，本来是满腹怀疑，摸不着头脑，忽听了此言，猛然省悟道："原来是狄兄！失敬，失敬。"便对宗仁道："这位便是前几夜弟遇见的狄武襄公玄孙，定伯兄了。"宗仁大喜，也通了姓名。三人就席地而坐。

胡仇道："狄兄前夜不是说到河南路去吗？怎么反从北而来呢？"狄琪道："此是四天以前的话了。有了这四天，到河南路去。可以打两个来回了。那一天分别时，已将大亮了。别后无事，我不等大亮就动身，赶到河南路，恰好断黑时候。可巧这一天，是那一路的什么安抚使生日，聚了多少哨官，在那里吃酒。我也效颦胡兄，在大堂正梁上，给他留下一刀一束，并未伤人，就连夜回到河北路来。知道胡兄镖打了中军官，不胜欣佩。那天匆匆一见，并未请教胡兄要到何处去，所以前日特地赶到前站，希冀可以相见，不料昨日等了一天，未曾遇见。方才想起：'胡兄一定是先行出了河北，然后折回去取军器的，所以在半站上歇了，以图近便。'所以今日一早又迎将上来，不期在此相遇。"胡仇道："那里不是三天不准人行么？狄兄怎样走的？"狄琪道："弟与小徒，并未落店，只在各处闲逛。"胡仇道："弟与宗兄，同奉了旨，到燕京去，代觐三宫；所以行李内，还有表章、银两等件，不尽是军器。"狄琪道："这个差使，怕不易办。弟闻得三官在燕京，如同囚禁一般。住的房子，四面尽是高墙。外头都有哨兵把守，绝不放一个汉人进去。胡兄到了那里，千万要小心在意。"胡仇道："怎么鞑子们专门用高墙困人？河北路困那女子的，也是高墙。"

狄琪忽然想着一事道："胡兄，你干事勇往则有余，细心还不足。河北路高墙里的几个老婆子，你把她绑了不放她；又仍然把那门锁了，岂不白白的饿死她们？弟从河南路回来，想起此事，连夜进去，放了一个，好让她叫喊起来。论理她们不过迫于势力，代他看守那女子。罪还不至于死呀！"胡仇道："兄办事真是细心，弟万万不及。当真说的，不如求狄兄收弟做个门徒吧。"狄琪道："师弟是断不敢当，然而弟奔走江猢五六年，并不曾遇见一个知己。今得见胡兄，也是三生有幸，我们不如学那小说上的行径，结为异姓兄弟吧。"胡仇大喜道："如此，只怕我还要叨长呢！"当下两人就交拜了八拜，叙了年齿，胡仇二十八岁，居长；狄琪二十四岁，为弟。

胡仇对宗仁说道："宗大哥，不要看的眼热，不如也一同拜了吧。"宗仁道："不忙，不忙。我们联盟会里，将来免不得一大班都是异姓兄弟，那才热闹呢！请问狄兄：此刻要到何处去？"狄琪道："弟行无定踪。"胡仇接着道："我曾劝狄贤弟到仙霞岭去。"宗仁道："不如到江西文丞相那里立功的好。"狄琪叹道："依弟看来，文丞相也不过是'鞠躬尽瘁，死而后已'罢了！此刻天下大势，哪里还提得起！"说罢，不觉长叹。宗仁听了他"鞠躬尽瘁，死而后已"的话，猛然想起谢枋得教育后进之言，因道："狄兄既不到江西，仙霞岭是不可不去的。叠山先生也到那里去过，发了一番议论，劝各人各尽所长，教育后进，以为将来地步。此刻岳公荩，已把他那家传的'易筋经'，教将起来。据说学了这'易筋经'，上阵见仗，气力用不尽的。"狄琪道："兄说的岳公荩，莫非是岳忠武之后么？"宗仁道："正是。"狄琪大喜道："如此，弟一定到仙霞岭去。只因弟从前学的'易筋经'未经师传，终不得法，所以劳动久了，终不免有点困乏，如今好投师去了。"胡仇道："贤弟真是了不得！有了这个本事，还是这般虚心。只是宗兄劝你去做教习，你却去做学生，未免反其道而行了！"狄琪道："弟何足为师？然而遇见要学的，也未尝不肯教，就是弟带着的那个书童，也并不是书童，就是弟的小徒。"说罢，便叫了他进来，与二人相见；又代他通了姓名，原来姓史名华，年方十六岁。相见既毕，仍到外面看守马匹。

狄琪对胡仇道："兄此番到燕京，弟有一物可以借与兄用。"胡仇便问："何物？"狄琪道："此乃弟世代相传之物，就是先武襄公所用的铜面具。先武襄公每到阵上，必戴着铜面具，是人所共知的。后来人家又故神其说，说是这铜面具，有甚法术。其实是个谣言，就是弟也不知是何缘故一定要戴着这东西上阵。想来当日西征，以及征侬智高时，那些敌兵，都是无知之辈，所以戴上这黄澄澄的东西，去吓敌人，也未可定。然而细细想去，却又不必如此，或者以备避箭之用，也未可知。这都不必管他。自从到了弟手，弟却另外有用它的去处。我们夜行，身上披了夜行衣，可以避人眼目，只有一张白脸，最难隐藏，所以弟把那面具，用黑漆漆上一层，夜行时戴上，更是方便。"胡仇道："蹦来蹦去的，带了这东西，不怕累赘么？"狄琪道："一点也不累赘。"说罢，到外面去，在书囊里取了出来，交与胡仇。胡仇接过来一看，哪里是个面具？就同织布的梭一般。不觉对着它发怔。狄琪道："所以不嫌累赘，就在此处，当日不知巧匠怎么做的，它有个软硬劲：把它拉开来，就是一个面具；一松手，它又卷起来了。"说罢，拉开来，给胡仇看，果然是黑黑的一个面具；一撒手，又卷了起来，仍旧同梭子一样。胡仇看了，大以为奇，问道："但是，怎么戴法？"狄琪道："这面具上头，同帽子一般，下面也照着下须样式做的。拉开来，上面先戴在头上，下面往下颏上一扣，再也掉不下来。"说罢，自家戴与胡仇看。果然四面帖服，不像平常的面具，不觉大喜。狄琪道："兄到了燕京，恐怕鞑子们不许你们好好觐见。少不得要夜行，故以此物相借。"胡仇谢了又谢。

宗仁道："我们彼此上路吧！不要太耽搁了，错了站头。"胡仇道："宗兄怎么近来胆怯了？"宗仁道："并不是胆怯，只因身上背着这重大事件，在这荆天棘地上行走，不能不小心些。"狄琪道："正是，天也不早了，我们走吧。"说罢，出了庙门，个个上马，拱手而别。

狄琪一心要学"易筋经"，就带着史华，径奔仙霞岭来。一路上无非是饥餐渴饮，夜宿晓行，一日过了衢州，到了仙霞岭。只见山下乱石纵横，无路可上。只得循着山边而行，行了许久，只寻不出上山的路。正在踌躇之间，忽然一声锣响，那边石岩之中，跳出了二三十人。当中一员头目，手执齐眉棍，嘴里叽里咕噜，说了几句话，就同鞑子说话一般，全然听他不懂。狄琪笑道："你这汉子，嘴里说些什么？"那头目便立在一旁道："没事，没事，就请过去。"狄琪道："我不是要过去，我是要到仙霞岭的。"那头目道："你到仙霞岭做什么？这里就是仙霞岭。你说了，我同你通报。"狄琪道："我姓狄名琪，要拜访岳将军的。"那头目便放下齐眉棍，叉手道："请狄将军少待，便当通报。"那手下的小卒，听见了，就有两个飞奔上山去了。

这里狄琪问那头目道："你刚才叽里咕噜的，说些什么？"那头目道："这里的山主金将军的号令：凡是鞑子经过，一律要捉上山去，不许放走一名。若是汉人，就放过去。因为近来有许多鞑子也扮了汉装，亦有许多汉人也扮了鞑子，恐怕闹不清楚，前两天岳将军出下号令，叫我们守山口的都学了两句蒙古话，有人经过时，先拿这话问他。他答得出的，便是鞑子，答不出的，便是汉人，以此为分别的。"狄琪听了，这才明白。

忽见两个小卒，当先走下来，说道："岳将军迎下来了。"狄琪放了辔头，迎将上去，果见当头来了一员好汉，生得面白唇红，仪表堂堂，骑着高头骏头，按辔而来。便上前欠身问道："来者莫非岳将军否？"岳忠连忙下马答应。狄琪也翻身下马，执手相见。彼此又通过姓名，史华也上前见过。方才上马，同到山上来。

金奎早迎到廊下。狄琪也上前厮见，分宾主坐定。史华侍立一旁。狄琪道："今番在路上，遇见宗伯成、胡子忠二位，说起金将军义不降元，与岳将军雄踞仙霞，为将来恢复地步，不胜钦佩。又闻得岳将军，肯以'易筋经'教育后辈，不揣冒昧，愿拜在门下。"说罢，纳头便拜。吓得岳忠还礼不迭，说道："不敢，不敢。弟一技之长，何足挂齿！狄兄愿学，早晚尽可谈谈，至于师弟之称，断不敢当。"拜罢，重新入座。岳忠问起如何遇见宗、胡二人。狄琪便将胡仇如何在河北路行刺相遇，自己如何到河南路去，又如何赶在前站，迎将回来，一一告知；只瞒起盗镖之事，一字不提。

正在滔滔而谈，忽听得金奎在旁边呵呵大笑起来。岳忠道："金兄又笑什么？"金奎道："我只喜这仙霞岭的英雄，日多一日，想的不觉心痒起来，忍不住发笑。"狄琪问道："尚有哪位在此？还请相见。"岳忠道："是叠山先生两位公子，前天到了。"狄琪道："何不请来一会？"岳忠道："他两位各有所长，大公子熙之长于农事。前天到田上勘视了一回，说水利还未尽善。此刻监工改造沟洫去了。二公子定之，考究畜牧。此刻往山后勘地，要建造畜牧场。少刻都要来的。"

狄琪听了，暗想道："亏得有此二人，不然，徒然在此耍刀弄棒，称雄称霸，到了粮食尽绝，也是徒然，若要出去劫掠，只落了个强盗的名目罢了！"忽听得金奎又说道："狄将军，可知道我们这山上，彼谢叠山老先生定下了一个规矩？"狄琪道："请问是什么规矩？"金奎道："凡在山上的人，不能空住着的。"狄琪笑道："可是要献纳伙食钱？"金奎道："岂有此理？"狄琪道："不然便是听受驱策。"金奎道："唉！算我不会说话，狄将军不要同我取笑。"狄琪道："请教到底是什么规矩？"金奎道："来人要将自己本领，教与众人。今狄将军有了这通天本事，明天也可以选几个人教起来。"狄琪道："这不是小弟推托，这可不能胡乱教人的。不比平常武艺，纵使教成一个万人敌，他总是要在明处使出来。弟这个全是暗中做事的手段，教了正人，本不要紧，万一教的是个不正之人，他学了去，那就奸、淫、邪、盗，无所不为的了。纵使要教，也得要慢慢查察起来。果然是个光明正大的行径，方才可以教得。"岳忠道："这也是正论，但是近来金兄，每天聚集了所教的学徒，讲说忠义；又讲那鞑子凌虐汉人的可恨，汉人被虐的可怜。那听讲之人，有许多听了怒形于色的，也有痛哭流涕的。这种人，总可以教了。"狄琪道："只怕是金将军的高徒，都不能教得。"金奎怒道："这是什么话？难道我教的都是奸人么？"狄琪道："不是这等说。金将军身躯雄壮，武艺高强，所选来教的，自然也是些彪形大汉。我这个末技，却是要身材瘦小，举止灵动，眼明手快的，方才学得上来。"金奎道："罢了，罢了！我本来还想学呢，此刻没得望了。"

正说话间，谢氏兄弟到了，大家又厮见一番。金奎见有了谢家兄弟，又平添了狄琪、史华，乐不可支。便叫置酒庆贺，痛饮至晚方散。

这且按下不提。且说宗、胡二人，别了狄琪，一路上晓行夜宿，到了燕京。投了客寓，便先要打听三宫的住处，及元人将三宫如何看待。

原来伯颜到临安时，虏了太皇太后、全太后及德祐皇帝去，只因太皇太后抱病在床，在路上把她停下来。叫押全太后及德祐皇帝先去。想要等她病好了，才送到燕京。

一日太监巫忠，不知从哪里跑来见伯颜，说是现在二王出奔在外，留下太皇太后在此：万一她出一道手诏，二王之中，随便叫一王即了皇帝位，倒又费了手脚，不如及早押到北京去处置。伯颜便问巫忠是何人。巫忠便自陈履历，并言曾托贾似道介绍。伯颜听得是贾似道一党人，不觉大怒，叫拿去砍了。后来想起这话不错，便不管死活，叫带病而去；所以全太后、德祐帝先到，太皇太后后到，元人便把他们安置在两起：全太后、德祐帝在一起；太皇太后，另在一起。

有一天，元主忽必烈在宫中宴饮，忽然想起全太后来，便对左右说道："朕要叫那蛮婆子来行一回酒取乐，如何？"左右道："这蛮婆子，已经四十多岁的人了，怕没有什么趣味！"元主道："管她呢，叫她来看看。"

于是就有两名太监去了。去了多时，回来说道："那蛮婆子，恋着那小蛮子，一定不肯行；奴才们未奉旨意，不敢施为，请旨定夺。"元主道："不是还有一个老蛮婆子么？"左右道："老蛮婆子，是别在一起的。"元主道："就叫那老蛮婆子去看顾那小蛮子，替了那蛮婆子来。这是朕格外施恩，叫她这食毛践土的蛮婆子，要知道朕的深仁厚泽。赶紧就来，再倔强时，就给她一顿皮鞭，叫她知道朕的国法。"

两个太监奉了圣旨，就到太皇太后那里，簇拥着她，连爬带跌的到全太后这边来，把元主的圣旨，口传了一遍。太皇太后哭道："媳妇呀，你就去走一趟吧。我们是国破家亡的人，受辱已受尽了，也不是头一次了，你好好的去了再来。我还有多少话要同你说呢！快去吧！免得受他们的皮鞭！小官家有我照应呢。"说还未了，就有一个太监上前兜脸一掌道："这是什么地方！还由得你官家长官家短的。"

只打得太皇太后头晕眼花，险些儿栽个跟头。打了不由分说，拥了全太后要走。德祐皇帝哭起来叫道："母后呀！"这太监回身又是一掌，打得德祐帝哭倒在地。那一个太监道："由他去吧，打他做什么呢？"这一个太监便道："这是什么地方？由得他们在这里官家、母后的乱道！僭越非分到这步田地，还了得吗？这是乱臣贼子，人人得而诛之呀！"说着簇拥全太后出去，上了车子，来到东华门，便拖了下来，拥入宫去。

来到宫门时，早有上谕出来道："呀！蛮婆子换了青衣进去。"两个太监，便过来剥了原穿的衣服，代她穿上了一件青衣走到宫里来，见了元主。两个太监过来叉着颈脖子，喝叫跪下。元主道："蛮婆子抬起头来。"全太后只得抬头。元主道："唔，怎么不搽点粉来？来，左右，带她搽粉去。"全太后没奈何，去搽粉。想起自己身为国母，无端受此奇辱，不觉流下泪来。又把搽得好好的粉弄污了，如此好几次。元主又不停催促。没奈何咬着牙忍着泪，搽好了出来。元主呵呵大笑道："好呀！还是一个半老佳人呢！快筛酒来，朕从今不叫你蛮婆子，叫你美人了，你可快点谢恩。"说还未了，就有一个太监来，叉着跪下，叫磕了头；还是叉着脖子，不让起来，说道："你说呀！说：谢皇上天恩。"全太后没奈何说了，方才放起来。

元主道："美人，你会唱曲子吗？"全太后道："不会。"元主道："不会吗？左右给她五百皮鞭。"全太后吓的魂不附体，忙说："会，会。"元主呵呵大笑道："会，就免打，你要知朕是最爱听曲子的呀！快点唱来。"全太后没奈何，随口编了一个北曲"新水令"，唱道：

　　望临安，宫阙断云遮，痛回首，江山如画。烽烟腾北漠，蹂躏遍中华；谁可怜咱在这里遭磨折！

元主只知欢喜听唱曲子，这曲文是一些也不懂得的，也不知怎是一套，只听这几句音韵悠扬，是好曲子罢了。便呵呵大笑道："好曲子，唱得好！美人，你再来敬朕一杯。"全太后没奈何，再上去斟了一杯酒。

元主此时已经醉了，便把全太后的手，捏了一把。全太后已是满腔怒气。元主又道："美人，你们蛮婆子，总喜欢裹小脚儿，你的脚裹得多小了，可递起来给朕看看。"全太后哪里肯递。左右太监已经一叠连声喝叫："递起来，递起来！"全太后愤气填胸，抢步下来倒身向庭柱石上撞去，偏偏气力微弱，只将额角上撞破一点点，然而已经是血流不止了。元主一场扫兴，不觉大怒道："这贱蛮婆，不受抬举，快点攥她回去。"左右一声答应，也不管死活，一个抬头，两个抬脚，抬起来便走，一直送到住处，往地下一掼，便回去复旨。

元主怒犹未息，忽又叫过一个太监来道："你传朕的旨意，去封那老蛮婆子做'寿春郡夫人'，封那小蛮子做'瀛国公'，单单不封这贱蛮婆子，叫她看着眼热，要活活的气死她。"那太监奉了旨，便到三宫住处来，大叫道："圣旨到，老蛮婆子、小蛮子快点跪接。"太皇太后，看见全太后这般狼狈，正自凄凉；忽听得圣旨到，又气、又恼、又吃吓，正不知是何祸事，只得颤巍巍的向前跪下。全太后不知就里，也只得带着德祐帝跪下来。太监向全太后兜胸踢了一脚喝道："没有你的事，滚！"这一脚踢得全太后仰翻在地。那太监方才说道："皇上有旨：封老蛮婆子做'寿春郡夫人'，封小蛮子做'瀛国公'。快点谢恩。"太皇太后福了一福，德祐皇帝叩了头。太监喝道："天朝规矩，要碰头谢恩的。"太皇太后没奈何，低头在地下碰了一碰。太监道："还有两碰。"太皇太后只得又碰了两碰。太监道："说呀。"太皇太后道："说什么？"太监道："蛮子真不懂规矩！你说，'谢皇上天恩。'快说！"太皇太后没奈何，说了，又叫德祐皇帝碰头。德祐不肯。太监便过来，按着他那脑袋，在地上咯嘣、咯嘣、咯嘣碰了三碰。又道："说：'谢皇上天恩！'快说。"德祐皇帝哭着说了，那太监方才出去。忽然又是一个太监来,大嚷道:"圣旨到!"

不知又是什么圣旨,且听下回分解。

第十五回

待使臣胡人无礼　讲实学护卫长谈

　　话说太皇太后及德祐帝谢罢了恩，恰待起来，忽然外面又闯了两个太监进来，大叫道："圣旨到。"太皇太后、德祐帝只得仍旧跪下，低着头，不敢仰面观看。只听得那太监高声道："奉圣旨：'老蛮婆子和那小蛮子仍旧住在这里，交理藩院看管。那贱蛮婆子撑到北边高墙里去，只许她吃黑面馍馍，不准给她肉吃。'快点谢恩。"太皇太后、德祐帝只得碰了头，说了谢皇上天恩。全太后却只呆呆的站在一旁不动。一个太监大喝道："咦！你这贱蛮婆子，还不谢恩吗？"全太后道："这般的处置，还谢恩吗？"太监又喝道："好利嘴的贱蛮婆子！你知咱们天朝的规矩，哪怕绑到菜市口去砍脑袋，还要谢恩呢！这有你们蛮子做的诗为证，叫做'雷霆雨露尽天恩'呀！"全太后没得好说，只得也跪下碰了头，说了谢皇上天恩。那太监便喝叫跟来的小太监，不由分说，七手八脚，拉了全太后便走。从此太皇太后得见了孙儿，却又失了媳妇，可怜那一掬龙钟老泪，泣的没有干时。

　　宗、胡两人，初到大都，住在客寓里，哪里得知这些缘故？日间又不敢彰明昭著的访问；到了夜间，胡仇便穿了夜行衣，戴了黑面具，到处窥探查访，却只寻不着个踪迹。一连几日如此，不觉心中焦躁。

这一天胡仇独在客寓里坐地。宗仁往外闲逛一回，听得街上的人，三三两两都说什么"刺客，刺客！"宗仁留心听时，却又听不甚清楚。信步走到大街上去，只见一群人围在一处，一个个的都抬着头仰着面在那里观看。宗仁也随着众人去看时，原来是河北安抚使移文到此，捉拿刺客的一张告示。吓的连忙退步，回到客寓里，对胡仇说知。胡仇听了便要出去观看。宗仁道："他出了告示要访拿你，你怎么倒自己出去露面？"胡仇道："这有什么要紧？我脸上又没有刺客的字样，手里又不扛着刺客的招牌，他哪里便知道是我呢？"说罢，自去了。

不多一会，便回来说道："这事很奇怪。宗兄，你听得么？"宗仁道："除了那个告示，莫非又有甚的事吗？"胡仇道："可不是么！我方才出去，听得人说：'我家朝廷，又专派了钦差，从海道走天津卫来。不知是什么意思，起初我还以为是个谣言，再三打听了，却是个确信；并且打听得钦差是姓程，已经到了天津卫好几天了。不知为争什么礼节，却只住在天津卫，不到这里来。我好歹去打听打听。"宗仁道："这个是什么意思，却揣度不出来。去打听也好，只是几时去呢？"胡仇道："等到将近入黑时，我只推有事出城，便连夜赶去，好在我晚上也看得见，走路是不妨的。"宗仁道："正是。我从前听胡兄说，黑夜之中，能辨颜色；然而前回在河北路闹的事，我听胡兄说又带了火绳，这是什么意思呢？"胡仇道："这火绳是我们不可少的。比方一时之间，要寻觅什么细微东西，或者要看小字，却非火不行。何况那里是我初到之地，一切情形都不熟悉，又焉能少了它呢？即使能辨得出颜色，到底要定睛凝神，方才可见，怎及得了这个方便呢？"宗仁点点头道："这也说得是。不知今夜出去，可用这个么？"胡仇道："自然总要带着走，宗兄为甚只管问这个？"宗仁道："不为什么。我方才洗手，打翻了点水在你的藤匣子上，连忙揩干，打开看时，已经漏了进去，却将一把绳子弄湿了。恐怕是你的火绳，不要弄坏了，误了你的事。"胡仇道："这个不要紧。这火绳是用药制炼过，在大雨底下也点得着的。"宗仁道："这就好了。赶着去打听打听，到底是甚事？我们在这里好几天了，也不曾得着三宫的消息，好歹多一个人，也好多打一个主意。"

商量停当。等到太阳落山时候，胡仇便收拾起身，只对店家说是出城有事，今夜不回店来了。说罢自去。宗仁独自一人，在店守候。过了一天，胡仇欢欢喜喜的回来。宗仁便忙问："打听得怎样了？"胡仇道："这位钦差，是原任的殿前护卫。姓程，名叫九畴，福建人氏。久已退归林下的了，今番因为圣驾到了福建，他便出来见驾。据说我们走后，陆君实已经拜了相；程护卫去见过驾时，便去见陆君实，说起我们代觐之事，程护卫便说：'这件本是堂堂正正的事，须得递了国书，明白说出要觐见三宫，方才妥当。'我两个不曾奉有国书，恐怕见不着。陆君实大以为然，便保荐他做了钦差，到这里递国书，他正在要访我们呢。"宗仁道："却又为什么在天津卫耽搁住了呢？"胡仇道："此刻已经到了通州了。程护卫动身之前，本来就怕走旱路不便，所以要走海路。到了天津卫，上岸之后，谁知这里鞑子，早知道了，那鞑官儿，预先就出了一通告示，说什么'程九畴经过地方，有司不必敬他，着自备盘费。程九畴只许带百人进京朝见，其余都留在天津卫'云云。因此程护卫不曾起身前进；二来也因为不知我们消息，正在那里打听。此刻我们不要耽搁，赶着到通州去，会齐了程护卫，重复进来，再行设法吧。"

宗仁道："我们本是两起来的，此刻怎好闹到一起去呢？"胡仇道："程护卫来的本意，本是为恐怕我们办不妥才来的。那国书上面，本来就空上两个名字，只等见了你我，便把你我名字填上，一同会那鞑子官儿，说明觐见三宫的意思，看他如何举动，再作道理。"宗仁道："他们说什么只许百人进京，想来程护卫带来的人不少呢。"胡仇道:"这回程护卫还带来一份国礼呢!带的是:十万银子,一千金子,一万匹绢缎。那么运的人也就不少了呢!"

宗仁听了,便和胡仇收拾启程,结算了店家旅费,跨马直奔通州而来,见了程九畴,分宾主坐定。宗仁道:"此次幸得老护卫远来,晚生们正寻不着三官的门路,又不便四处访问。此番老护卫赍了国书前来,自可以堂堂正正的觐见了。"九畴道:"正是。陆丞相踌躇到了这一着,所以在杨太妃前,保举了老夫,当了这个职任。其实老夫近年来十分龙钟,哪里还当得起这个重任!只为受恩深重,不能不拼了这副老骨头。此刻侥幸到了此地,见了二位,一切事情,还望二位努力,老夫不过一个傀儡罢了。"宗仁道:"晚生们年少学浅,还仗老护卫指教。"九畴道:"二位正在英年,正是建功立业的时候,眼看得山河破碎,满地腥膻,我们有了年纪的人,如何还中用呢!将来国家的命运,怕不是仗着一众年少英雄转移过来么!"

胡仇道:"同是大家的公事,也不必论什么年老年少,将来的事,自有将来的办法。依在下的愚见,不如先商量定了这回的事为是。前日匆匆拜见,不及细谈一切,不知老护卫有何主见?我们何不先把这个细细谈谈呢?"九畴道:"此刻那鞑官儿,还是只许我带一百人去。我先是怕搬运人夫不够,和他们争论;后来他索性说不必我的人搬运,他自着人来代我搬运了,只叫我带几名随从的人进去。我想这也罢了。昨日忽然又有一个鞑子来说,叫我即刻进京。我因又和他争论,说我是奉了皇帝上谕,赍国书来的,你们礼当迎接,不能像这么呼来喝去的。那鞑子就去了,到此刻还没有回信。"宗仁道:"老护卫争的是。我们既是堂堂正正的来,自然该当和他讲礼法。"说罢,大家散坐。宗、胡两个卸去了胡冠胡服,照着品级,换上了中国冠裳。九畴又把国书取出,添注上宗、胡两个钦差名字。

过了两天,只见来了两个鞑官,带了一大队鞑兵来,说是来迎接国书的,并请钦差同去。程九畴、宗仁、胡仇三人和鞑官见过礼,便一同上马。用黄亭抬着国书在前，三人随后跟来。走到下午时候，到了他那什么大都的地方，先在驿馆歇下。

过了一宿，鞑官叫人备了三乘轿子，请三人坐上，又把轿帘放下，轿夫抬起便走。仍然是国书在前，三人在后。走了好一会，走到了一个所在，把轿子直抬到二门之内，方才歇下。三人下得轿时，那鞑官也自到了。三人抬头一看，见大堂上挂着"理藩院"三个大字的堂额。程九畴不觉发话道："我们堂堂天使，怎么打发到这个所在来？"宗仁四顾，不见了抬国书的黄亭，便问道："我们的国书哪里去了？"那鞑官道："已经送到礼部衙门去了！你们且在这里住下，待我们奏过皇上，自有回话。"说罢，去了。便有两个鞑子来，引三人到了内进。三人此时，手无寸柄，只得暂时住下。不一会，二三百个鞑兵，把金银缎绢，以及三人的行李，都搬来了，只放下便走，三人只得叫从人收拾过，静听消息。

到了次日早上，忽听得门外人声嘈杂，几十个鞑子，一拥而进，却都站在大堂上面。内中就有两个鞑子，到里面来招呼三人道："我们大老爷来了，要见你们呢！"三人移步出来，只见一大群鞑子，正在那里拥挤不开。居中摆了一把椅子，一个鞑官坐在上面，旁边地上，铺了两大条羊毛地毡，那些鞑子一个个都盘膝坐在西面一边。当中的鞑官，指着东边，对三人道："你们就坐在那里。"程九畴道："我们中国人，向来没有坐地的，不像你们坐惯。"胡仇便接口道："快拿椅子来。"那鞑官道："也罢，拿椅子来，你们坐了好说话。"当下就有那小鞑子取了三把椅子来，三人一同坐下。那鞑官先发话道："你们到这里是做什么的？"程九畴道："本大臣奉了杨太妃及皇上谕旨：赍国书来投递，要通两国情好。国书已被你们取去，怎么还佯作不知？"那鞑官道："不是带有银子来么？"程九畴道："金银绢匹，都在这里。是送你们的，可来取去。我们国书内声明，要觐见三官的，怎么没有回信？"那鞑官道："不必觐见。我们早代你们觐过了。"

宗仁道："我们觐见三宫，还有事面奏。"那鞑官道："我们也代你奏过了。"胡仇道："这又奇了。我们要奏什么事，你怎么知道，能代我们奏呢？"那鞑官没有话说，站起来走了。跟来的鞑子，也都一哄而散。

宗仁叹道："像这种人犹如畜生一般，莫说内里的学问，就是外面的举动，一点礼仪也不懂，居然也想入主中国，岂不要气煞人吗？"九畴叹道："如今的世界，讲什么学问，只要气力大的，便是好汉。你看杀一个人放一把火的便是强盗，遍杀天下人放遍天下火的，便是圣祖、神宗、文、武皇帝。我朝南渡之后，只有一个岳鹏举，一个韩良臣。鹏举被秦桧那厮把他陷害了，就是良臣也未竟其用。以后竟然没有一个英雄豪杰，怎么不叫人家来蹂躏呢！"宗仁道："真个是岳、韩之后，就竟然不曾出过一个良将，这也是气数使然。"九畴道："什么气数不气数！依我看来，都是被那一班腐儒搅坏的，负了天下的盛名，受了皇帝的知遇，自命是继孔、孟道统的人，开出口来是正心、诚意，闭下口去是天理，人欲。我并不是说正心、诚意不要讲，天理、人欲不要分；也不是同韩侂胄一般见识，要说他是伪学。然而当那强邻逼处，土地沦亡，偏安一隅的时候，试问做皇帝的，还是图恢复要紧呢？还是讲学问要紧呢？做大臣的，还是雪国耻要紧呢？还是正心、诚意要紧呢？做皇帝的，一日万机，加以邻兵压境，正是心乱如麻的时候。他却开出口来便是正心、诚意，试问办得到办不到？自从他那么一提倡，就提倡出一大班的道学先生来；倘使敌兵到了，他能把正心、诚意、天理、人欲，说得那敌兵退去，或者靠着他那正心、诚意、天理、人欲，可以胜得敌兵，我就佩服了。当时如果岳、韩两个，提倡起武备来，对皇帝也讲练兵，对朋友也讲练兵，提倡得通国人都讲究练兵，只怕也不至今日了。"

一席话说得宗仁错愕起来，问道："依老护卫说起来，这正心、诚意的学问，是用不着的了。"九畴道："这又不然。照经上说的由正心、诚意做起，可以做到国治、天下平，如何用不着呢？但是有一句古话，说的是：'善易者，不言易。'须知道实行的人，断不肯时时挂在嘴里说出来的，就是说出来，也拣那浅近易明的才说。断不肯陈义过高，叫人望而生畏。"宗仁道："正心、诚意，就是正心、诚意，还有什么浅近深远之别么？"九畴道："要说到实行上面，就是浅近；不讲实行，单向着理解上说去，自然深远了。譬如岳鹏举当日说的'文臣不爱钱，武臣不惜命，天下即太平。'这就是实行的话。你试想文臣果然能不爱钱，武臣果然能不惜命，不是认真能正心、诚意的人能做得到么？能做到这样的人，还不是纯乎天理，绝无人欲的么？鹏举当日，绝不曾提到这正心、诚意、天理、人欲的话，单就爱钱惜命说去，可是人人听得明白，人人都佩服他这句话说得不错。像他那种什么'去其外诱之污，充其本然之善'那些话，你叫资质鲁钝之人，任凭你把嘴说干了，他还不懂什么叫做'本然之善'呢！又如什么'帝王之学，必先格物、致知，以极事物之变，自然意诚、心正，可以应天下之务。这些话对皇帝去说，你道皇帝听得进么？人家急着要报仇雪恨，又要理政事，又要办军务，他却说得这等安闲，譬如人家饿得要死了，问他讨一碗饭来吃，他却只说吃饭不是这般容易的，你要先去耕起来，耨起来，播起种子来，等它成了秧，又要分秧起来，成熟了，收割起来，晒干了，还要打去糠秕，方才成米，然后劈柴生火下锅做饭，才能够吃呢。你想这饿到要死的人，听了这话，能依他不能呢？我也知道这是从根本做起的话，然而也要先拿出饭来等这个将近饿死的人先吃饱了，然后再教他，并且告诉他若照此办法，就永远不会再饿。那时人家才乐从呀！没有一点建树，没有一点功业，一味徒托空言，并且还要故陈高义，叫人家听了去，却做不来。他就骂人家是小人，以显得他是君子；偏又享了盛名，收了无数的门生，播扬他的毒焰。提倡得通国之人，都变成老学究，就如得了瘝病一般，致有今日。我有一句过分的话，当时秦桧卖国，是人人知道的，他这种误国的举动，比卖国还毒，却没有人知道。如果中国有福，早点生出个明白人，把他的话驳正了还好，倘是由他流传下去，将来为祸天下后世，正不知伊于胡底呢？"

宗仁听了半天，起初以为是泛论讲学之辈，后来听到他引了"去其外诱之污"等句，方才知道是专指朱熹讲的。宗仁生平本是极推崇朱熹的，听了九畴这番议论，不觉满腹狐疑。因问道："依老护卫说来，这讲学不是一件好事了？"九畴道："讲学怎么不是好事！不过要讲实学，不可徒托空言，并且不可好高骛远，讲出来总要人家做得到才有益呢。"宗仁道："正心、诚意，何尝是做不到的事情呢？"九畴道："我方才不是说么！文臣不爱钱，武臣不惜命，便是正心、诚意，却是任你拣一个至蠢极笨的人来，或拣一个小孩子来，你同他说这两句，他都懂得；非但懂得，他并且知道：文臣不应该爱钱，爱了钱便是贪官；武臣不应该惜命，惜了命便要打败仗。若单讲正心、诚意，不要说至蠢极笨的人以及小孩子，就是中等资质的人，任你口似悬河，也要讲好几天他才略略有点明白呢！"宗仁道："他这讲学，本来是讲给聪明人、上等人听的。"九畴道："须知天下上等人少，下等人多；聪明人少，鲁钝人多。这一国之中，须要人人都开化了，才足以自强。若是单单提倡上等人，聪明人，这一班下等鲁钝的，就置之不理，这一国还算国么？譬如出兵打仗，将帅不过几个人，兵卒倒是论千论万的。任凭你将帅谋略精通，武艺高强，那当兵的却全是孱弱不堪，兵器都拿不动的，能打胜仗么？讲到正心、诚意，那些兵卒们，若不是人人都正心、诚意，也不能取胜呢！然而要教他正心、诚意，正不知从哪里教起？还不如说些粗浅忠义之事，给他们听，养成他那忠义之气么！你想：养成了忠义之气，还不是正心、诚意么？他们好陈高义的，往往说人家是小人，做不到这个功夫，他却自命为圣人。莫说圣人他未必学得到，就学到了，却只有他一个圣人。站在这一大班小人里面，鞑子打来了，哪里又造反了，哪里又闹饥荒了，试问做圣人便怎么？"

宗仁听了，恍然大悟。暗想："原来这正心、诚意，是人人做得到的，极容易的事，却被朱夫子说的太难了。"又想起九畴这番议论，同谢枋得教育后起的话，恰好互相发明，不觉暗暗佩服。正要开言，忽听得门外一阵人声嘈杂，又拥进一大群鞑子来。

不知此来又有何事，且听下回分解。

第十六回

胡子忠盗案卷尽悉军情　郑虎臣别仙霞另行运动

却说宗仁正听得程九畴的话入了彀，忽然又拥进来了一群鞑子。当先是一员鞑官，向九畴说道："你们带来的金子、银子、绢匹，奉了我们皇帝的圣旨：'交内务府点收。'只我便是内务府的堂官，你们可交给我带去。"九畴道："金、银、绢匹，本来是送你们的，都堆在这里，你们取去便是。"那鞑官便吱吱咕咕的发了几句号令。那跟来的鞑子，便七手八脚的大挑小担，顿时搬个一空。那鞑官也就扬长的去了。

宗仁看见这般举动，又是可笑，又是可叹，因对九畴道："倘不是遇了世变，我们从何处看得着这种野人！"九畴道："这种本来是游牧之辈，一定要责他礼节，才是苦人所难呢！"胡仇道："罢了，算了。不要谈这些不相干的了，我们的正题，还要讨论讨论呢！我们说要觐见三官，看他们的意思，是不许我们见的了，还得要打个主意才好呀！"九畴道："看他明天回信怎样说再商量吧！此刻也急不来；如果他们一定不许觐见，只怕仍然是要烦胡兄去暗访呢。"胡仇道："暗访也访过多日了，只访不出个头绪来。少不得今夜也要去访查访查，这倒不必定要等他们回信再访。"

三人议定了，方才退入后进。宗仁又与九畴讨论了些学问，等到夜静时，胡仇穿上了夜行衣，戴了黑面具，别过二人，走到檐下，将身一纵，鸡犬无惊的就不见了。九畴十分嗟讶。

　　且说胡仇上得屋时，心中本来没有一定的去向，只随意所之，蹿过了好几处房屋，只见迎面现出一所高大房子。暗想："莫要在这里，且进去看看。"想罢，蹿到那房檐之下，躲在角上黑暗的地方，用一个倒挂蟾蜍的势子，只一翻身，双脚挂在檐上，倒过头去，一手抱住庭柱，往下窥探，只见堂上点的灯烛辉煌，内中坐着七八个鞑子，老少不等，在那里团团围坐，一面吃酒，一面割生牛肉烧吃。那一股腥膻之气，闻了令人恶心。当中坐着的一个，年纪最轻，却是穿的是绣龙黄袍，开口说道："南边打发来的几个蛮子，怎样处置他呢？"坐在上首的一个道："只索杀了他就是了。这点小事，还要费王爷的心么？"下首一个道："这几个蛮子，不值得一杀。我们要杀，就杀那大伙儿的，杀他这三个没甚趣味。"又一个道："不错。杀要杀那些有本事的；这三个人，一个是老的将近要死了，一个是白面书生，那一个更是猴子一般，能干些什么事出来？杀了他也是冤枉。"又一个年纪最老的道："他们总算是来通好的，自古说：'两国相争，不斩来使。'不如莫杀他，也显得我们天朝豁达大度，也好借他们的口，到南边去传说天朝威德。"那年轻穿黄袍的便道："老刘说的是，不杀他也罢。"那坐在上首的道："他们说还要什么觐见三宫呢！"那年轻穿黄袍的道："这可使不得。我们好容易把那蛮婆子弄来，岂可以叫他们轻易相见！他们见了，鬼鬼祟祟的，不知要商量什么呢！天已不早了，我们不要把唱戏的功夫耽误了，唱起来吧。"这句话才出口，阶下便走进去十多个小厮，一般的都生得眉清目秀，唇红齿白，一时管弦嘈杂，就杂乱无章的唱起来。却也作怪，唱的一般都是中国曲子，并没有什么"胡笳"杂在里面。胡仇看到这里，就轻轻的用一个猛虎翻身的势子，翻到房顶上去。又拣高大的房子去寻了几处，并无踪迹。看看天已不早，就忙忙回到寓处。程、宗二人，已经睡了。也就解衣安憩，一宿无话。

次日起来，便把昨夜听见的话对二人说知。九畴道："据此看来，觐见仍是不能明做的了。"胡仇道："但是叫他老刘的是哪个？想来这个人一定是中国人。"九畴道："这不消说得，一定是刘秉忠。他本来是瑞州人，他家的历史，香得很呢！他的祖父，降了西辽，做了大官。他的老子，却又降了金朝，也做了官。到了这位宝货，又投降了鞑子。祖孙三代倒做了三朝元老，真可以算得'空前绝后'的了。"

还说着话时，忽然报说鞑官到了。三人迎出外堂相见。那鞑官便道："你们不必多耽搁，我奉了皇帝圣旨，要你们即刻动身，不得稍有停留。"九畴道："我们奉旨来此，是要觐见三宫。怎么把这个正题置诸不理不论之列？"鞑官道："你们的什么'三宫四宫'，在这里，饭也有得吃，衣也有得穿，房子也有得住，用不着你们见，你们见了，也不过如此。并且你们将来也不必再来见他。我们代你们把他养到死了，便代你们棺殓祭葬，一切不用你们费心。这是天朝的深仁厚泽，你们应该要感激涕零的。"说着，不由分说，斥令从人，收拾行李，押了动身。九畴等三人，束手无策。三人虽然都有武艺，怎奈此时同在虎穴之中，并且这个不是可以力争的事，只得忍着气上路。一路上仍旧坐轿，鞑官、鞑兵却骑马跟着，一径押到天津，上了原来的海船，督着起了碇，方才呼啸而去。

九畴等三人，一肚子不平，无处发泄，只气得目瞪口呆。胡仇便叫把船驶到僻静去处，仍旧泊定。对九畴、宗仁道："两位且在这里稍候，我好歹仍旧到他那大都去，探个实在消息，倘使不得三宫下落，我便上天入地，也需去寻来。你二位千万等我回来了再开船。"九畴、宗仁，到此也是无可奈何，只好听凭他办去。

当下胡仇改了装扮，结束停当，带了干粮军器，背了包裹，走上岸来，往大都而去。这里程九畴、宗仁两个，自在船上守候。宗仁便终日与九畴讲学，暗想："这一位虽是武夫，却是个讲究实行功夫的。凡那一班高谈阔论的鸿儒，被他诋骂得一文不值，内中言语虽不免有过激的所在，可也确有见地，倒是一位讲实学的君子。"为此谈的愈觉投机，慢慢的又讲到时局。九畴叹口气道："这番文丞相、张将军两位，便是国家气运的孤注。他两位要是得手，从此或者可以图个偏安，万一不利，那就不忍言了。"宗仁又把仙霞岭设立"攘夷会"一节告知。九畴道："这也是最后无可奈何之一法；但可惜局面小些，恐怕不能持久。"宗仁道。"据金国侠的意思，打算复了衢州，再进窥全浙呢！"九畴道："衢州在万山之中，恐怕不是用武之地，然而这个也是尽人事做去罢了。"

两人谈的入彀，转忘了盼望胡仇之久。一连过了七八天，两人谈至更深，方才就寝。忽然舱外蹿进一人，正是胡仇。两人连忙起来，便问："事情如何了？"胡仇喘定了片刻，方才说道："三宫不知被他们藏到哪里去了？挨家寻过，却只寻不出来。后来恼了我，打算到他官里去探听。等到四更时分，蹿了进去，我满意这个时候，他们总睡静了；谁知走到一处，灯烛辉煌，有一大班鞑子，列了许多公案，都在那里办公事。左侧一间，静悄悄的坐了几个鞑官儿。再往里一间，当中坐着一个龙冠凤冕，虬髯细眼的鞑子，前面跪着三个鞑子，我想这当中坐的一定是鞑酋忽必烈了。伏在檐下，看他有甚举动。方才宁一宁神，那跪着的三个，已经退出去了。一会又进来两个，也对那酋跪着，说了好些话，又退出去。一起一起的，都是如此。过了五六起，所说的话，好像都是什么打胜仗，得地方之类。我很疑心，此时天色已经朦胧发亮了，那酋也退到后面去了。我又在瓦上蹿到方才见他们办公的那房子里去，见他们乱哄哄在那里收拾文书，都归在一起，放在抽屉里面，就纷纷的散了，不留一个人。我便轻轻落下来，在抽屉里取了那文书，四下里一望，都是书架子，都是放着些文书，书架上面，还分别贴个签儿，标着些什么民政、工政、财政之类，我都无心观看,只在那军政架上,取下了一大叠,束在怀里,蹿了出来。喜得时候甚早,没有人看见。我便兼程赶了回来,好歹总探了些军情。至于三官的下落,确是没有地方去访寻了。"说罢,解下包裹,取出文书道:"我在路上,还没有功夫去看呢,打开来大家看吧。"宗仁便去剔亮了灯。九畴取了过来,先理顺了日子,原来都是伯颜、张弘范的奏报。先看了几卷,也有报得了常州的;也有报得了平江的;也有报宋帝已降,兵到临安的;也有报押解宋帝起行北上日期的,这都是已往之事。三人早从那里经过来的,无心去细看。后来看到一卷,是报梅州失守,略言"南人立益王昰为帝,命文天祥寇我江西。其先锋赵龙,率兵三万,陷我梅州"云云。又一卷是报会昌失陷的,说是宗信领兵陷了会昌。三人不觉大喜。再看下去,有报说陈瓒陷了兴化军,张世杰陷了潮州及邵武军的。又有报说赵时赏围攻赣州的。三人愈加欢喜。抖擞精神,往下再看,却是几卷无关紧要的平常事情,也并不是军务。这个大约就是胡仇在抽屉里取出来的那一叠,他们新近接到,未曾按类分开的了。又往下看时,内有一卷写道"某月日,遣副将李恒袭击文天祥于兴国县。天祥兵不支,退走永丰。适永丰先为我兵别队所破,兵先溃,追至方石岭,斩敌将巩信,擒赵时赏。刻天祥走循州,正挥兵追剿"云云。宗仁大惊道:"一向都是胜仗,何以一败至此?"急急搁过此卷,再往下看时,是报说:"张世杰来寇泉州,被我军击退,遂克复邵武军"的。宗仁顿足道:"两处都败了,此刻还不知怎样呢!"急急又看下一卷时,是报说:"我兵破福州,南人奉其帝奔潮州"的。九畴叹道:"大势去矣!"急又翻一卷来看,上写道:"据谍报南人奉其帝奔潮州,道遇张世杰,遂入世杰军中,窜至浅水湾。我军追至,张世杰又窜井澳。正追剿间,据划探报称前途有飓风,南军舟多覆没,帝落水,遇救得起,然死生未知,尚待再探"云云。又有一卷,报说:"文天祥此时在丽江浦"云云。以下便没有了。

三人看罢，不觉纳闷，相对愁叹。胡仇便道："不期便闹到这个地步！我们这番回去，只怕还没有地方复命呢。"九畴道："我们此刻只有先到潮州一带去打听行在的了。"宗仁道："或者我们径奔丽江浦，投文丞相去。文丞相那里，总知道行在处所的。"九畴道："军情瞬息千变，莫说我们到南边还要好几天，就是此时，文丞相也不知在那里不在了？"胡仇道："他末后那个奏报，又说我们皇上落水，死生未卜。此说不知确不确；万一有甚不测，我们还复什么命！并且据这奏报，那边地方多失陷了，不知怎样支持？"九畴道："万一有甚不好说的事，还有信王在那里呢！陆君实一定能担任这件大事，若说那边地方多已失陷，须知两广地方还大着呢！你们区区一个仙霞岭，还打算要复兴中国，何况有了两广地方呢！"说话之间，已经天明，便吩咐船户起碇。三人又商定了，沿途拢岸，以便探听南方消息。一时间船出了口，放洋起来，不免受些风涛之险，不在话下。

一日，船家拢船进了一个海湾泊定了，来报说到了益都路了。胡仇道："哪里有个益都路起来？"九畴道："这本是我们的东京路。自从鞑子占据了，就改了益都路。但不知怎样去打听？"胡仇看看天色道："此时已经是黄昏时候了，还是我去暗访。此时我得了法门了，只要向公事上去探听，没有消息便罢，有了总是确的。"宗仁点头称："是。"九畴道："未必，未必。他这种军务事情，何尝是通咨各路的。你须知大都是他的总汇，所以才有这些公事呀。"胡仇不觉愣了一愣道："我姑且去试探试探，左右船已泊了，不去也空坐在船上。"说罢，换了装束自去了。到了半夜，方才回船，果然没有探听着。

到了天明，吩咐启碇再行。胡仇道："似此看来，再到别处傍岸，也不过如此。徒然耽搁日子，以后可以不泊岸吧。"宗仁道："今番无论走海道走旱路，总免不得要到广东，但是近来海上有了战事，我们虽到了广东洋面，恐怕也近不了行在。"胡仇道："照此说来，福建洋面就有了战事的了，自然有许多鞑船在那里；万一遇见了他，啰唣起来,也是不可不防的事。我们不如径走温州,由温州登陆吧。我们顺便还可以绕仙霞岭,探听探听近来消息,不过多纡绕几百里路。"九畴道:"仙霞岭虽是可去可不去,然而我们总在浙江一带登岸便是。我们此刻行李少,走旱路便当些。"

商量已定,即叫船家转舵转篷,向温州进发,偏又遇了风暴,在海湾浅处避了十多天风,复行驶出,风势又逆了,因此行了一个多月,方才到得温州海口。泊定之后,三人便舍舟登陆。九畴便要渡飞云河,取道南雁荡,入福建界,往广东。宗仁、胡仇商量要先到仙霞岭,探听消息再去。九畴拗不过二人,只得依了。于是取道乐清、青田,一路往仙霞岭而去。此时温州一带,久已属了"胡元"。三人虽说是中国的钦差,然而带了国书去,却没有回书来,并且不以礼相待,简直像被逐出来的。此时不便仍以钦差自居,只得微服而行。又以此处居民,也一律的改了胡服;因为那一班鞑子,见了穿中国衣服的,不是说他异言异服,甘居化外,便说他大逆不道,拿了去不是监禁若干年,便是砍脑袋。因此三人也只得暂时从权,换了胡服,打伙起行。

海船泊岸时,天已不早,因此到了乐清,便投了客寓。是夜月明如水,三人不能成寝,偶到外面玩月,只见中庭先坐着一人,也是胡冠胡服,在那里吹笛。吹罢了,又唱曲子。唱的却是中国曲子,并不是胡调。宗仁等他唱完了,不禁上前回道:"适聆雅奏,阁下当是汉人。"那人连忙起身招呼道:"正是,正是。此时满目中虽然都是胡冠胡服,内中却十分之九是汉人,只看其心是汉心是胡心罢了。"宗仁听他此言,以为必非常人,因请问姓名。那人道:"在下埋没姓名已久。此时沧桑已变,政俗都非,就说也不妨。姓郑,名虎臣的便是。"程九畴从旁急问道:"莫非是在漳州木绵庵杀贾似道的郑义士么?"虎臣道:"正是。不知老丈因何得知?"九畴道:"那木绵庵离我家只有二里之遥。那一天出了事,我一早就知道了。后来地方官还出示捉拿义士，不知义士藏到哪里去来？"虎臣因还问了三人姓名，方才说道："在下那时走了出来，也不辨东西南北。走了几天，到得福州，那捕拿的文书也到了。我急的了不得，走到海边，要附海船逃去，偏偏又没有海船。天色又不早了，看见海岸旁边有一家人家，我便去投宿，内中却是一个渔翁，承他招留。后来同他谈起时事，谁知他并不是个渔者出身，也是个清流高士，因为愤世嫉俗，托渔而隐的。我又略略说起贾似道，他便切齿痛骂。我见他如此，便告诉他在漳州杀贾似道逃走出来，此时官府行文缉捕的话。他十分钦敬，并道：'老夫本来要等八月秋凉，方才出海捕鱼，既然阁下要避难，我们来日便出海。我们出海一次，总要三五个月才回来；不然，捕了鱼就驶到别处口岸去卖，那就可以几年不回来一次的了。'当时我十分感激。那渔翁便叫两个儿子，连夜收拾起篷、缆、桨、橹、鱼叉、鱼网之类。忙了两天，他便带了两个儿子，和我一同上船出海，留下渔婆及他那两房媳妇看家。我从此就在渔船上过日子，虽然偶尔也回福州一次，然而不到几天，又出海了。去年九月，渔船到了潮州。我因为潮州有个好友在那里，好几年不见了，此时捕拿我的事也冷淡许多了，因辞了渔翁，去访那好友。不到几天，喧传圣驾到了。我不觉大惊，想这时候福州一定失守了。过了不到一个月，又听说兴化军失守，守将陈瓒殉节。"九畴等大惊道："此信是真的吗？"虎臣道："怎么不真！圣驾本来是在浅水湾，后来刘深领了水师来攻，几乎支持不住；幸得张世杰在军中调度得法，方才逃出虎口，前往井澳。偏又遇了飓风，御舟也覆了；好容易把圣驾救起，闻得已经因惊成病了。"九畴等三人相顾道："此信是确的了。"虎臣道："就当那几天里头，我遇见了谢叠山先生。他告诉我这里有个仙霞岭，岭上有多少英雄，都是心存宋室的；劝我投奔，我依言附了海船来到这里。"胡仇道："敢是此时才去。"虎臣道："不是。此时是从仙霞岭来，我因为岭上诸位，多主张以兵力恢复中原；我却不能武事，住在山上，也是虚占一席，因此辞了下山，出来别有运动，此时却不便说出来。"胡仇道："我们都是仙霞岭上一家人，就说说何妨！"虎臣道："公等说出姓名，在下便知道。并且'攘夷会'上，我也书了名，不然，哪里肯尽情倾吐！这运动一节，此时确不便细谈，只到后日便知。我总不失了'攘夷会'的颜色便是了。"四人又谈了一会，个个安歇。到了次日，便分道扬镳。虎臣到哪里去？且待下文交代。

且说九畴等三人，在路不一日到了仙霞岭。把路军士，问知底细，报上山去。不一会，金奎、岳忠、狄琪等，一班儿都挂了孝服，迎下山来。三人一见，不觉大惊。

不知带的是谁的孝，且听下回分解。

第十七回

越国公奉驾幸崖山　张弘范率师寇祖国

却说程九畴、宗仁、胡仇看见金奎等，一众穿了孝服，迎下山来，都不免吃了一惊。胡仇头一个性急，连忙加上一鞭，走到码头相近，便滚鞍下马，不及寒暄，先问："没了甚人？"金奎也下马道："且到山上去说。"遂向前与程九畴厮见，又与宗仁见过，数人重新上马登山。宗仁留心看时，一路上的情形，大为改观了：道路也修好了，树木也葱郁了，山坳内房屋也添了许多了。一路观看上山，到了"攘夷会"门前下马。相让入内，只见大堂之上，也尽都挂了孝。宗仁便问："没了甚人？"岳忠道："三位还未得知。今上皇帝，龙御上宾了！"一句话只吓得程九畴面如土色，忙问："是几时得的信？"岳忠道："是前天得的信。"九畴不及多问，抢步到了大堂上面，看见当中供着御灵，便当先哭临了。众人也随班行过礼。

岳忠、金奎让三人到左壁厢的三间大厅上叙坐。九畴方才细问情由。岳忠道："自从宗、胡两位去后，不到两天，有十多个鞑子，贩了五百匹马，在岭下经过，被我们捉住，得了马匹，考验起来，可喜都是些上好的马，因此就立了一个马探部，选了精细的兵士，分头探事，随时飞报。此时派在外面探事的有二百起，所以外面信息，甚是灵通。三天五天，总有各路的信息报到。这个警报，还是三天以前报到的。据报说，去年十一月，元将刘深，起了大兵来寇浅水湾行在。张世杰竭力抵挡，怎奈鞑兵势大，支持不住。只得率领残兵，奉了御驾，向秀山进发，走到井澳，遇了大风，损坏了御舟，左右侍卫，以及皇上，尽皆落水。幸得张世杰悬下了重赏，众兵丁一起凫水施救，方才救起。从此就得了个慢惊的毛病。刘深那厮，又追将过来，只得带着病逃到谢女峡。陈宜中丞相，见势头不好。说是到占城国借兵，带了十多号船去了。直到此时，不见回来。到得今年四月，便驾崩了。当下一众大臣，都要散去，幸得陆秀夫慷慨说道：'大行皇帝虽然上宾，广王乃度宗皇帝之子，现在军中。古人有以一旅一成中兴者。今百官有司皆具，士卒数万，天若未绝中国，何尝不可据此恢复！'说得众人应允，方才奉了广王即皇帝位，上大行皇帝庙号，为端宗。"宗仁道："文丞相此刻在何处？不知可曾探得？"岳忠道："文丞相初出兵时，声势极大，首先复了梅州，张世杰克复了潮州，陈瓒克复了兴化军，一时鞑兵丧胆。广东制置使张镇孙，也乘势克复了广州。于是吉安、赣州一带，尽行克复，大兵会于南昌县。张世杰一路也乘势攻打泉州，克复邵武军，招降了海盗陈吊眼、许夫人，兵势也不弱。"后来鞑子那边，来了一员贼将，叫做什么李恒，带了一支鞑兵，探得文丞相在兴国县，便轻骑前来袭击。文丞相不曾防备，败了一阵，打听得邹凤在永丰县，有数万兵士，便打算到那里去。谁知永丰先被鞑兵攻下了，文丞相率领残兵，走到石岭地方，人困马乏，走不动了，便吩咐且扎下行营，略为憩息。谁知李恒追兵已到，众兵士喘息方定，哪里还敢接战，只得拔队先行。"副将宗信，带领五百名兵士断后，等李恒兵到，便挥兵杀回，直杀入鞑兵阵内，左冲右突了一回。后又杀将出来。李恒见他以寡敌众，勇气百倍，疑有伏兵，不敢追赶。宗信杀出来后，就在山坡前扎住小歇。鞑兵此时，四面围将过来，用强弓硬弩，一阵乱射。可怜宗将军和五百兵士，同时殉国了。"宗仁听得，不免凄然下泪。岳忠又道："李恒既射杀了断后兵，使一路掩杀过来，追到空坑地方，我家兵尽行溃散。赵时赏被鞑兵捉住，问他是何人，他便冒充了文丞相。李恒信了他，文丞相方才得脱，一路招集残兵，在海丰县扎住了几时。此时闻得出驻在丽江浦，觑便要图克复广州。"宗仁道："怎么！广州又陷了么？"岳忠道："岂但广州！兴化军及潮州都陷了。鞑兵破兴化军时，恼陈瓒不肯投降，把他分尸数段，杀得百姓血流成河。潮州是杀得鸡犬不留。说来也是可惨。"当下各人叹息一番。程九畴伤感之下，便得了个怔忡之症，不能起行。宗仁听得兄弟宗信殉了国难，也是十分伤感，因此得病，都耽搁下来。只得暂住几天，再定行止。

忽然一天马探回来报说："都统凌震，又克复了广州。"胡仇听得，便对众人说道："此刻宗、程二位，都生病在此，不能复命；不如我到广东走一次，顺便打探军情如何？"众人都道："如此甚好。"胡仇即日结束停当，背了行李，骑马下山，向广东进发。一路上晓行夜宿，只觉得景物都非。不胜禾黍故宫之感！越过了福建界，到了广东地方，直向广州进发。说不尽那兵荒马乱情形，真是令人伤心惨目。到得广东与凌震相见，方知广王即位后，改元祥兴。就以今年景炎三年，改为祥兴元年。升广州为祥兴府。先帝崩于硇州，此时陆秀夫、张世杰奉祥兴皇帝，迁至新会之山。此时计程，还在路上。胡仇得了此信，便问凌震讨了一号海船，沿路迎将上去。走到新会地方，恰与大队兵舰相遇。胡仇叫把船拢近，先问了张世杰坐船，驶得两舷切近，便使人通名求见。世杰忙叫快请。胡仇跨过船来，相见已毕，便诉说一切。世杰不胜切齿道："我若不雪此仇，誓与此舟同沉。"于是带了胡仇，到杨太妃御舟复命，太妃听胡仇奏说一切，也是无可如何，只说得一声："卿且退去歇息。"世杰又引到祥兴皇帝御舟。上得船时，有两名御前护卫挡住，叫且在前舱憩息。此刻陆丞相正在和皇上讲大学章句呢！世杰、胡仇只得在外面等候。过了好一会，那御前护卫进去探问过两回，方才有旨出来，宣张世杰、胡仇两个进去。胡仇便跟着世杰进去。朝见已毕，将到大都一切情形奏闻。那祥兴皇帝才得八岁，一点事也不曾懂得。那复命一节，不过是个礼节罢了。只有陆秀夫侍立一旁，垂绅正笏，望之俨然不可侵犯。说句俗话，就犹如庙里泥塑木雕的神像一般。把一个八岁孩子，也拘束得端端正正的坐在上面。胡仇奏完了，也不曾懂得回答一句什么。还是陆秀夫代传谕旨，叫且退去憩息。

　　世杰、胡仇退了出来，回到中军船上。世杰叹道："陆君实也不愧为一代大儒，只是迂阔了些。天下事闹到这个步位，皇上的年纪又不曾长大，他只管天天讲什么大学。我岂不知大学是讲修齐治平之道？然而对着八岁孩子去讲，未免太早了些。"胡仇道："教导也是不能少的。此时若不把道德陶融了，将来长大亲政时，天下事更不可问了，只是大学未免太高深了，无妨取浅近的先行诱导，也好使听讲的易于入耳；并且连年兵败，迁徙流离，三宫北狩，这等大耻大辱，也应该时常提在嘴里，好使皇上存了个国耻在心，方才能奋起精神，力图中兴呀！将军何不劝劝陆丞相看！"世杰道："我何尝不劝来！怎奈他说报仇雪恨，恢复疆土，是武臣之事，启沃圣德，致君尧、舜，是他文臣的事。倒叫我只管设法杀敌，不要管他。他言之成理，叫我也无可如何！"正说话间，内臣赍到了御旨。封胡仇为军前参督，就留在军中听用。胡仇受封谢恩毕，然后与宗义、宗智相见。说起宗信殉国一节，不免吊唁一番。从此胡仇留在军中，不在话下。

　　且说大队船只，乘风破浪，不日来到崖山。这崖山，在新会县南八十里，大海当中，与奇石山相对。远远望去，犹如两扇大门一般，好个形势。这两山之中，便是海潮出入之路。山上人民，聚族而居，平时也设兵戍守，所以山上有个镇府衙门。船拢了山，世杰便和秀夫商量，要奉两宫登岸，先到镇府衙门驻跸，再作后图。商定之后，奏闻杨太妃，便备了法驾，请两宫登岸。此时颠沛流离之际，法驾也是有名无实，不过草草应酬，两乘轿子罢了。一时岛上居民，闻得太妃、皇上驾到，无不扶老携幼，出来瞻仰。此时正是六月时候，海边的天气无常，御驾正在前行，还不曾走到有人家的地方，忽然天上起了一片黑云，顺风吹来，顿时布满空中，便大雨倾盆，雷电交作起来。一时无处躲避，抬轿的人，只得冒雨向前飞跑。偏又狂风大作，把轿顶揭去。喜得走不多远，路旁有一座古庙，轿夫便连忙抬了进去。随从的人，也跟着进来，一个个都是淋漓尽致，气喘吁吁的了。太妃下得轿来，便忙着叫人在行李内取出衣服，代祥兴皇帝换出湿衣，自己也换过了。

这一场雨是暴雨，此时早已雨过云开，现出一轮红日了。官人们便取太妃和祥兴帝的湿衣，到庙后去晒晾。又苦于没有竹竿之类，只得把衣服抖晾在一种小树之上。这种小树，土人叫他做山桔。到了秋天，结成一种指顶大的小果，颜色鲜红，也可以吃得，不过味道略涩罢了。说也奇怪，这山桔树的树身，与别的树本来无异，自从披挂过了御衣之后，那树身忽然长出了许多斑节，七高八低，或大或小，就如龙鳞一般。以后便永远如此，土人说它因为披过龙袍，所以留下这点古迹，因此就叫它做"龙缠山桔"，最奇的这山桔本是广东的土产，然而除了这座庙后的，别处所生，一律都是光身，没有斑节的。岂不是一件奇事么！

且说张世杰奉两宫到了崖山之后，便移檄广右诸郡，征取钱粮；一面遣人入山，采伐树木；一面招募工匠，起造行宫。又赶造战舰，招了铁匠，打造军舰，朝夕训练士卒，以图恢复。从六月赶到十月，方才略有头绪。

话分两头。且说文天祥，自从空坑兵败之时，一妻二子，早在军中失散，却被鞑兵获住，问知系文天祥妻子，便要派兵护送他到大都去。须知他是一门忠孝的人，哪里肯跟他到北边去，便都自尽了。天祥退到循州，招集残兵，往海丰扎住，将息了几时，便进扎丽江浦；

偏偏又遇了一场瘟疫，兵士死的甚多。正在忧闷之间，接了家报，他的老母亲及一个长子，又都死了。天祥忙便上表奏报丁忧，陆秀夫与张世杰商量：此时正是国家分崩离析之际，岂可听其闲居！并且他若丁忧回去了，那一支兵，实在也无人可以统带，遂拟了一道诏旨，温语慰留。又奏闻杨太妃及祥兴帝，遣官前去赐祭。天祥得了诏旨，自念家属已尽，剩得子然一身，乐得尽忠报国。于是墨绖从戎，进兵潮阳。恰好邹㵎也练成了一支兵马，前来相会。

那时外寇既深，而本国的盗贼也自不少，有两个海盗的渠魁：一名陈懿，一名刘兴。在潮州海面一带，出没为患。文天祥想内患不靖，难御外侮，遂差了一员将官，坐了小船，访到二人巢穴，劝令投降。二人不肯降，并且出言无状。差官回报，天祥大怒，拨了一支水师，乘了兵舰，出海征剿。那海盗本来是乌合之众，见官兵到了，便张惶失措。刘兴早被一支流矢射中，落海而死。盗众益发大乱。陈懿见势头不妙，便转舵逃走。千不合，万不合，这支官兵不合不去追赶，被他逃生去了。

他逃到半海，恰遇了鞑子大队兵船。陈懿便在自己船桅上，竖起降旗。鞑兵望见，以为是大宋兵马，下令驶近。陈懿便到中军船上去叩见元帅。你道这元帅是谁？原来就是张弘范。此时伯颜已回大都，张弘范受了大地父母之恩的那个异种异族皇帝，就封了他做都元帅。封了李恒做副元帅。

这李恒的历史，与张弘范又自不同，我说句粗话，他竟是个杂种。何以故呢？他本姓于弥，是西夏国主之后。唐朝之末，他不知哪一代祖宗，做了唐朝的官，赐姓李，后来也有做宋朝官的，到了鞑子入寇时，他的老子李惟忠，方才八岁，生得眉清目秀，被一个鞑子的什么王看中意了，把他收留抚养大了，才生下他来。如此说来，他虽未见得真是杂种，也和张飞骂吕布的话一般，是个"三姓家奴"了。

闲话少提，却说李恒本来就随同伯颜入寇宋室，到处蹂躏的了。

此时封了副元帅，更是耀武扬威，和张弘范两个带领大队兵舰，要寻宋兵厮杀。这天听说有宋兵投降，便同弘范坐了中军，传投降人进见。陈懿不免唱名报进。弘范问起来历，方才知道是个海盗，不是宋兵。不觉大喜，取过空头札付，填了个行军千户，给与陈懿。李恒道："陈懿是个强盗，只怕未可轻用，怎么便给他札付呢？"弘范笑道："只要他肯为我用，便是好人。那个管他强盗不强盗呢！况且我要寻文天祥踪迹，正缺少一个向导，何不就用了他，岂不是好！"因问陈懿："此时文天祥在哪里？"陈懿道："此时在潮州练兵。"弘范道："从此处到潮州的海路，你可熟悉么？"陈懿道："我在海面上行走了十多年，莫说到潮州，就是附近广州、惠州，以至雷州、琼州、廉州一带，都是熟悉的。"弘范大喜。又加了一副委牌，委他做了前锋向导官。陈懿拜谢了。弘范便叫他带领大队，向潮州而去。

此时已是十一月天气，北风大作，乘着顺风，不一日到了潮阳境地。沿海居民，看见大队鞑船，塞海而来。一时奔走呼号，哭声遍野，扶老携幼，弃业抛家，都往内地乱蹿。天祥闻报，忙忙上马出来晓谕弹压，却哪里弹压得住！一时军心大乱起来，部下的一员将官刘子俊，忙来报道："兵无战心，势难久驻。看看敌兵前舰，已经登岸，不如率领众兵，由末将保丞相先走，留邹将军断后，退还海丰，再作区处吧。"说声未了。探马报到鞑兵已经登岸，追杀过来。天祥急忙回营察视，只见众兵都慌做一堆，料难驱之使战。便同刘子俊、宗礼、杜浒及一切众将，率领众兵先走，留邹㵯断后。

指拨方定，张弘范的兄弟，先锋官张弘正，早已迫到。邹㵯截住厮杀，只因兵心慌乱，不敢恋战，且战且走，猛不提防，一枝冷箭射过来，把坐骑射倒，将邹㵯掀翻在地。张弘正赶马过来，举刀要砍。邹㵯大喝："鞑奴不得动手！"连忙丢了长枪，拔出佩剑，自刎而亡。弘正下马，取了首级，仍向前追去。

却说天祥等正走间，流星马报到，邹㵯已死，追兵将近，只得舍命前行。走至五坡岭，人困马乏，看看追兵已远，便传令扎住。兵士解甲休息，摘去鞍辔，放马吃草，一面埋锅造饭。正在山前列坐，忽听得一片胡茄声响，鞑兵已到。一众军士，亡魂丧胆，正是人不及甲，马不及鞍。宗礼骑了无鞍马来战弘正，不十合，被弘正一刀搠落马头，宗礼亦自刎而死。刘子俊急挺枪来迎，正纵辔而出之时，不提防马失前蹄，掀翻在地。众鞑兵一拥上前缚住，解向后面中军去了。

此处赵龙、李虎、白壁一齐上前挡住。众鞑兵见拥出了三员战将，便一起放箭。这里三人，一心要挡住鞑兵，好放天祥远去，别作后图，所以并不闪避，仍是向前厮杀，一面舞动军器，遮拦隔架，挡拨箭弩。怎禁得这里万弩齐发，不一会，三条好汉都死在乱箭之下。

鞑兵仍复前追，赶及天祥。弘正赶一个两马并头，便伸手把天祥活挟过去，陷了海丰，就解天祥到中军来。谁知刘子俊被捉来见张弘范时，便自认是文天祥，因他明知鞑子最怕的是文天祥，所以自己认了，待他不再追赶，好等天祥逃至行在，再图后举的意思，不料后来真文天祥也被捉来了。弘范问了姓名，不觉大惊道："南朝哪里有了两个文天祥？"因叫几个降卒来认，内中有认得的，便指出刘子俊姓名。弘范大怒，喝令斩了。一面劝文天祥投降。天祥哪里肯依？弘范叫且送到后军安置。休兵一日，便又传令下船，仍叫陈懿做向导，杀奔崖山，来灭宋室。不多几日，到得崖山。弘范在船头上望见崖山水寨，不觉吃了一惊。

不知惊的甚事，且听下回分解。

第十八回

灭宋室生致文天祥　论图形气死张弘范

却说世杰自从奉了御驾，迁幸崖山之后，盖造行宫，赶制船械。是年九月，就奉端宗皇帝梓宫在崖山安葬，号永福陵。自此大事粗定。世杰一意整理武备，以图恢复：陆地上训练马步兵，海上操练大小战舰。到了年终时，已造成大战舰千余号，小战舰三千号。操演纯熟，箭弩齐备。

一日世杰入见祥兴帝，适值陆秀夫在那里进讲大学章句；世杰等他讲完，然后对秀夫说道："刻下战舰齐备，堪与一战；但是连年失败，人心畏怯，新近文丞相兵败被俘，存亡未卜。仆意欲奉两宫御驾亲征，或者可以鼓舞士气，振刷军心。不知丞相以为如何？"秀夫道："用兵是危险之事。天子万乘至尊，岂可轻履危地？望将军再图良策。"世杰道："御驾不行，人心终不能鼓动，而且连年航海，士卒离心。如不奉皇上镇压住他，万一人心解散，为之奈何？"陆秀夫乃从其言。同去奏闻杨太妃。

到了祥兴二年，正月元日，朝贺已毕，即奉两宫，舍陆登舟，驶至海口，御舟居中下碇。四面数百号护卫舰，列成阵势。却将一千号大战舰，一字儿排列在前面。中舻外轴，以大铁缆相连。船头有楼棚，如城堞一般。施旗招展，盔甲鲜明，十分威耀，其余小战舰，留作指拨，四面巡梭。

张弘范率领大队战舰到来，远远望见，犹如一座城池一般，所以吃了一惊，吩咐先下了碇，再作商议。李恒道："他屯兵海中，海水咸不可食，一定要到崖山汲水。我们不如先夺了崖山，不消一日，他军心自乱。那时乘势进兵，一鼓可下了。"弘范依言，叫李恒亲自督队去袭崖山东面。李恒领命，率领一百号战舰，杀奔崖山东面来。谁知张世杰虽然身在舟中，他陆上的防兵，早已布置严密。李恒战舰到时，岸上万弩齐发，几次冲突，总不能近岸，徒然被射伤了好些士卒。

李恒不觉纳闷，暗自筹画："若取不得崖山，无面目去见弘范；不如抄到宋兵背后，出其不意，攻他一阵，好歹总有些斩获。"想罢，便叫转舵，刚刚转过山坳，忽听得一声鼓响，当头来了一队战船，为首大将，正是宗义。驶得切近，拈弓搭箭，觑定李恒射来。李恒急闪时，已中了肩窝。宗义把令旗一挥，全队战船，桨橹并举，冲将过去。李恒的船，本来乘着北风，满拽帆篷而来，到此收篷不及，被宗义兵一阵弩箭，射得众鞑子死伤枕藉。李恒忙叫转舵逃走，已被宗义指挥兵士，夺获了二十号船。李恒狼狈逃去，宗义全胜而回。原来世杰在敌楼上，望见鞑兵拨动船只，知是去袭崖山，恐怕有失，便拨宗义去救应，果然胜了一阵。表过不提。

却说李恒败了回去，与张弘范商议道："宋家兵船，俱用铁缆相连。此时虽交正月，北风尚大，我们何不学周瑜战赤壁故事，用火攻之法呢？"弘范又从其议。下令准备五十号旧战船，满载干柴、茅草、硝磺等引火之物，扯满风帆。另用十号大船拖带，驶近宋兵水寨，一起放火，拖船即便驶回。那火船乘着顺风，直撞过来。谁知世杰出海时，早就防备火攻，那战舰外层，一律都用灰和泥涂满，不露一点木在外面，容易烧它不着。看见鞑兵放火船来攻，便传令放倒船桅，把来船拒住。五十号火船，相离在二三丈之外，便不能近，所以一场大火，只烧了几百根船桅。

张弘范看着火光冲天，烟焰蔽海，以为这一把火，可以把宋兵烧的靡有孑遗了。乃至烟消火灭时，望见大宋水寨，依然旌旗招展，雉堞完好。不觉一场失望，又和李恒商量。李恒道："张世杰全力在此，必不能兼顾他处。他的钱粮，全靠广右诸郡供应，不如元帅在此与他相持，待我由水路绕道外海。去攻下了广州，先绝了他粮道。任凭张世杰英雄，他总不能驱饿兵交战。"弘范依言。李恒便点了二十号战船，将军器旗帜，全收在舱内，扮做商船模样，径奔广州，陆续登上岸。守土官兵，还未曾得知。及至一声号起，一片胡笳之声，李恒当先，带来二千兵士。一齐拔出军器，一拥入城，逢人便杀。凌震听得鞑兵已经进城，仓惶失措。弃了印绶，扮做平民，逃走出城。坐了一号海船，径投张世杰去了。这里李恒取了广州，纵令兵士杀一个尽兴，然后留下一半兵士把守，自己仍带领战船回崖山去，适值世杰和弘范交战。

却说李恒去取广州时，便绕道外海。此时回来，却径由内江出来，恰好在崖山南面，听得前面金鼓声与胡前声相和，知是交战。便指挥兵士，桨橹并举，直向宋寨后面，冲将进去。世杰亲赴前敌，与弘范大战，全军精神，都注在前面；不提防后面有兵杀来，吓的措手不及。李恒率领二十号船，横冲直撞，一直杀到中军。各舰纷纷起碇逃走，军中大乱。

陆秀夫带着家眷，另坐一船，听得鞑船杀入中军，以为世杰前面兵败，连忙叫出妻子来，自己督着她跳下水去，然后过到御舟，祥兴帝正在吓的啼哭。陆秀夫奏道："世杰兵败，鞑兵已杀入中军，孝恭懿圣皇帝已经被辱，陛下不可再辱，臣愿奉陛下以死社稷。"奏罢，取过那方卞璧玺投入海内，道："此是我中国历代传国之宝，不可堕入胡人之手。"说罢，背起祥兴皇帝，走出船头，耸身一跃，君臣同溺。可怜从此日之后，中国人便没有一寸土地。好好的一座锦绣江山，变做骚胡世界了。秀夫下得水时，李恒已到，杀上御舟，扯下龙旗，换上鞑子旗帜，一时官人纷纷赴水，军中益发大乱。

探艇报到前军，世杰与弘范两个还未分胜负，闻报连忙收兵回救。弘范自后掩杀过来。世杰不敢恋战，奋勇退回，入到中军时，人报："陆丞相义不受辱，奉了皇帝赴海归神。"世杰叹道："天亡宋也。"此时中军各舰，五零四散，已不成阵列。

世杰寻着了杨太妃御舟，奏道："陆丞相已奉皇帝殉国，臣愿奉太妃，杀出重围，访寻赵家宗室，再立后嗣。"杨太妃大惊，哭道："奴流离数年，不过望抚育皇帝成人，以报先帝。今皇帝已经殉国，奴岂有独生之理？望将军访求赵家宗室，共图恢复，奴死亦无憾矣。"说罢，推开船窗，翻身落水。

世杰抢救，已经不及，只得仍过坐船，望见前面一千号大战船，已经断了铁缆，四散分开，多半已换了鞑子旗帜，忠志之士，纷纷落水殉国。回顾只剩了十六号战船相随，便奋力夺路，冲出重围。十六号船，又只剩得十号。又遇了狂风大作，波浪掀天，世杰号令众将道："我冲出重围，并非逃生，正是求死，不过不愿将我这干净身躯，死在骚鞑子之手罢了！我今便凿船自沉，尔等兵士，有愿逃生的，只管各自散去。"众兵一起大呼道："我等愿随将军，尽忠社稷，不愿偷生。"说罢，也不等凿船，纷纷赴海。世杰叹道："愧煞一班反颜事敌之臣也！"说罢，也一跃自沉。这十号船，漂在海上，空无一人。正合了一句古诗："野渡无人舟自横。"

且说张弘范大获全胜，便率领大军，杀奔崖山而来，用藤牌挡住了弩箭，一拥上岸，任情杀戮。胡仇本来奉了世杰将令，留守崖山，及至鞑兵上岸，情知抵敌不住，然而徒死无益，于是杂在难民之中，走到海边，觅了一号渔船，出海去了。这且按下不表。

却说弘范攻下了崖山，就在祥兴帝的行宫，置酒大会。又在那里磨崖勒碑，刻了"张弘范灭宋于此"七个大字。他自以为莫大之功，要为天下后世，留一古迹。谁知后来到了明朝，有一位大儒者，姓陈，名献章，表字公甫，生在新会白沙乡，人人都称他"白沙先生"。这位"白沙先生"，见了他这七个字，便道："这七个字记不尽他的功劳，待我同他加上一个字吧。"便在"张"字上面，加上一个"宋"字，变成"宋张弘范灭宋于此。"看官，张弘范的初心，勒了这块碑，不过要记他替元朝开国的功劳，谁知被陈白沙先生轻轻的加上一个宋字，反记了他背叛祖国的罪恶。正是要求流芳千古，转变了遗臭万年。此时媚外求荣诸君，也要留心提防，不要后世也出一位大儒在台衔上面，加上中国两个字才好呢！

闲话少提。却说张弘范磨崖记功之后，便班师回大都去，仍把文天祥安放在后军，一路同行。经过吉州地方，天祥身经故土，想起当时克复及以后失败情形，不胜愤恨，遂不吃饭，打算绝食而死。说也奇怪，俗语说的，七天不吃饭，便要饿死。这位文丞相，却是不吃了八天，依然无恙。没了法，只得仍旧吃饭。

一路上缓缓而行，直到十月，方才到了那个什么大都。张弘范便去复命，并奏闻捉了文天祥来。元主忽必烈便叫张弘范劝他投降。弘范奉了他的圣旨，便置酒大会，请了一班降臣，让天祥坐了首席。酒过三巡，弘范开口道："宋家江山，已无寸土，丞相已无所用其忠了！倘肯投降天朝，少不免也是个丞相，丞相何苦执迷不悟呢！试看我们这一班，哪一个不是中国人！一个个都是腰金带紫的。人生求的不过是功名富贵。天亡宋室，丞相必要代他恢复，这不是逆天么？到了吉州时，丞相绝食，八日不死。可见后福正是无量，望丞相仔细想来。"文天祥道："我若肯投降，也不等今日了。我岂不知腰金带紫的快活！但是我坐视国亡，不能挽救，死有余辜。怎敢还望腰金带紫！并且这等胡冠胡服，只合胡人自用。中国人用了，我觉得非但不荣耀，倒是挂了'反颜事敌'的招牌，写了'卖国求荣'的供状。诸君自以为荣，我文某看着，倒有点代诸君局促不安呢！"一席话说的众人满面羞惭，无言可对。弘范强颜道："丞相忠义，令入愧服。"宴罢，就叫人打扫一间公馆，送天祥去居住。

次日复命，说天祥不肯降的话。元主道："这是你不善词令之过。朕再派人劝他，看他肯降了，你羞也不羞？"弘范一场没趣，退了出来。

元主就叫丞相博罗劝令文天祥投降。博罗奉旨，便在宰相府召集百官，叫人请天祥来。天祥来到，走至堂下，看见博罗居中坐下，一众文武百官，侍坐两旁，仆人传令行庭参礼。天祥闻说，翻身便走，仆人追上，问是何故。天祥道："我并未投降，便是个客，如何叫我拜起他来！士可杀，不可辱。你去告诉你家丞相，要杀便杀，下拜是万万不能的。"仆人回去，告诉了博罗。博罗只得撤了中坐，请天祥来，以客礼相见。博罗道："宋家天下，已经亡了多时，你只管不肯降，还想逃到哪里去？"天祥道："纵使无路可逃，还有一条死路，是可走的。当日被你家伯颜将我拘住，辱我三宫。那时便想以一死报国，因为念着老母在广东，无人侍奉，并且两位王子，尚在浙地，还想奉以中兴，恢复故土，所以忍耻偷生。到了今日，已是绝望，但求早赐一刀。"博罗道："你家德祐皇帝，被我天朝擒来，还未曾死，你们便立了皇帝，这等算得忠臣么？"天祥道："当此之时，社稷为重，君为轻。德祐皇帝北狩，国中无主，所以另立皇帝，以主宗社。何况二王皆是我度宗皇帝之子，有何不忠？难道那一班奴颜婢膝，投降你家的，倒是忠臣么？"博罗道："你家德祐没有诏旨叫他做皇帝，这便是篡位。"天祥道："德祐皇帝北狩之后，端宗皇帝方才登位，怎么是篡？况且是我家天下，我家人自做皇帝，也要算做篡位，然则你们平白无端，恃强凌弱，硬来夺我江山，这又算什么？"博罗怒道："你立了两个皇帝，到底有什么功？"天祥笑道："为臣子的，岂可存一个'功'字在心里！譬如父母有病，为人子的，延医调治。父母痊愈了，岂能自许为功？"博罗道："你立了二王，可曾治好了？"天祥道："父母有病，明知不能治，也没有不治之理。及至真正不能治，那是天命了！"博罗道："你动辄以父母比君，你今日不肯投降，只求速死，然则你父母死时，你为甚不死？"天祥笑道："父母死，要留此身办理后事，还要显亲扬名，如何便死？你只管劝我投降，譬如父母死了，岂有另外再认别人做父母之理？我若投了降，便真是认别人做父母了。"博罗道："你若投了降，少不得一般的封侯拜相，岂不是显亲扬名？"天祥道："事了异种异族的皇帝，辱没及于祖宗，遗臭且及万世，何得谓之显扬？"博罗大怒，喝叫："推出去，斩了！"左右即簇拥天祥下去，如法绑了。推到辕门外面，刽子手拔出雪亮的大刀，看准颈脖子上，用力砍去。恰才举起刀来，只见一匹马如飞而至，马上骑了一名内监，大叫："刀下留人！"刽子手便停了手。那内监滚鞍下马，径入宰相府，口传元主诏旨，说："万一文天祥执意不降，务必留着慢慢劝导，不可杀他。"博罗只得传令放了，又叫天祥谢恩。天祥道："我生平只受过君父之恩，其余无所谓恩。况我生死，已是度外之事，又谢什么呢？"博罗怒道："这般倔强匹夫，岂可再叫他安然住在公馆！可送他到监牢里去，磨折他几时，等他好知道我天朝的威福。"左右便把天祥送到兵马司里去。

张弘范知道元主喜欢文天祥，得了这个消息，便想说得他投降，好去领功。因亲去交代司狱官，好好的侍奉天祥，不得怠慢。谁知司狱官已先奉了博罗之命，叫拣一间极朝湿的房子，与天祥居住。弘范只得备了被褥之类送来。此时十月下旬，北地天气早寒，弘范又送了炭来，又拨了两名仆人来伺候。自己天天到狱中探视，看见天祥衣服单薄，而且旧敝不堪，又送了一袭狐裘来。过一天去访天祥，见天祥仍穿着旧衣，因问道："那件狐裘，莫非不合身么？天气甚冷，丞相何不穿呢？"天祥道："我是中国人，岂可穿这种胡服？"弘范听了，回去便叫缝衣匠，做了一件宋制的宰相袍送来。天祥仍旧不穿，弘范道:"这不是胡服了,丞相何以还不穿呢?"天祥道:"君亡国破,死有余罪,尚有何面目再着朝衣。"弘范又叫人做了一件青衣,天祥方才穿了。弘范更是送酒送肉的,天天不断,供应了一个多月,绝未曾谈起投降的话。

一天弘范退朝,打叠了一番话,来劝天祥投降,走到门口,只听得里面有人曼声长吟,侧耳听去,正是天祥的声音,念的是一首歌,歌曰:

天地有正气,杂然赋流形;下列为河岳,上则为日星;于人曰"浩然",沛乎塞苍冥。皇路当清夷,含和吐明廷;时穷节乃见,一一垂丹青。在齐太史简,在晋董狐笔,在秦张良椎,在汉苏武节;为严将军头,为嵇侍中血,为张睢阳齿,为颜常山舌;或为辽东帽,清操励冰雪;或为"出师表",鬼神泣壮烈;或为渡江楫,慷慨吞胡、羯;或为击贼笏,逆竖头破裂。是气所磅礴,凛然万古存,当其贯日月,生死安足论?地维赖以立,天柱赖以尊;三纲实系命,道义为之根。嗟予遘阳九,隶也实不力!楚囚缨其冠,传车送穷北,鼎镬甘如饴,求之不可得;阴房阒鬼火,春院闷天黑,牛骥同一皁,鸡栖凤凰食;一朝蒙雾露,分作沟中瘠,如此再寒暑,百沴自辟易。哀哉沮洳场,为我安乐国!岂有他谬巧,阴阳不能贼?顾此耿耿在,仰视浮云白!悠悠我心忧,苍天曷有极,哲人日以远,典型在夙昔。风檐展书读,古道照颜色。

弘范听罢,便进去相见。常礼已毕,便道:"丞相何必自苦!宋室三百余年,气运已尽,我皇帝奉天承运,奄有中土,明是天命有归。丞相是个明人,岂不知'顺天者昌,逆天者亡'?何不早早归顺?上应天命,下合人心。若徒然心恋宋室,此时赵氏不闻有后,已是忠无可忠的了。望丞相三思。"天祥道:"人各有志,何苦相强!我不肯降元,就如你不肯复宋一般。试问叫你此刻起了部下之兵,兴复宋室,你可做得到?"弘范知道他立志坚定,不便再说。坐了一会,即便退去。

光阴似箭，不久又是腊尽春回了。这天是那鞑子的什么世祖皇帝至元十六年正月元旦，一班大小文武官员，或鞑或汉的，夹七夹八，排班朝贺已毕，各归私第，又彼此往来贺岁。张弘范在家，准备筵席，邀请同僚宴饮，饮到兴酣时，弘范扬扬得意道："我们身经百战，灭了宋室，不知皇上几时举行图形紫光阁盛典？"此时博罗已醉，听说便道："你想图形紫光阁么？只怕紫光阁上，没有你的位置呢！"弘范愕然问道："何以见得？"博罗道："皇上屡次同我谈起，说你们中国人性情反复，不可重用，更不可过于宠幸。养中国人犹如养狗一般，出猎时用着他；及至猎了野味，却万万不拿野味给狗吃，只好由他去吃屎，还要处处提防他疯起来要咬人。从前打仗时用中国人，就如放狗打猎。此刻太平无事了，要把你们中国人提防着，怕你们造反呢！你想还可望得图形的异数么。"弘范呆了半晌道："丞相此话是真的么？"博罗呵呵大笑道："是你们中国人反覆无常自取的，如何不真！"弘范听了气的咬牙切齿，大叫一声，口吐鲜血，往后便倒。众官齐吃一惊，赶前扶救。

不知弘范性命如何，且听下回分解。

第十九回

泄机谋文丞相归神　念故主唐玉潜盗骨

却说张弘范听了博罗一席话，气得大叫一声，口吐鲜血，往后便倒。吓得众多官员，急急上前围着扶救。只见他手足冰冷，眼睛泛白，口角里血水流个不住，已是呜呼哀哉了。这是媚外求荣的结局，表过不提。

且说胡仇在崖山，随着众难民，附了渔船逃难，茫茫然不知所之。在海上飘了半年多，看看粮食已尽，只得拢岸。及至登岸看时，已是辽东地方。胡仇只得由陆路南行，沿路行来，已尽是鞑子世界，心中不胜悲愤。兼之在海上几个月，受尽了风涛之险，因此染成一病，在客寓里将息调理。

又过了三个月，方能行走。一天到了燕京，心想："前回奉诏来代觐三宫，未曾得见，此时不知是何景象。"又想起："在崖山时，闻得文丞相被俘，想来一定也在此地，何不耽搁几天，探听这个消息呢！"想罢，便拣了一家客寓住下，到街上去闲行，希冀得些消息。

正行走间，忽听得有人叫道："子忠兄，为何到此？"胡仇回头看时，此人十分面善，却一时认不出来。便问道："足下何人？在何处会来？"那人笑道："乐清一会，怎便忘了？"胡仇猛然想起是郑虎臣。因问道："郑兄何以也在此处？"虎臣道："此处说话不便，我同胡兄去访一位朋友谈谈。"于是同胡仇走到一处，叩门而入。里面迎出一个人来，修眉广颡，气宇轩昂。虎臣介绍相见，彼此通了姓名，方知此人是张毅甫。虎臣道："这位张兄，是一位义士，我到了此处，便与相识，每每谈及国事，总以恢复为己任。"胡仇起敬道："中国有人，宋室或尚可望。但不知有何善策？"张毅甫道："此时大事尽去，只剩得一腔热血罢了。还有什么善策呢！"

　　胡仇又问虎臣别后之事。虎臣道："我自从到此，便设法钻了门路，投到阿剌罕那里做书启。今年阿剌罕拜了右丞相，他倒颇肯信我。"胡仇道："这又是何意？"虎臣道："要设法恢复，先要知道他的底细，又要运动得他生了内乱，才好下手。'攘夷会'里，众位英雄，都见不到此。又怕他们不肯屈辱其身，所以我来任了此事。此时会中探马，时常来此。我有了消息，便由探马报去。我这不是代会里当了一名细作么！"胡仇叹道："'忍辱负重'。郑兄，真不可及！不知此时三宫圣驾如何？文丞相可曾到此？"虎臣道："太皇太后，去年就驾崩了。此刻太后及德祐皇帝，仍在这里，封了个什么瀛国公。文丞相去年到此，囚禁在兵马司，起先是张弘范要文丞相投降，供应得甚好。今年正月大年初一，这卖国奴才伏了天诛，以后便只以囚粮果腹；我设法通了狱卒，时常去探望，早晚饭都由毅甫这里送去。"胡仇也把厓山兵败一节，告诉过了。虎臣道："胡兄既在此，何必住在客寓！可搬到张兄这里来，早晚有事好商量。"胡仇也不推辞，当下便央虎臣，带了去兵马司见文天祥，把厓山兵败一节，详详细细的告诉过了。依恋了半晌，方才辞出，便到客寓把行李搬到了张毅甫处住下。

　　毅甫引了胡仇、虎臣到密室里，商量道："我想外面要求赵氏之后也甚难，德祐皇帝，现在这里，文丞相也在这里，我们倘能觑一个便，劫了文丞相出来，奉了德祐帝，杀入他皇城里面，一切都是现成的，据了此处，号召天下，更派兵守住了关口，阻住鞑兵的来路。倘天未绝宋，未尝不可恢复。但是要设个法，把他近畿的兵调拨开了方好下手。"胡仇道："要调开他的兵，颇不容易。除非先从外面起义，攻克了几处城池，他方肯调兵出去。"虎臣道："待我慢慢设法，这不是一朝一夕的事。"

　　三人商量到夜，虎臣别去，回到丞相府，只见阿剌罕呆着脸，在那里出神。虎臣问道："不知丞相有甚心事？可否说与晚生？也分点忧。"阿剌罕道："此时天下太平，四夷宾服，只有日本未曾朝贡，从前曾经派了使臣，赍了国书去，叫他来进贡。第一回投到了，没有回信。第二回是海上遇了风，未曾送到。去年又派了使臣去，今天回来了，复命说日本如何无礼。皇上大怒，立刻要起兵去伐日本。我想日本比高丽还远，劳师动众的，万一不利，岂不挫尽了威风！想要谏止，却想不出要怎样说才得动听。"虎臣连忙说道："丞相差矣！日本不臣，正当征伐，以示天朝神武；倘使姑息容忍，将来各国都以为天朝不足畏，观望不前，连那高丽、安南都藐视起来，那时反要逐国征讨，岂不更劳师动众么？"阿剌罕道："话虽如此，然而不能操必胜之算，万一失败，岂不失了国威？"虎臣道："只要多起兵，谅日本蕞尔小国，何难征服呢！"阿剌罕低头思量。虎臣又道："若起了倾国之兵，那日本国不够一击，哪有失败之理？何况此时皇上天威震怒之下，丞相若是进谏，怕不白碰钉子！"阿剌罕道："谈何容易！起了倾国之兵，万一国内有事，便如何？"虎臣笑道："丞相忒过于疑虑了，此时大元一统，天下归心，还有何事呢？"当下二人谈至夜深，方才安歇。

　　次日阿剌罕入朝元主，又商量要起兵伐日本。阿剌罕奏道："臣以为日本远在海外，不易伐；倘陛下如天之量，能容忍过了最好；如果陛下必要大张挞伐，以示天威，则当多派兵士，以期必胜。"元主道："朕调集各路镇兵三十万，派禁兵二十万，取道高丽，以伸天讨，有何不可！"于是传旨兵部，行文调兵。阿刺罕下朝回去。

　　虎臣探得实信，便来告知毅甫及胡仇。胡仇道："天幸有此机会，宋室可望复兴了，但此事必要先奏知太后才好。"毅甫道："瀛国公府，关防严密，如何进得去？"胡仇道："只要知道了地方，我可以去得。"虎臣道："如此我便可带你去认了门口，但不知如何去法？"胡仇道："不瞒二公说，飞檐走壁，是我的本技。认清了门口，我便在深夜进去。但是也要通知文丞相，一面送信到仙霞岭，叫各人乔装打扮，陆续来此，等人齐了，才能起事。"虎臣道："这且莫忙，等此地有了出兵日子再说。并且忽必烈这厮，每年必到蒙古一次，一去便是半年，等他去了，国内空虚，便好乘机猝发。"胡仇道："这却不然，必要乘他在此时起事，先杀了他，以报国仇，等他们蛇无头而不行方好办事。倘使放他到蒙古去了，我们占了此地，他不免又要起兵来攻，岂不费了手脚？我们只等他起兵出了海，就动手。"毅甫点头称是。商量已定，虎臣便带领胡仇，认了瀛国公府门口，顺便到兵马司悄悄通知文天祥。

　　是夜胡仇穿了夜行衣，纵身上屋，寻路走到瀛国公府。这座府第，是有名无实的，统共是三间土屋，给全太后母子居住。其余四面的房屋，都是鞑子居住。名为护卫，其实是监守。全太后自从那回忤了忽必烈，被关禁到高墙里面去，从不放出来。去年太皇太后病的重了，将近要死，不知哀求了多少次，方才把她放出来服侍。不多几时，太皇太后驾崩，全太后便留在这里，抚养德祐帝。

　　是夜胡仇到了，伏在屋檐上偷看，只见下面三间土屋：当中一间，门口挂了一挂芦帘，里面堆了许多砂锅瓦罐之类，打了一口土灶；西面一间，堆了些破旧杂物，东面一间，透出灯光来。胡仇轻轻跳下，用舌尖舐破了纸窗，向内张望，只见一个中年妇人，穿了一件千补百缀的旧衣，盘腿坐在土炕上面，炕上摆着一张矮脚几，几上放着灯，几那边坐着一个十来岁大的孩子，生得面黄肌瘦。这妇人拿着一叠小方纸片儿,教那孩子认字。看官,只这一个妇人,一个孩子,便是太后、皇帝了。可怜外族凭陵,便被他糟跶到如此,长到十来岁大的人,书也不让他读,只得自己教他认几个字。

闲话少提,却说胡仇看罢了,暗想这只怕便是太后和皇帝了!这土屋是盖造在当中,四面都有房屋围住,料是看守的人。此时还未交二更,只怕众鞑子未睡,不便敲门进去,且到那四面房子里一看,众鞑子果然没睡:也有斗纸牌的,也有搂着鞑婆子说笑的。胡仇在身边取出一把闷香,走到暗地里点着了,一处处在门缝里放进烟去。不一会,便都呵欠睡着了。

胡仇又走过来,在纸窗洞里一看,只见那妇人已经把矮脚几推过一边,站在地下抖被窝。留心再看,底下是一双小脚,暗想鞑婆没有裹脚的,这一定是太后了。便伸手轻轻的在纸窗上弹了两下。全太后吃了一惊,问:"是谁?"胡仇轻轻答道:"请太后开门,臣有事启奏。"太后听得是南方口音,惊疑不定。又问道:"你是谁?是哪里来的?"胡仇暗想:"我纵说出姓名,太后也不知道我这个人,不如撒个谎吧。"于是答道:"臣是文丞相差来的。"太后听了,便剔了剔油灯,开了房门,带了德祐帝,拿了灯到外间来。胡仇揭起芦帘进去,拜了太后,又拜德祐帝,慌的德祐帝躲在太后身后。太后道:"乱离到此,不必行礼了。有事说吧,这几年外面的事情如何?文丞相此刻在哪里?"说时已经抽咽起来。胡仇只得从前次奉命代觐说起,直说到崖山兵败宋亡,然后说自己附船逃难情形,直说到来了燕京,见了文丞相,和郑虎臣、张毅甫商划恢复,特地先来奏报的话。太后道:"难得文丞相及将军等如此忠心!但愿十五庙在天之灵,各位成了大功,不惜分茅裂土,但是此时在虎口之内,千万要秘密,万一事前泄漏,我母子性命,亦不能保了。"胡仇道:"臣等自当小心,待约定了日期,再来奏报,此时不便久留。"太后道:"此处关防得十分严密,将军怎得进来?"胡仇道:"臣能在檐壁上走,来去甚便。"说罢,辞了出来，一纵身，便到屋上去了。全太后呆了半晌，想道："这是新进的人，并不曾受过高官厚禄，还这等忠义；可恨那一班守土之臣，一个个的反颜事敌，把中国的江山作礼物搬送与鞑子！"

不说全太后心中之事，也慢提胡仇回去。且说元主自从恼了日本，便连日催着调兵，克日出师，大有气吞东海之概。满朝文武大臣，都为这件事忙坏了。一日在朝议事，筹拨兵饷，赶备衣甲，修理战舰，添造兵器等。指拨已定，方欲发朝，忽然留梦炎出班上了一道封奏，略言："闽省僧人某，善观天文，言近日土星犯帝座，恐有变故，而中山亦有狂人，自称宋主，聚众千人。幸觉察尚早，经地方有司扑灭。臣昨日趋朝，又言路上有匿名揭帖多张，言：'某日纵火为号，率两翼兵为乱'，未有'丞相可无忧'之语。今赵显留居京师，文天祥亦近在咫尺，请分别处置，免其为患。臣受恩深重，不敢不冒死以闻"云云。

元主看了，恼得睁圆鞑眼，吹动鞑须，大叫快提蛮婆子及小蛮子来。侍臣奉了诏旨，忙来提取。全太后德祐帝不知就里，被他们横拖竖拽，拉到了他那什么金銮殿上。元主大喝道："好蛮婆子，你到了这里，朕有甚亏负你？你受了天高地厚之恩，不知感激，反要做那大逆不道之事。这里容你不得，朕派人押解你到蒙古去。这是朕格外天恩，饶你一命。"全太后只得谢了恩。起来，要换了德祐帝走。元主喝道："哧！再不能容你母子在一处，留下小蛮子，朕别有处置。"全太后哪里舍得，抱住了号啕大哭，被众侍臣硬扯开拖了出去。元主就派了差官，押解起行，并将掳来的宋家宗室，一律都解到蒙古去。又叫人来，捉住德祐帝，硬将他的头发剃去，当堂变了个"小和尚"。又派人押了送到吐蕃去，拣一个凶恶和尚，交与他做徒弟。

处分已毕，方叫提文天祥来。元主道："你好倔强！为何不投降？如果降了，朕便用你做丞相。"天祥昂然答道："堂堂中国丈夫，岂有投降夷、狄之理！"元主大怒，喝令："推出斩首。"左右力士，簇拥出去。元主忽又转念："天祥为人忠正可爱，不如赦了他，等他知感，或者可肯投降。"便传旨叫赦天祥。留梦炎忙奏道："外面谣言如此，文天祥万不可赦。陛下如爱忠正之臣，臣有一门生谢枋得，为人忠正，不亚于天祥，臣当作书招之来，同事陛下。"元主准奏。

却说殿前力士，拉了文天祥，到柴市法场上，举刀行刑。天祥南向拜别宋朝十五庙，从容就戮。后人敬他的忠义，就把柴市的地名，改做了教忠坊，直到此时，仍用此名。

力士杀了天祥，便去回奏。元主叹道："好男子！可惜他不肯投降。今已死了，可追封为庐陵郡公，谥忠武。"赐祭一坛，即叫丞相博罗主祭。博罗领旨，便备了祭品，写了"敕封庐陵郡公文忠武公神位"，作坛致祭。是日风和日丽，众多官员，都来祭奠。只等博罗祭毕，便依次行礼。博罗上香已毕，方才拜下，忽然天昏地暗，日月无光，霹雳一声，大雨如注，一阵狂风卷地而来，把所供的神位卷起，直吹到云端里去。吓得博罗及众多官员面如土色，连忙取过纸笔，改写了"故宋少保右丞相信国公文公神位"，仍旧供上，致敬尽礼，拜将下去。霎时间，云收雨散，天地晴明。博罗等无不震服。祭毕，复命，奏闻此事，元主也是惊奇。此是后话，表过不提。

且说胡仇等自从通知文天祥，奏闻全太后之后，便打发人星夜到仙霞岭，知照各位英雄，陆续赶来，觑便下手。忽然一天郑虎臣踉跄奔来，报道："大事不好了！"毅甫、胡仇忙问："何事？"虎臣道："文丞相归天了！"胡仇、毅甫一起大惊，同声问道："哪里来的信，可是真的？"虎臣道："是阿剌罕下朝来说的，千真万确。并且全太后已被他们送在蒙古，德祐帝被他们逼着做了和尚，送往吐蕃去了。闻得文丞相在柴市就义，我们快去看来。"于是三人匆匆走到柴市，只见天祥尸横在地，首级搁在半边，面色如生。一起抚尸大恸。哭过一场，张毅甫便叫人就地搭起篷厂，备了衣衾棺椁，将首级缝好，具香汤沐浴，更衣成殓。忽然尸身上，散出一阵异香，沁人心脑。换下来的衣物，百姓们争着取去供奉，有拿着一只旧鞋子的，也当宝贝般收藏起来。毅甫等只得任人取去，只留下一件外衣，做个纪念。翻开衣底，只见上面写了一首赞道：

孔曰："成仁"，孟曰："取义"；唯至"义"尽，是以"仁"至。读圣贤书，所学何事？而今而后，庶几无愧。

这一首赞，流传后世，至今虽三尺童子，都听先生说过。不必细表。

却说张毅甫等殓了天祥，拣一处洁净的庙宇，停放了。朝夕到灵柩前焚香上供。过了几时，便和胡仇商量："此时文丞相已经就义，太后皇帝，又不在这里了。眼见得'恢复'两个字，是无望的了！我们不如奉了文丞相灵柩，回吉州去安葬，然后到仙霞岭，与众位英雄商量办法，岂不是好？"商议定了。便请了郑虎臣来，告知此意。虎臣道："此举极好！二位安葬了丞相，再到仙霞，务乞代为转知各位：我身虽在此，心在宋室，务必尽我之能，唆摆得鞑子们自生内乱，等外面好举事。"

于是张、胡二人便择定日子，奉了灵柩，一路向江西而来。二人商量："若取道河南，走淮西入吉州，路是近些；但不如走淮南入浙，先过仙霞，与众人相见，看有甚机会可图。"商议已定，遂取道淮南。毅甫是北方人，从来不曾到过南方，看见山明水秀，未免流连风景。

一天到了临安，胡仇便去省视祖墓，谁知已被鞑子铲平，拔去了碑碣。不觉痛入骨髓，恸哭失声。毅甫勉强劝慰了一番，方才雇到江船，渡过钱塘江，天已昏黑，只得在船上住了一宿。

天明，雇人先起了灵柩上岸，商量行止。只因此时已是十二月天气，下了一天大雪，走路不便，只得暂时借住在一座古庙之内。这庙里只有一个老道士住持，甚是清净。住了一天，那雪下的更大了。是夜人静之后,忽然有人来扣庙门,老道士开了,便进来了五六十人,喧呼扰攘,借庙内地方吃酒。惊醒了张、胡二人,起来问是什么事。当先一人,便过来招呼。问起情由,知是运文丞相灵柩南回的。那人便道:"既如此,二位也是同志的了。在下姓唐,名珏,表字玉潜。今夜之会,只因近日来了两个鞑子和尚,十分残暴,把我大宋先帝陵寝,尽行发掘,取了殉葬的金玉珠宝,又发掘了许多大臣及富家的坟墓,共有一百多处。还要拿先帝的遗骸杂入畜生骨头,取去镇塔。"胡仇听了,不觉大怒,又想起自家祖墓,不胜悲愤。

未知此事究竟如何,且听下回分解。

第二十回

谢君直再上仙霞岭　桂夫人寿终玉亭乡

却说胡仇痛定了一回，又问："甚么叫镇塔？"玉潜道："那鞑和尚，要盖造一座宝塔，却先将人骨头埋在地下，然后起造，叫做'镇塔'。是以我不胜悲愤，又苦于无力，只得把家中那鞑子掠不尽的东西，拿来变卖了，凑了百把两银子，定石匠造了六具石匣，要将历代先帝的遗骸，盗了出来，藏入石匣里面，另外安葬；然而独力难支，只得央及村中各兄弟帮忙，趁今夜雪大好做事。又因天寒地冻的，要吃两碗酒御寒，也助起气力；无奈我家房舍小，容不下许多人，所以借这个地方一叙。"张、胡二人拱手道："原来是一位忠义之士，失敬了。"当下玉潜便让众人列坐，生起炭炉暖酒，大碗大钵的吃一个尽兴，方才一齐起身出去。

张、胡二人也跟着去看，准备帮忙。出得门来，原来那六具石匣，已经放在山门之外，众人抬起，便分到各陵上去。这石匣面上，都凿了字号。玉潜交代，按着字号，某号到某陵，不可错误。又另外带了十多人，拿了锄锸之类，先到兰亭山后面，扫除了积雪，掘开六个地穴。等众人把石匣盗了遗骸来，便按着字号安放在穴内，然后掩埋。又恐怕日久忘记了地方，叫人把陵上的冬青树，拔了一颗来，种在上面，做了记认。布置妥帖，已是天色黎明。

张毅甫与胡仇商议："唐珏是个有心人，何不招他也到仙霞岭去呢？"胡仇也以为然，便将"攘夷会"先后情节，对他说知，便请他同到仙霞岭去。玉潜道："怪道我说二位既是从燕京来，到江西去，怎么不走淮西，却从这条路上来？原来有这个缘故。既如此，我此刻一无挂碍，父母妻子，都被鞑子冲散了多年，家也破了，人也亡了，乐得到那边去，希冀做一番事业。"

于是等雪晴了，三人一起同行，不日到了仙霞岭。胡仇先寻着了伏路小卒，叫他上山通报，不一会，诸人知道文丞相灵柩到了，都一齐迎下山来。

胡仇举目看时，当先一人，却是谢枋得。胡仇便先问："老先生鹤驾，何时到此？"枋得道："方才到此，还未坐定；便闻得文文山忠骸过境，特来相迎。"于是众人迎了灵柩上山，安放停当，然后设奠。众人不胜悲恸，只有谢枋得叹了一声，抚棺说道："文山，你便成仁先去了，令我惭愧煞也。"祭奠已毕，胡仇遍视诸人，单少了个程九畴。问起来时，方知已经死了，不免又是一番悲叹。

谢枋得开言说道："我今番到此，是代各位打算了一个长策。我自闻得厓山兵败，肝肠摧裂。此时十三道全被鞑子占据，我们若图恢复，仅据了一个区区仙霞岭，势难举事。从前鞑子们破了临安之后，专注在闽、广，此刻闽、广全陷，他自然要搜寻到此。此处虽说是天险，怎禁得他人马众多，恐怕难以持久；所以我代各位想了一个善法，莫若把所设的关隘，一律毁了，堵塞之处，也开通了，把此处房屋，一律改为庙宇。南面大竿岭、小竿岭之间，有一处坡陀平衍，人迹罕到，可以盖造房屋，安顿各家老少。至于马头岭、苏岭、窑岭各处，都与此处山脉相连，各处都可以盖起庙宇来。各位或扮道士，或扮僧人，既免了穿他的胡冠胡服，又不犯他的忌，暗中仍可以联络各处忠义之士，以图后举。清湖镇离这里不过四五十里路，是个水陆通衢，可到那边去开设一家大客寓，就便可以物色人才。近年来，我在外面，布下一个谣言，就是：'胡人无百年之运。'只等这句话传扬开去，使人人心中，都种下了一个恢复的念头。将来举义时，便人心易于归服了。"岳忠道："老先生见教极是。我等就商量办起来。"

狄琪道："本来此时仓卒，也难起义。必要求得赵氏之后，才得师出有名。"枋得叹道："此后只要有一个中国英雄出来，略定天下，驱逐了胡人，也不必问他姓赵不姓赵。须知赵氏之后，也不是一定靠得住的。我这回从嘉兴来，遇了一位赵孟頫，是太祖皇帝十一世孙秦王德芳之后。终日在那里谈书论画，我见了他，偶然谈及国事，谁知他竟是全无心肝的。我起初还不过当他是个纨袴习气罢了，后来他拿出诗稿给我看，内中有'写怀'的一首，收两句是：'往事已非那可说，且将忠直报皇元！'你各位想：还是人说的话么？我看了不耐烦，便走了。后来听说，他还钻营求人保荐他呢。"金奎道："骚鞑子做了皇帝，除非是阵上投降的，他哪里还用我们中国人？姓赵的这个，不过妄想罢了。"枋得道："这可不然。那鞑子也在那里伪做礼贤下士，在那里欺人，要沽名钓誉呢！前一向，留忠斋还写信来劝我到燕京去，说他已经极力保荐我了。我已经写信回绝了他，因为他是我座主，不便说甚么太激烈的话，然而我措词委婉之中，带着许多讥诮，也够他受的了。"金奎道："那厮在衢州献城时，恼得我不曾杀了他，不料他倒是老先生的座主！"张毅甫道："他只管学人家礼贤下士。据我看来，他所礼的必不贤，所下的必非士。如果真是个贤士，断不受他礼下的。"枋得道："他非但要在朝的几个大臣保荐，并且行文各路郡县，一律搜求呢！表面上看去，好像他是孜孜求治，谁知他专为那一班贪官污吏，开一条发财门路，不过使他们开一番骗局，赚几锭银钞罢了。"岳忠道："这却不可解。"枋得道："他们得了这个文书，便去搜求遗逸，有不愿就征的，他便任情勒索，岂不是发财了么"狄琪道："闲话少说。老先生赐教的一番办法，我方才想过，极应该如此。

并且要赶早办起来,等他们起兵来时,便不及了。"枋得道:"正是。你们便好分头去查看地势,我此刻便要告辞,回家乡去省视老母,并要带小儿定之同去。"众人听说,知道他不可强留,便一齐起身,送下岭来。定之也取了行李同行。

这里众人便商量建造庙宇,在山坡深处,盖造房屋,居住老少,以为避世之地。喜得仙霞岭后,先已开垦过了,阡陌半边,早已成了个村落,添造无多,便够分拨。

张毅甫耽搁了两天,便留下唐珏,只和胡仇两个,扶了灵柩,取道广信,望吉州去了。一路上晓行夜宿,在路上度了残年,又遇着几场春雪,在路上耽搁得日子不少,直至二月初旬,方才得到。

这一天到得吉州地方,二人便先寻了一所庙宇,暂时安放灵柩,与庙中和尚说定了租金,拣定了殡房,便去迎请灵柩入庙,及至入到庙时,忽见一个人,素衣素冠的,也扶了一口棺材,在此停放。张毅甫不认得是谁,只当也是一个运柩回乡的人罢了。胡仇看那人时,不是别人,正是宗仁的第四兄弟宗智,当日在崖山水师之时,曾会过几面,因此认得。遂上前握手相见,问他从何处来。宗智道:"我一向跟随张将军在海上。崖山失败那一天,张将军见事机尽去,便自溺殉国。那时诸多将士,都纷纷落水赴死。我想:倘一齐觅了,张将军之忠骸,岂不要葬了鱼腹?因此我虽然下水,却仗着生平熟谙水性,在水底等张将军气绝了,仍捞起到船上去,扯起风帆,任风吹去。不两天,吹到了潮州地方,我便置备了衣衾棺椁葬了。又想起文丞相的太夫人,在惠州病故,经文丞相就在那边寄厝了。当日文丞相曾有信给张将军,说他日恢复江山,首先要奉太夫人遗骸归葬故土。我葬过了张将军之后,便想到惠州去,奉曾太夫人灵柩回来;然而苦于没有盘费,所以在潮、惠一带,变了姓名,扮做江猢卖艺之流,混了差不多两年,攒了百把两银子,才得把灵柩运到此地。"胡仇、毅甫一齐拍手道:"奇!奇!我等奉了文丞相灵柩,也是方才走到。为何巧值到如此"宗智惊道："文丞相几时归天的？我一点不得知。"胡仇便把天祥就义的事，述了一遍。宗智道："这是我丞相忠孝之气，感动大地，所以才有这般巧遇；不然，甫北隔绝，道路险阻，虽约定日期，计程而进，只怕也要有点参差，哪有这般巧值呢！"这句话传扬开去。一时哄动了吉州百姓，扶老携幼，都来顶礼膜拜。从此之后，在柩前致祭的，往来不绝。三人会在一起，拣了地，择了日子，奉曾太夫人及文丞相两口灵柩，同日安葬。吉州百姓，来会葬的何止万人空巷！

　　三人俟葬事完毕，封植妥备；遂打伙儿同到仙霞岭来。此时金奎已把"攘夷会"的大堂，改做了"大雄宝殿"，供着如来三宝佛。他自己和所教的五百名彪形大汉，一齐祝发，扮了僧人。岳忠和宗仁，已改了道装。马头岭本有一所玉皇庙，兵荒马乱之时，那道众都不知跑到哪里去了。二人便占了玉皇庙，带了三十名学徒，都扮了道众，前去居住。表面上是念经拜忏，骨子里是读兵书，学剑法。狄琪带了史华，却在苏岭结了个小小茅庵，扮了香火道人，在苏岭脚下，平坦的去处，也盖了几十间茅屋，居住了人家，都扮做了农夫，以耕田为业。内中备了一间宽敞高大房屋，狄琪不时到来，集了众人，讲说忠义大节，又反覆陈说鞑子虐待汉人的情形。谢熙之在窑岭，盖了一间道院，供了三清神像，也带了一众人，在那里扮了道众。清湖镇开设了大客寓，带着卖酒，便教唐珏去做当事，顺便物色英雄。又南路上枫岭、梨岭、鱼梁岭等处，都建了庙宇，或僧或道，无非是"攘夷会"的人。从此南北七十余里，声气相通。仙霞岭上，又是一番景象。此时各处房舍，也有已经完工的，也有未曾完工的。塞断山路的乱石，却早已移开了。

　　胡仇等三人，到了仙霞岭，见金奎已净了发，居然一个莽和尚。胡仇便道："我们从此到这里来，只当是个投宿的过客了。"金奎道："此时几处荒岭，却被我们展拓开了，尽可找一处安歇。"遂把上项事一一告诉了。宗智听得宗仁在马头岭，便先辞了去相会。

胡仇对金奎道："我倒不必要甚么地方，我是喜动不喜静的。我将来扮个江湖卖艺之流，到处头去探听消息，这个缺也不能少的。"金奎道："有了许多探马，还不够么？"胡仇道："探马只探得事迹，我这个是探人的心迹。我出去便扮了个不疯不魔的样子，去试探人心，只要人心未忘宋室，我们也不枉这番举动。"金奎道："这也是一法，你回来与公荩商量去；不然，明日此地聚会，也可以议得。"胡仇道："明日甚么聚会？"金奎道："这也是公荩定出来的，因为大众散开了，不得朝夕常见，因此定了每逢三、六、九日，到这里来聚会一次，看有甚么当兴当革的事，就可以议定。"当下胡、张二人，就在庙内下榻。

到了次日，果然岳忠、宗仁、狄琪、熙之、宗智、史华、唐珏都到了。彼此相见已毕。岳忠先说道："清湖镇的客寓，因为唐珏经手，已经定了名，叫唐家店。此时打算再设一家。那里小小一个镇市，有了两家大店，则旧时所有的胡小客寓，自然无人过问。此后过往之人，都可物色了，但不知谁人肯做这件事？"张毅甫道："各位都是习武事的英雄，不可分身，我一无所能，至于出入会计的事，还略略晓得，不如我来办这件事吧。"金奎大喜道："那就可以叫张家店了。"当时大家都赞成这件事，就议定了。

胡仇说起要到外面去探事的话，众人也都说："好。"岳忠道："但有一层：前天我那里得了信，说那鞑子的中书省，行文到南边各路郡县，照北方一样办法。汉人不准携带军器，居民十家同用一刀，既要扮江湖卖艺之流，无非是耍刀弄棒。他有了这个禁令，如何使得？"狄琪道："我那边有一个老者，姓张，名汉光。他本是个医士，并有许多灵验药方，神妙无比，不如问他要了药方，扮作江猢卖药的。"众人一齐道："好。"

岳忠道："还有一事。我近来著成了两种书。一种是'胡元秽德史'，一种是'胡元残虐史'。已经付刻。胡兄奔波了几千里路，不如略为憩息，等我这两种书印刷好了，多少带点出去，散布在外面。等人家看了，也可以唤起他们那思念故国的心事。"狄琪道："这种书拿出去卖，鞑子不要禁么？"岳忠道："何必要卖！只要遇了谈得来的，便送他一部。"狄琪道："就是送也难得很，被他们看见了，又说是散布逆书呢！"胡仇道："这倒不妨，我自有法把他布散开了；只请你先问张汉光要到药方，这合药也得要几天呢？"狄琪答应了。

当下各人散去了，分头干事不提。且说谢枋得别了仙霞岭众人，带了定之，一路上晓行夜宿，向江西进发。一天到了信州弋阳县，便向玉亭乡而来。原来枋得原籍是福建人，自他的高祖做了一任弋阳县令，罢官后，就在那里住下，在县南玉亭乡，置了些田房。后来子孙，就做了弋阳人。

鞑子入江西时，不必说也是到处蹂躏的了。这玉亭乡自然也在所不免，他的夫人李氏，奉了婆婆桂太夫人，到山僻去处避乱。时值安仁失守，枋得寻访了几次，总无下落。就是熙之、定之两位公子，也是流离失所。及至兵乱过后，李夫人才奉了桂太夫人回来，那房屋已是被鞑兵糟蹋的不成样子了，只得胡乱修理修理，暂为住居。枋得又出游在外，彼此都无音问，婆媳两个，只是过贫苦日子。

这一天枋得回到家中，喜得九十二岁老母，康健在堂。母子相见，悲喜交集，自不必说。枋得从此便隐姓埋名，养亲教子，足不履户外。

因为当时那元主，要笼络人心，访求宋朝遗逸，中外鞑官和一班反颜事敌的宋朝旧臣，都交章保荐谢枋得。这谢枋得是何等气节的人，岂有受他征聘之理！无奈鞑子征求不已，只因他不肯露面，又不知他的行踪，遂下令各路郡县，一律搜求。

那弋阳令便三天五天，到谢家去访问。枋得只叫人回说："一向没有回家。"后来他来访问不已，枋得有点厌烦，要打算出外避过他，又舍不得撇下高年老母，只得在屋后另外搭了一座小小茅芦，作安身之所，益发不肯露面，便连左右邻居，都不知他在家里。

如此安闲，过了大半年，桂太夫人偶染微恙，逐渐沉重。枋得延医调治，亲侍汤药。争奈春秋过高之人，气血已尽，延至次年二月，便呜呼哀哉了。枋得哀毁尽礼，虽没有那世俗延僧聘道，建醮修斋的恶套，然而朝夕供献，恭敬将事，事死如生。大殓过后，在家里停放几时，便送到祖茔安葬。

葬事已毕，枋得对李氏夫人说道："从前一向弋阳令来访我，我只推说不在家，所以一向躲在家内，就是邻人也不知我的踪迹；今因安葬母亲，送到坟上，亲友邻人都已见我，难再隐瞒。如果弋阳令再来，如何回说！莫说我世食宋禄，身受宋恩，我就是中国一个平民，也没有去对了鞑子山呼万岁之理！须知我此处安身不得，老母已经安葬过了，我的大事已完。如今我便要出门云游去，我留下儿子定之，奉侍夫人，夫人不必记念我。我等亡国之民，随时可死，随地可死。夫人就是得了我的死信，也不必伤心。"李夫人道："君只管放心避地，妾自看守田园；倘有事业可做，便该叫儿子出去。妾虽将近六十岁，然身体顽健，不消他侍奉。"枋得道："此时也无事业可做，夫人只管把他留在身边，倘遇了有事时，我便写信来取他。"夫妻两个，商量既定，使具了祭品，枋得在灵前拜别，又到祖茔上别过，方才收拾了一两件轻便行李，取道望福建而去。

枋得去了没有两天，那弋阳令果然又来访问。定之回说："没有回来。"县令道："前天有人亲眼看见他送葬，哪里还说没有回来？"定之道："先祖母病重时，不错，是回来过。但是先祖母弃养后，办了葬事，又出门去了。"县令作色道："朝廷卑体厚币来延聘他，他在宋朝有多大的前程，要装模做样，高蹈远引，这便是不中抬举了。本官奉了上台之命，屡次来访，他总匿而不见。此时一众街邻，都说亲眼见他送葬，还要把话搪塞我，少不得今天要搜一遍了。"说罢，喝令从役人等，里里外外，搜了一遍。哪里有个影子！县令又问定之：

"到底藏到哪里去了？"定之道："委实是出门去了；倘使在家，又何必藏起来！"县令又问："到哪里去了"定之道："闲云野鹤，行无定踪。"县令听了，无可如何，只得回去。

　　未知县令去后如何，且听下回分解。

第二十一回

胡子忠装疯福州城　谢君直三度仙霞岭

却说谢枋得离了弋阳，往福建路上行去。遇了名山胜迹，未免凭吊欷歔；看见风俗日非，更不免凄然泪下。一日行到福州地方，入到城市寻了客寓。他一路上仍是托为卖卜之流。此时鞑子的防汉人，犹如防贼一般。下了命令，大凡一切过往行人，都责成各客寓，盘问来踪去迹以及事业。枋得胡乱诌了个姓名，又只说是卖卜为业。闲着没事，便拿了布招，到街上闲走，顺便采访风气人情。在路上看见两个人，连臂而行。内中一个说道："我们闲着没事，何不再去看看那疯道士卖药呢？"一个道："也好。你说他疯，我看他并不是疯，不过装成那个样子罢了。看上去倒像是个有心人。"一个又道："我也这样想。不过他到了几天，人家都叫他疯道士。他那招牌上，也写的是疯道人。我也顺口说他一声疯罢了。"那一个又道："他那种说话。若是只管乱说，少不免要闯祸的。"枋得听了，暗想："什么疯道士？莫非也是我辈中人，何不跟着他去看看呢！"一面想着，顺脚跟了二人行去。

走到一座大庙，庙前一片空场，场内摆了许多地摊。也有卖食物的，也有卖耍货的。内中有一大堆人围成圈子，在那里观看。那二人也走到那圈子里。枋得也挤进去一看，只见一个瘦小道士，穿一件青道袍，头上押了一顶竹冠，地下摆了药箱，摊了一块白布招牌在地下，写道"疯道人卖药"五个字。那道士正蹲在地下，在药箱里捡什么东西呢。捡了一会，方才站起来。

枋得细看时，那里是什么疯道人，正是仙霞岭上的胡仇。枋得便把身子往人丛中一闪，试看他做什么。只见他右手拿了一片骨板，左手拿着一面小铜钲，一面敲着，嘴里便说道：

"'奔走江湖几许年，回头本是大罗仙。携将九转灵丹到，要疗冥顽作圣贤。'自家疯道人是也。神农皇帝，怜悯自家子孙，近日多染奇病，特令疯道人携带奇药，遍走中华。专代圣子神孙，疗治各种奇病。你道是那几种奇病：一、忘根本病；二、失心疯病；三、没记性病；四、丧良心病；五、厚面皮病；六、狐媚子病；七、贪生怕死病。你想世人有了这许多奇病，眼见得群医束手，坐视沦亡，所以神农皇帝，对症发药。取轩辕黄帝战蚩尤之矛为君，以虞、舜两阶干羽为臣，佐以班超西征之弓，更取苏武使匈奴之节为使，共研为末。借近日文丞相就义之血，调和为丸。敬请孟夫子以浩然之气，一阵呵乾。善能治以上各种奇病。服时以郭汾阳单骑见虏时免下之胄，煎汤为引。百发百中，其验如神。更有各种膏丹丸散，专治一切疑难杂症。那个药，是没病吃了病，病了吃不好。那膏药呢？好处贴了烂，烂处贴不好。有缘千里来相会，无缘对面不相逢。诸君有贵恙的，只管说出来。今日初摆出来，尚未发利市。我说过奉赠三位，分文不取。诸君诸君，当面莫错过我疯道人，过后难寻吕洞宾。"

胡仇说了半天，还没有人理他；他便手击铜钲，高声唱起"道情"来。唱道：

据雕鞍，逞英雄，拨马头，快论功：轻轻便把江山送！尸横遍野屠兄弟，膻沁心脾认祖宗。中原有你先人家。全不顾、忘根背本，还夸说："勋耀从龙。"

做高官，意洋洋，失心疯，似病狂。异言异服成何样！食毛践土偏知感，地厚天高乱颂扬。此时饶你瘿心恙；问："他日黄泉地下，何面目再见爷娘？"
　　没来由，变痴聋；叛国家，反夸功。人身错混牛羊种！史迁传来编夷狄，周室功忘伐犬戎。问他："是否真如梦？何处是唐宫汉阙？谁个是圣祖神宗？
　　两朝官，一个人。旧乌纱，怎如新？出身履历君休问。状元宰辅前朝事，拜相封侯此日恩。门生故吏还相引。一任他、故宫禾黍。我这里、舞蹈扬尘。
　　一般人，最堪悲，似城墙，厚面皮。大威一怒难容你。将军柔性甘凌辱，兵部尊臀愿受笞。低头不敢争闲气，试问他："扪心清夜，衾影里、羞么咦？"
　　肉将麻，骨将酸，媚他人，媚如狐。争恩斗宠还相妒。吮痈舐痔才奴婢，做妾骄妻又丈夫。抚心自问诚何苦！媚着了骚官臭禄，失尽了男子规模。
　　好男儿，志气高，重泰山，轻鸿毛。如何乞命将头捣！降旗偏说存民命，降表无非乞免刀。偷生视息甘膻臊。虽说是死生大矣，到头来谁免一刀！
　　（尾声）叹世人苦苦总无知，须知祸福相因倚。劝诸君，若撄奇病还须治。

　　胡仇唱完了，又敲了一回铜钲，疯疯癫癫的，做了一回鬼脸，只管对着众人看。众人看他，他也看众人。只见众人听了他的"道情"：也有笑的，也有点头叹息的，也有不解的，也有掩耳而走的。

　　在人丛中一眼瞥见了枋得，便连忙撇下了铜钲骨板，走过来打了个稽首道："谢老先生，鹤驾几时到此？贫道稽首了。"枋得也拱手还礼道："老朽日来才到，却不知仙踪也在这里。"胡仇道："既如此，我们借一步说话。"枋得道："我只住在某处客寓里，我们暇了再谈，此时各有营生，不必耽搁。"说罢，飘然自去。

　　方才转了个弯，忽听得背后有人叫了一声叠山先生。枋得回头看时，却没有认得的人。又向前去，不多几步，又有人在后面叫道："叠山先生哪里去？"枋得又回头看时，虽有几个过往的人，却都是素昧生平的。又不知这素昧生平之中，是哪一个叫自己，不觉呆立了一会，方才前行。到处走了一遍，然后回到客寓。

　　天色将晚时，胡仇来访，彼此诉说别后一切。胡仇把伪装出来试探人心，及张汉光合药，岳忠著书的话，说了一遍。枋得道："这两种书，可不能冒昧送出去，徒取杀身之祸。我这个并不是怕死的话，就如你今日唱'道情'所引的，'重于泰山，轻于鸿毛'。看怎么死法罢了！若是大不能有济于国事，小不足以成一己之名，未免鸿毛性命了。这种书，倘使胡乱送人，被那鞑子侦知，或者送非其人，送着那丧心病狂的汉人，倒拿到鞑官那里出首去，加上你一个传播逆书的罪名，又何苦呢！虽说一般的是死于国事，然而岳公苦心著撰出来，不能收得尺寸之功，你便速以身殉，未免徒劳无功了。"胡仇道："老先生见教的极是。我向来送人，都是十分慎密，总是到夜间，潜行送去。他得了书，还不知从何而来的。"

二人正在说话，忽然一个人匆匆走进来，向枋得拱手道："叠山先生请了。"枋得向那人一看，却是个素不相识的。不觉愕然道："足下何人？从何处会来？尚乞明示。"那人道："久仰山斗，望风而来。何必相识！"枋得道："不知有何见教？"那人道："本省参政，要请先生前去一会。"说看，便有人拿了"福建参政魏天祐"的官衔名帖进来，道："轿马都已备下了。"那人道："就请先生一行吧。"枋得道："须得先说明白。参政请我何意？"那人道："当今皇帝，下诏求贤，多少人保荐了先生，怎奈不知先生踪迹。皇帝又诏令各路郡县，一律搜求，所以参政也十分在意，不期今日访着了。"枋得道："足下又是何人？何以识我？"那人道："我是参政的门客，今日出来，偶然看疯道人卖药，听他唱道情后，又见他招呼先生，说出一个'谢'字。我便留了心，后来在先生后面，叫了两次，先生都回头观看，是以知道实了。又去告知参政，特地来请。"枋得道："我是一个卜者，别字依斋。那里是什么谢叠山！足下不要错认了。"那人道："先生不必多辩，且请去见了参政再说。"说话时，已来了许多仆从，簇拥着枋得请行。胡仇见人多，便自去了。

这里众人拥着枋得上了轿，一直到参政衙门来。魏天祐迎接进去，十分恭敬，说道："久仰先生大节，今日得见颜色，不胜欣幸。"

枋得手拂长须，双眼向天，只当未曾听见。天祐又道："此时大元皇帝，抚有中夏，求贤若渴。中外朝士，都荐先生。尚望一行，必见重用。"枋得大声道："你既久仰我的大节，为何又叫我失节？"天祐道："此时宋家天下，已无寸土，先生更从何处用其忠？古人说：'识时务者为俊杰。'何必执迷不悟！先生倘是主意未定，不妨仔细自思。便屈在敝署小住几时，再派人护送先生到京里去。"说罢，便叫人送先生到署后花园里去安置。

于是一众仆人，带了枋得到花园里去，在一间精致书房里住下，又拨了两名书童来伺候，枋得处之淡然。不一会，送到晚饭，十分丰盛，备有壶酒。枋得却并不举箸，只吃了两枚水果。家人又来铺设锦裯绣褥。枋得道："我家孝国孝在身，用不着这个。可给我换布的来。"家人奉命换了。

到了夜静时候，安排就寝，忽闻窗外有弹指的声音，开窗一看，原来是胡仇来探望。枋得开门让进。胡仇便问："魏天祐那厮，请先生来有甚话说？"枋得道："无非是劝我到燕京去。他也不看看，我们可是事二姓的人。"胡仇道："先生主意如何？"枋得道："有死而已。我从今日起，便打算绝食，万一不死，他一定逼我北行，不免打从仙霞岭经过。你可先行一步，知照众人，对了押送我的人，万不可露声色，只当与我不相识的。我死之后，望你们众位努力，时时叫起国人，万不可懈了初心。须知这个责任，同打更的一般，时时敲动梆鼓，好叫睡觉的人，知道时候；倘停了不敲，睡觉的人，就一起都糊涂了！眼看仙霞岭众人，虽似无用，不知正仗着这一丝之气，还可以提起我国人的精神，倘连这个都没了，叫那鞑子在中国住久了，曾亲遭兵祸的人都死了，慢慢的耳闻那兵祸之惨的人也死了，这中国的一座锦绣江山，可就永为鞑靼所有了。"胡仇领诺，又盘桓了半晌，方才别去。

到了次日午饭时，枋得便颗粒不吃。天祐听得，便亲来劝慰道：

"先生，何必自苦！人生如驹光过隙，总要及时行乐，方是达人。"枋得目视他处，总不理他。天祐道："我今日早起，在签押房桌上，忽然见放着两本书，不知是哪里来的，遍问家人，都不知道。"说罢，取出来给枋得看。枋得看时，却是一本"胡元秽德史"、一本"胡元残虐史"。略略翻了一遍，便笑道："这著书人也忒有心了！然而'胡人无百年之运'。到了那时，怕没有完全的著作出来么！"天祐道："怎么说没有百年之运？"枋得道："我考诸'易'数，察诸人心，断定了他无百年之运；不信你但看这部书，不是人心思宋的凭据么？"天祐道："这种逆书，我待要访明了是谁作的，办他一个灭族。"枋得道："这是宋家遗民，各为其主之作，怎么算是逆书？"天祐道："大元皇帝，应天顺人，抚有四海，岂不闻'居邦不非其大夫'？何况非及天子！这不是大逆不道，乱臣贼子么？"枋得道："天道便不可知。若说顺人，不知他顺的是哪一个人？中国人民，说起鞑子，哪一个不是咬牙切齿的！只有几个人头畜鸣之辈，讨颜事敌，岂能算得是人？若说乱臣贼子，只怕甘心事敌的，才是乱臣，忘了父母之邦的，才是贼子呢。"天祐大怒道："你敢是说我们仕元的是乱臣贼子么？如此说，你是忠臣。封疆之臣，当死守疆土。安仁之败，你为何不死？"枋得道："程婴、公孙杵臼二人，都是忠于赵氏。然而一个存孤，一个死节；一个死在十五年前，一个死在十五年后。万世之下，谁人不敬他是个忠臣？王莽篡汉十四年之后，龚胜才绝食而死，亦不失为忠臣。司马子长说的'死有重于泰山，轻于鸿毛'。韩退之说的'盖棺事始定'。匹夫但知高官厚禄，养得你脑满肠肥，哪里懂得这些大义。"天祐道："你这种不过利口辩给，强词夺理罢了。什么大义不大义！"枋得道："战国时张仪对苏秦舍人说：'当苏君时，仪何敢言！'今日我落在你这匹夫之手，自然百口不能自辩的了。"天祐无可如何，只得自去理事。

从此枋得便绝了食，水米不入口。可也奇怪，他一连二十多天，不饮不食，只是饿他不死，不过缠绵床褥，疲惫不堪。这一天，家人又送了饭来。枋得暗想："饿既不能饿死，不如仍旧吃饭，免得徒自受苦，好歹另寻死法吧。"于是再食。

不多几日，魏天祐奉了元主诏旨，叫他到京。天祐又来劝枋得同行，被枋得一顿大骂，气得天祐暴跳如雷，行文到江西去捉拿他家眷下狱，要挟制他投降。一面整顿行李，到燕京去，便带了枋得同去，心中甚是恨他，却又不敢十分得罪；只因他那一种小人之见，恐怕枋得到燕京时，回心转意，投了降，那时一定位在自己之上，未免要报起仇来。因此不敢得罪，这真是以小人之心，度君子之腹了。

枋得知道行期已近，便提起笔来，吟了一首诗，因为他本来有几个朋友在福建，他隐名卖卜时，没有人知道，及知天祐请他到了衙门，这事便哄传起来，朋友们便都来探望，所以要作一首留别诗。当下提起霜毫，拂拭笺纸，先写下了题目，是："魏参政执拘投北，行有期，死有日，诗别二子及良友。"

诗曰：

雪中松柏愈青青，扶植纲常在此行。
天下久无龚胜洁，人间何独伯夷清！
义高便觉生堪舍，礼重方知死甚轻。
南八男儿终不屈，皇天上帝眼分明。

这首诗写了出来，便有许多和作。到了动身之日，便都来饯送。

枋得一路上只想设法寻死，怎奈天祐严戒家人，朝夕守护，总没有死法。一日天色将晚，行近小竿岭。此处被金奎等在山上建了一座庙宇，派了乔装道士，在那里居住。枋得动身时，胡仇探得行期，先来报知，并述了枋得吩咐的话。宗仁、岳忠、狄琪、史华、谢熙之等，一班扮道士的人，都预先到了小竿岭来，准备素筵饯行。远远的便差小道士打探，探得到了，便迎下山来。先见了魏天祐，说道：

"贫道等久仰谢叠山先生大节！闻得今日道出荒山，特备了素筵饯送。望参政准贫道等一见。"天祐暗想："这穷山道士，也知道他的大节，真是了不得。"当即应允，一同登山入庙。熙之便要过来拜见父亲。枋得连忙使个眼色。熙之会意，便只随着众人打个稽首，一面款待天祐，一面祖饯枋得。言语之间，各带隐藏。又一面使人报知金奎。

只因天色已晚，一行人便在庙中歇下。岳忠等只推说久仰大节，要瞻仰丰采。把枋得留在一间静室内下榻，把方丈安置了天祐。那守护枋得的家人，因有一众道士在这里，便都各去赌钱吃酒。

这里枋得便与众人作一夜长谈。又嘱咐熙之努力做人："我一到燕京，即行就死。一路上我便想死，前两天忽然想起谢太后的梓宫，尚在那边，我到那里别过先灵，再死未晚。"熙之听得父亲就死，不觉恸哭，要跟随北去。枋得道："这可不必！你要尽孝，不在乎此。不如留下此身，为我谢氏延一脉之传。你若跟我到北边去，万一被他们杀害，将如之何？况且天祐这厮，已经行文江西，拿我眷属。此时你母亲和兄弟定之，想已在狱中。我虽料到他，这个不过是要挟我投降的意思，未见得便杀害；万一不如我所料，你又跟我到北边去，送了性命，岂不绝了谢氏之后么？你须记着：'不孝有三，无后为大。'我之求死，你之求生，是各行其使。不过你既得生，可不要忘了国耻，堕了家风，不然，便是不孝了。"熙之无奈，只得遵守父命。枋得又勉励了众人一番。

次日早上起行，金奎早率领了一众僧人，在山门外迎着，请到方丈拜茶。茶罢起身，金奎叫众和尚，一律的穿了袈裟法服，敲起木鱼，念往生咒。祝谢先生早登仙界。枋得大喜，执着金奎的手道："和尚知我心也。"天祐见此情形，不觉暗暗称奇，何以这里的道士也知道仰他的大节？这里的和尚又知道他必死，非但知道他死，又要祝他早死。真是奇事？一面想着，上轿起行，经过了窑岭，熙之又赶到前面饯送，送过之后，一行人度过苏岭、马头岭，便入浙江界，一路往燕京而去。

将近燕京时，枋得又复称病不食，连日只是睡在车内。一天进了京城，天祐便先去朝见元主，奏闻带了谢枋得入都，元主便欲召见。天祐道："谢枋得在路得病，十分困顿，怕未便召见。"元主便吩咐送往报恩寺安置，派御医前去调治，等痊愈了，再行召见封官。天祐得旨，便去安置枋得。

未知枋得此次能死与否，且听下回分解。

第二十二回

谢君直就义燕京城　胡子忠除暴汴梁路

却说谢枋得到得报恩寺来，魏天祐拨了两名家人前来伺候。南朝投降过来的官员，纷纷前来问候，或劝他投降。枋得便问太皇太后的梓宫在何处。内中有知道的，便告诉了他。枋得叫备了祭品，亲自支持着，去祭奠一番。然后回寺，高卧不起，不饮不食，亦不言语。人问他时，只推说有病。一班旧日同僚来探望他，他也只瞪着双眼，绝不答话。莫不扫兴而去。

末后留梦炎亲来看视，说了许多慰问的话，又夸说了许多皇元皇帝如何深仁厚泽。枋得道："大元制世，民物一新，宋室逋臣，唯欠一死。愿老师勉事新朝，莫来相强。"梦炎道："天时人事，总有变迁。何必苦苦执迷不悟？还望念师弟之谊，仍为一殿之臣，岂不甚好？"枋得道："君臣之义，师生之谊，二者孰重？望先生权定其重轻，然后见教。"梦炎羞惭满面而去。枋得冷笑一声，也不起来相送。

梦炎去后，过了一会，忽然有人送来一瓯药，说："是留丞相送来的。"枋得看那药时，稠的像粥汤一般。因对来人说道："承留丞相厚意赠药，然而我这个病，非药石所能愈，我也不望病愈。请你转致丞相，来生再见了！这药也请你拿了回去吧。"那来人道："这是留丞相好意，望先生吃药早愈。同事新朝的意思，先生何故见却？"枋得大怒，取起药瓯向地下一掷道："我谢某生为大宋之臣，死为大宋之鬼。有甚新朝旧朝？你们这一班忘恩负义之流，我看你他日九泉之下，有何面目再见宋室祖宗。"骂罢，便挺直了，睡在床上。那来人没好气的去了。

　　从此之后，他非但不言语，并且有人叫他，也不应了。他在路上已经绝了几天食，到了报恩寺来，一连过了五天，那脏腑里已是全空，无所培养，一丝气息，接不上来，那一缕忠魂，便寻着文天祥、张世杰、陆秀夫打伙儿去了。

　　那拨来伺候的家人，连忙去报知魏天祐。天祐忙着来看时，只见他面色如生，不禁长叹一声，叫人备棺盛殓。自己到朝内去奏闻元主。后人因为谢枋得全节于此，就把这报恩寺，改做了"悯忠寺"，以为纪念。此是后话，表过不提。

　　且说一众寺僧，也甚钦敬枋得尽忠报国。到了大殓之日，大家都穿了袈裟法服，诵经相送。正要举尸入棺时，忽然一人号哭闯入，伏尸大恸。不是别人，正是他公子定之，奔来省亲，不期赶了一个"亲视含殓"。

　　你道定之如何赶来？原来魏天祐行文到了弋阳，拘捕枋得家小，弋阳令得了文书，便把李夫人和定之两个捉了，分别监禁起来。李夫人到得监内，暗想："我虽然一个妇人，却也幼读诗书，粗知礼义，受过了宋朝封诰，岂可以屈膝胡廷？今日捉了我来，未曾问话，明日少不得要坐堂审我。那时我不肯跪，不免要受他刑辱，非独贻羞谢氏，即我李氏祖宗，也被我辱没尽了。不如先自死了，免得受辱，岂不是好！"想定了主意，不露声色，等到夜静时，竟自解带自尽了。直到天明时，狱卒方才查见，连忙解下来。一面飞报弋阳令。弋阳令得信大惊，便和两个幕友商量，如何处置。一个幕友道："魏参政带了谢枋得进京，却叫我们拘住他的家小，不过是逼挟他投降的意思，并不曾叫处死了他。今无端出了这件事，万一枋得到燕京肯投了降，不必说也是执政大臣，区区一个县令，如何抗得他过！万一他报起仇来，怎生抵挡？不如把他儿子放了，待他自行盛殓，我们再备点祭礼去致祭，或者可望解了这点怨气。"弋阳令依言，把定之放了，不敢难为他，反道了许多抱歉的话。定之听说母亲没了，不暇与他周旋，飞奔到狱中，伏尸痛哭一场，奉了遗骸回家，备棺盛殓。弋阳令即日便来致祭。

定之没了母亲，一心又记念着父亲，盛殓过后，即奉了灵柩，到祖茔安葬。葬过了，便想赶到燕京去省视，收拾过行李，到他姊姊葵英家来辞行。原来枋得有一女，闺讳葵英，嫁与安仁通判周铨为妻。安仁失守时，周铨死节。葵英当时便要殉夫，因为未有子女，要寻近支子侄，代周铨立嗣，所以守节在家。又因连年兵荒马乱，周氏家族，转徙在外，所以未曾觅得相当的嗣子。李夫人死后，葵英奔丧回来，送过殡后，仍回夫家。

这天定之去辞行，只见葵英招了几个牙人，在那里商量变卖家私什物。定之问是何意。葵英道："我自有用意之处，慢慢我告诉你。"一会儿，议价已定，即行交易，除了随身衣服不卖之外，其余一切钗、环、首饰、细软、粗笨东西，全行卖去，只剩下一间空房子和一个人。众牙人纷纷去了，定之便告诉了到燕京去的话。葵英道："这是要紧的事。我想父亲到了燕京，一定奉身殉节。你此去能赶上送终最好，不然也可以奉了遗骸，归正首邱。"定之道："姊姊今日变卖了东西，是何意思？"葵英道："当日安仁失守，丈夫殉国。我视息偷生，想要择子侄辈，立一个后。谁知直到今日，仍未有人。我想皇上江山，也有不保之日，我们士庶人家，便无后又怎么？所以决意不立后，把这些东西卖了，我要在村外河上造一座石桥，以济行人，倒是地方上一件公益的事。你到燕京去，早点回来，看我行落成之礼。"

定之便别了葵英，径奔燕京。及至赶到，枋得已经没了两天了。

恰待要盛殓时候，便恸哭一场，亲视含殓，就在寺内停灵。一时燕京士大夫，无论识与不识，都来吊奠。和尚又送了两坛经忏。

一天郑虎臣备了祭礼来祭吊。他们在仙霞岭是相会过的，行礼已毕，便留住谈心。让虎臣上坐，定之席地坐下，问起虎臣在此的缘由。虎臣把自己的意思表白一番，又道："我身虽在此，然而'攘夷'的意思，是刻不敢忘。前回阿剌罕有谏止伐日本的意思，被我一阵说转了他的心肠，便起了五十万大兵，假道高丽而去，杀了个大败而回。好得他不信我们汉人，凡当兵的都是鞑子。我不须张刀只矢，杀他一阵。他去时是五十万人，回来时剩不到五万。虽然不是我手杀他，然而借刀杀人，也出出我胸中恶气。从此之后，我总给他一个反间计，叫他自己家里闹个不安，然后在外面的才可得隙而攻。"定之道："这等举动，深心极了，但能够多有几个人更好。"虎臣道："仙霞岭上，倘有与我同志的，不妨到此。我可以设法荐到鞑子那里去，觑便行事。须知时势已经到了这个地位，徒恃血气之勇，断不能成事的了。"

二人又谈了良久。虎臣问起定之有枋得的遗墨没有？定之问是何意。虎臣道："有一个张弘范的门客，得了一纸文丞相的遗墨。我用重价买了来。因想起文丞相和谢先生，一般的大义凛然，使宋室虽亡，犹有余荣。意欲再求得谢先生遗墨一纸，装裱成册，以志钦仰，并且垂之后世，也是个教忠的意思。"定之道："张弘范的门客，哪里会得着文丞相的字？这就奇了。"虎臣道："据说当日张弘范掳了丞相，载在后军，进逼崖山时，张将军竭力守御，弘范叫文丞相写信，劝张将军投降。丞相不肯写，逼之再三，丞相便提笔写了一首'过零丁洋'诗。弘范无奈他何，只得罢了。那门客顺手把他捡了，夹在护书里，所以得着了。我明日拿来你看，只乞有谢先生遗墨，赐我一点。"定之道："只要行匣中携得有的，自当奉赠。"说罢，虎臣辞去。

到了次日，果然拿了一幅笺纸来，展开一看，只见笔墨淋漓的，先写下一行题目，是："过零丁洋旧作一章录寄范阳张将军。"诗云：

　　辛苦遭逢起一经，干戈廖落四周星。
　　山河破碎风飘絮，身世浮沉雨打萍。
　　惶恐滩头说惶恐，零丁洋里叹零丁。
　　人生自古谁无死，留取丹心照汗青。

　　末后只押了"文山"二字。二人同看了一回，相与叹息一番。定之道："前两年先父曾作了两首示儿诗，写了两份：一份给家兄，一份给与我。此诗我常随身带着，便觉得先君常在左右。郑兄既然欲得先人遗笔，就当以此奉赠。好得家兄处还有一份，我兄弟同有了，也是一样。"虎臣连忙拜谢，定之取出来看时，诗云：

　　门户兴衰不自由，乐天知命我无忧。
　　大儿安得孔文举，生子何如孙仲谋！
　　天上麒麟元有数，人间豚犬不须愁。
　　养儿不教父之过，莫视诗书如寇仇。
　　千古兴亡我自知，一家消息又何疑。
　　古来圣哲少才子，世乱英雄多义儿。
　　靖节、少陵能自解，孔明、王猛使人悲！
　　只虞错改"金根"字，焉用城南学功诗。

　　虎臣看罢，不胜大喜，重又拜谢。便拿去装裱起来，以示后世去了。

　　这里定之料理丧务已毕，便择日扶了灵柩，回弋阳来。晓行夜宿，不止一日，到了玉亭乡。却见他那葵英姊姊，归宁在家。姊弟相见，一场痛哭，自不必说。将灵柩奉至中堂，安放了几天，便又送至祖茔上安葬了。

　　葬事已毕，葵英对定之道："我起先变卖什物，要造一座桥，以济行人。谁知工程做了大半，还未完成，我的钱已用完了，只得把房子也卖了，完此工程。"定之道："既然如此，姊姊便可常住在家里，此时父母俱已亡故，骨肉无多，姊姊在此完聚，也是求之不得的事。"葵英道："喜得这桥，刻下已经完工。我二人可到桥上，行个落成礼。"定之道："如此也好，但不知要用甚礼物？"葵英道："不必礼物。不过到那里看看，行礼是个名色罢了。"

于是二人同到了桥上，果然好一座坚固石桥。二人步至桥中，葵英倚定桥栏，对定之说道："此时父母葬事已毕，贤弟之事已了。周氏无子侄可嗣，我尽散所有，做成此桥，仰后人永远不忘。周氏虽无子嗣，似还胜似有子嗣的了。如此，我代周氏经营的事，也算完了。贤弟从此努力，勿堕了谢氏家风，勿失了父亲遗志。"说罢，一翻身跳落桥下。只听得扑通一声，水花乱溅，桥下流水正急，定之不觉大惊，忙叫救命，桥下泊的舢板小船，看见有人下水，都忙着刺篙、打桨、摇橹去救。怎奈水流太急，直赶到三四里外，方才捞起，百般解救，已是来不及了。

定之抚尸痛哭了一回。此时围着看的人不少，定之便对众人，把他姊姊毁家造桥的原委，告诉了一遍。众人听了，哪一个不叹息钦敬！一时都围着那死尸罗拜起来。

定之谢了众人，又雇人舁回死者，送家备棺成殓。此时早哄动了全乡之人，个个送楮帛来奠。那楮帛香烛，竟堆积如山。

定之择了日子，送至周氏祖茔上安葬。葬这一天，来会葬的，不独玉亭本乡，万人空巷，便是邻乡之人，闻得这个消息，来送葬的也不知几千几万人。当日送葬众人，公同议定，题了这座桥做"孝烈桥"，以志不忘。后人每经过孝烈桥，莫不肃然起敬！此是后话，表过不提。

且说定之葬了葵英之后，便把门户托与邻人，只说出门有事，径望仙霞岭来。到日，恰值众人齐集在金奎处议事。胡仇亦在外回来。只因探马来报，汴梁路黄河决口十五处，鞑官驱强壮民夫堵塞，砖石沙泥，不敷所用；乃驱老弱百姓，作为堵口材料。杀人不计其数。又一路探马报到，江南大饥，元主发粟五十万石，派了鞑官到江南赈济。那鞑官奉了诏旨，将赈粟尽行吞没，到了江南，终日吃酒唱戏，百姓流离迁徙，并不过问。因此众人聚集商议。定之到来，与众人见礼之后，先把父母如何亡故，姊姊如何就义，一一说了。熙之一场痛苦，自不必言。众人也互相嗟叹，不免喧慰一番，然后再行开议。

宗仁道："前者胡兄在河北路，大闹了两次安抚使衙门，当时我曾劝胡兄不必如此。为今之计，却除了行刺之外，别无他法。"胡仇道："那时宗兄曾说过他们虐待汉人，视为常例，虽杀了他一个，换了个来，还是如此。我听了宗兄这话，很是有理，所以从此就没有动过手。何以宗兄今日又主张起行刺来呢？"宗仁道："此中有个道理：那时胡兄愤的是他们处常的手段，虽刺杀他，换一个来，自然是仍然一样。今日这个，在他们中间也是格外的残虐，杀一个，也足以警后来。"胡仇道："如此说，我便告了这个奋勇。"狄琪道："徒然一杀，不彰其恶，杀之也是枉然。我意若举行此事，必要多带几个手脚灵敏之人。一面刺杀了，一面便四处获贴榜文，声其罪恶。庶几能使后来的寒心。"岳忠道："此说极是。"

狄琪道："此时汴梁、江南两路都要去，不知胡兄愿到哪一路？"胡仇道："贤弟如果高兴走走，我们各人认一路。"狄琪道："弟也因为闲住的久了，也想出去活动活动。"胡仇道："好极！如此我到汴梁去，贤弟就到江南。我仍旧卖药，不知贤弟怎样去法？"狄琪道："我只到处去化缘，不卖什么。"宗仁道："你二位都要带几个人去才好。"狄琪道："我那里教了好几个徒弟，只拣几个手足灵敏的带去便是。"商议既定，约于明日起行。

金奎道："你们便出去干事，只苦了我闷坐在家里，好歹要闲出病来。"胡仇笑道："和尚不必闷。我这番出去，好歹寻一个去处，请你出去抒伸抒伸。"说罢便随了狄琪，到苏岭选了四名矫捷少年，预备同行。狄琪自己也选了四人，留下史华看守茅庵。次日各分南北，上路去了。

不说狄琪到江南。且说胡仇带了同伴，一路向汴梁进发，在路仍然托为卖药。不止一日，来到河南境内，只见洪水滔大，那百姓转徙流离之苦，实在触目伤心。行至汴梁路，便寻了客寓住下。在路上探得元主已派了钦差，带了银钱到来赈济。及至到了境内打听时，钦差虽然来了，却"赈济"二字，绝不提起，只是逐日会同安抚使，驱役民夫，修堤堵口，却又不发给工食。胡仇心中十分恼怒。入了客寓，到了夜静时，便和四人，分写了百十来张榜文，无非声明鞑官罪恶。次日晚上，人静之后，便交代四人静等，我今夜未必就能下手，不过先去探路，探明白了，明日再作商量。

说罢，换过衣服，带了袖镖刺刀，纵身上屋，蹿至安抚使衙门里面。寻至上房，见灯火未灭。纵身跳下，向屋内一望，只见几个鞑妇，围住说笑，却不见有一个男子。暗想："这鞑子哪里去了呢？"再纵上屋顶，经过二堂，到了大堂，各处寻了一遍，却只不见，不觉心中纳闷。

正站在大堂上胡思乱想，忽听得仪门外一阵人声嘈杂，射出火光，连忙往上一蹿，伏在屋檐上观看。只见仪门开处，进来了一大队灯笼执事，乱纷纷的在天井里四散摆开，诸人便散。一个人嘴里嚷道："你们明天一早就来，要到钦差公馆里接大人呢！早点来伺候。"诸人一齐嗾应，便纷纷出去。

这人把仪门掩上。胡仇一翻身跳将下来，把那人的胸膛攥住，拔出刺刀，在他脸上晃了一晃，道："喊了，便是一刀。"慌的那人抖做一团说不出话来。胡仇道："钦差公馆在哪里？说了便饶你。"那人抖着道："在……在……在……鼓楼前的高大房子便是。大……大王饶命。"胡仇手起一刀，把他结果了。

纵身上屋，向鼓楼前而去。寻到钦差公馆便一处处往下观看，看到花厅上，只见灯烛辉煌，笙歌竞奏，里面坐了两位鞑官，相对饮酒。两旁坐了十多个妓女，在那里奏乐度曲。四个家人侍立行酒。另外一个官儿，在廊外拱手恃立，十分卑恭。

胡仇左右张望，只见东面一条夹弄，走过去一看，却是通连厨房的所在，弄内有一个小门，便轻轻落了下来，把夹弄门关住了，闪到院子里，把通到前面的门，也关了，翻身上屋，留神往下观望。只见一个家人，走到夹弄里去。胡仇轻轻的一镖打去，只听得呀的一声倒了。里面听见声息，便跑出来了两个家人，胡仇接连又是两镖。真是镖无虚发，一起并倒。第四个正要出来看时，胡仇早飞身下地，手起刀落，撇去了半个脑袋。大踏步上前，一手握刀，一手指着两个鞑官，骂道："好个害民贼，百姓何罪？你要驱他们做堵河口的材料。鞑酋发放银米赈济，他那银米也不过取于民间，仍以散于民间。你何得一概乾没，吞入私囊？我今日杀你为民除害。"说罢，手起刀落，砍了一个。那一个正待要走时，被胡仇兜胸捉住，双手举起，往阶下一丢，只撞得脑浆迸裂。早是肝脑涂地，却报他主恩去了。

回头看廊下侍立的官儿，早已伏在地下，抖做一团。再看厅上时，却是溅满一席的鞑血。那十多个妓女，也有跪在地下磕头的，也有哭的，也有互相拥抱的，也有吓呆了不会动的。胡仇先把那官儿一把提起来问道："你是个什么官？是鞑子，还是汉人？"那官儿战兢兢的道："我是祥符令，是汉人。"胡仇一丢手，四下里一望，见院子里搭着凉篷，有两根扯凉篷的绳子，便拿刀割取下来，把那十多个妓女，都反绑着，鱼贯的拴起来；连那祥符令也拴在一处。又割下几幅妓女的裙来，把各人的嘴都堵塞住了。又取了一块布，蘸了血在墙上大书"皇宋遗侠胡仇为民除害"十个大字。回身向祥符令道："我姓名也写下了，你认清楚我，明日好画影图形的拿我，我且在你这媚敌求官的脸上，留下点记认。"说罢，举刀在他脸上拉了两下，可怜割得血流满面，嘴被堵住了，又嘶叫不出来。胡仇早腾身上屋去了。

不知后事如何，且听下回分解。

第二十三回

疯道人卖药济南路　郑虎臣说反蒙古王

却说胡仇杀了两个鞑官，安置了祥符令。腾身上屋，侧耳一听，正值三更三点，遂蹿回客寓，对四个同伴说知。忙叫四人，连夜分作四路，去张贴榜文，并须逾城出去，城外也要张贴起来。四人领命而去，约过了一个更次，便陆续回来。五人议定，一早动身，四人先回仙霞岭报信，胡仇还要到别外去。

次日天明之后，城厢内外，宣传贴了许多无头榜文。里正见了，便忙到县令处报，谁知县令昨夜在钦差公馆伺候未回。赶到公馆时，说花厅院门还未开。原来这院门被胡仇关了。外面伺候的人，知道有妓女在内，关了门，自不敢去叫。那厨房的庖丁，见许久不来要菜，出去打听时，夹弄门关了。听了听，外面寂寂无声，自不必说，是在那里干什么勾当的了。越等越无声息，现成的酒肉，乐得大家吃起来，吃了个烂醉如泥，日高三丈，犹未起来。

及至外面伺候的人，见里正报说出了无头榜，榜文上说的是杀了安抚使和钦差，除暴安良的话，这才大惊。到门前窥探了半晌，不见动静，敲了两下，不见答应，益发慌了，用力撞了许久，把门撞开了。这一惊非同小可，只见钦差死在阶下，脑袋已撞成齑粉了。一个家人死在廊下，没了半个头颅。夹弄口又是互相枕藉的，横了三个家人：各人头上都带着一支镖，一个是从脑门上打进去的，两个是打在太阳穴。花厅上死的是安抚使，首级抛在一边。十多个妓女和县令，都拴在一处，眼光闪闪，口不能言，那县令更是满面血迹。

众人连忙过来解放，掏去口中裙布，一个个都已不能动弹。有两个妓女，竟是吓的硬直冰冷了。忙着到厨房去取开水灌救。开了夹弄门进去，看见几个庖丁，七横八竖的躺着，吃了一惊，以为都是被杀了；及至听得鼾声如雷，方才把他们乱推乱叫的叫醒了，忙着弄了姜汤开水，出来灌救，先把县令救醒了，抬回县署。里正忙着到全城大小文武各衙门去报，一时都到县署齐集。县令一面诉说了昨夜各原委。里正呈上榜文。这才饬了通班马步快赶缉凶手，为时已经巳午之交，胡仇等已经去的远了。

莫说这里慌做一团，忙做一堆的事，且说胡仇离了汴梁路，迤逦往北而去，一路上仍托为卖药。此时大水之后，居民多患湿疮，胡仇的药，甚有灵验，买卖倒也不恶。有时遇了贫病的人，他一般的施给医药，不较药资，因此所过之处，莫不歌颂疯道人的功德。胡仇隐了真姓名，只自称为"疯道人"。有时疯疯颠颠的唱两阕"道情"，有时落落寞寞的默无一语。

一天行到了济南路。此地居民稠密，看看倒也富庶，就便觅了客寓安歇，寄顿了行李，便携了药箱，到闹市上摆起摊子来。慢慢的便有许多过往行人，围住了观看，胡仇演说了一番各种药品的功效，见无人来买，便敲起铜钲，装出疯态，口中说道：

"'道人四海可为家，茫茫何处是中华？炼成再造乾坤散，要觅英雄付与他。'自家疯道人是也。历尽名山宝刹，采尽异卉奇葩，修合成药，普济世人。这且不在话下。年来于修合各药之暇，更炼就一服空前绝后之圣药，名为'再造乾坤散'。奔走天涯，要觅一位有道之士，奉赠与他；怎奈南北奔驰，都无所遇。今日初游贵境，知历下是我们中华古圣帝耕钓之地，山明水秀，或有奇人郁育其中，也未可定。说起这'再造乾坤散'修合的药料，也极平常。不过用英雄眼泪一掬，豪杰肝肠全副，忠臣心一片，孝子魂一缕，烈士血一腔。这几味药，难得起来，天壤绝无；易得起来，人人尽有。被贫道采取齐全，炼成此散。并不卖钱射利，只求得一位英雄有道之士，便双手奉赠与他。唉！常言道：'说话赠与知音，良马赠与将军，宝剑赠与烈士，红粉赠与佳人。'今日再无所遇，贫道又要含泪出济南城去也。闲时编了几阕俚语'驻云飞'，既然无人买药，不免唱来消遣则个。唉！甚的来由呀！甚的来由？

'甚的来由？南渡偏安忘大仇。天地蒙膻臭，草木都含姤。休、酣乐眼前头，可怜身后。大好西湖，今日谁消受，索性把剩水残山一笔勾。

'甚的来由？降表甘心奉寇仇。就道仓皇走，此日真巡狩。休、往事怕回头，痛心疾首。景炎、祥兴，统绪谁承后？只得把圣祖、神宗一笔勾。

'甚的来由？举动拘牵失自由。残忍天生就，杀戮无停手。休、蹂躏遍神州，家倾户覆，地惨天昏，何处堪号救？无奈把子姓黎元一笔勾。

'甚的来由？无赖衣冠等沐猴。趑趄戎、夷后，出尽爹娘丑！休、只要觅封候，甘居功狗，雉尾貂冠，尽得他消受！情愿把黼黻文章一笔勾。

'甚的来由？甘为他人作马牛。赋税才输够，徭役还随后。休、倘不应追求，披枷带扭，子散妻离，谁个来援手？怕不把性命身家一笔勾。

'甚的来由？忘却同胞敌忾仇。南北忙忙走，敢惜悬河口。休、有志总须酬，切休罢手，奋勇争先，莫落他人后！切休把父辱君仇一笔勾！

'甚的来由？塞地充天满贮愁。国辱谁甘受？国难谁能救？休、好整你戈矛，男儿身手。锦绣江山，未必难仍旧！哪肯把赤县、神州一笔勾。'"

这七阕"驻云飞"，总名叫做"七笔勾"。唱完这七阕之外，照谱上还有一阕"尾声"。

当下胡仇才唱完了这七阕，那"尾声"还没有唱出来，人丛中便走出一条大汉来，对胡仇拱手道："请问道长所炼之药，可曾分赠过人？像我要拜求一服，不知还肯施舍否？"胡仇举眼看时，那人身长八尺，气象凛然，仪表非俗，连忙稽首回礼道："贫道适才说过，并不曾遇见知音，所以还不曾赠过他人；然而内中或者有聪明人，默为领去，也未可知。"那人道："道长说要遇了英雄有道之士，方才肯送。不知像我这等粗人，还能领受否？"胡仇道："居士要领受，便自去领受，又何必贫道赠送？不敢请问居士贵姓大名？"

那人道："我姓黎，舍间不远。可否请仙驾过临，以便拜领圣药。"胡仇道了声："打搅不当。"便收拾过药箱，卷了布招，随那姓黎的去，走不多路，转过两个弯，到了一个门首，敲了两下门。里面童子开出门来，便让胡仇进去。转过一个小小院落，南北对着，一式的三间平屋。

姓黎的让胡仇北屋里坐下，放声大哭，纳头便拜。胡仇大惊，连忙扶住道："居士何故悲恸？"姓黎的拜罢起来，道："道长，你道我果然姓黎么？我本是姓李，名复，字必复，今年三十岁。先父名坛，初时不该听了人言，降了蒙古，派来镇守此城。宋朝理宗皇帝景定三年，投诚反正，便举此城归宋，拜表乞师求援，一面移檄邻近各处，同心归宋。一时益都、涟、海等处，皆闻风响应。那时留梦炎还在南朝，理宗皇帝命他带兵北来，他只观望不前。蒙古兵大至。先父把守不往，被他攻破城池，自投大明湖内，水浅淹不死。被蒙古兵捉去，遂与先兄彦简，同时被害。其时我尚在母腹。先母本是外宠，另外置备房屋居住。城破之日，先父预嘱先母，说："倘他日生的是女，便不必说。若是生子，可取名曰复。令其长大，为父复仇之意。"其时幸居住别业，未曾波及。先母生下我来，就在此度日。改姓为黎，以避耳目。我长到十六七岁，先母才把这话告诉我，屡次想投奔南朝，又以老母为累。三年前先母弃养，又闻得南朝已经亡尽。可恨我抱了这报仇之志，没处投奔。适才听见道长所唱，不觉触动心怀，流下眼泪，乞恕鲁莽。道长有何可以复仇之策？尚求指教。"胡仇道："居士孝心壮志，令人可敬，此时若说报仇，只须自己去报，何必再要投奔他人？据贫道看来，此时人心思宋。居士若肯举义，怕没有响应的么！"李复道："话虽如此，若没有一个赵氏之后，奉以为君，只怕人心不服。"胡仇道："此事只能从权办理。此时我们起义，只要代中国争社稷，并不是代赵氏争宗庙；若必要奉一赵氏为君，莫说此时没有，就有了，或者其德不足以为君，又将如何？总而言之，中国者，中国人之中国，只要逐去鞑子，是我们中国人之有德者，皆可以为君。只问有德无德，不问姓赵不姓赵。若依居士的办法，是终久无有报仇之日的了。"李复道："道长之言，顿开茅塞。但不知此时他处地方的民心如何？"胡仇道："依贫道看来，人心思宋，是一定的，不过此时是在他檐下过，不敢不低头罢了！况且鞑子又禁止汉人，不准携带军器，连劈柴切菜的刀，都是十家合用一把，自然急切不能动手。倘有一处起义，只怕草泽英雄，还不乏人！"李复道："谈了半天，还不曾请教道长贵姓道号？仙乡何处？"胡仇道："贫道姓胡，临安人氏，没有道号，就叫了'疯道人'。今日遇了同志的，我也不必隐瞒，实告居士。我并不出家修道，不过是乔装打扮，掩人耳目，借着卖药为名，到处访求英雄，以图恢复中国。居士若有此意，我可以代为招致几位英雄相助。"李复大喜道："不瞒道长说，此处便是先父别业，后面有一座小小花园，里面窨藏颇富，就是兵器也不少。平时我也结识几个市井少年，只没有调拨的人，不敢造次。道长能代招致人才，真是我三生之幸。"胡仇道："此时且不可造次，并不可泄漏于人，待我星夜赶回南边去，再寻几个同志，南北相应，方为妥当。"李复大喜。

二人又长谈了良久，胡仇方才别去。次日即雇了快马，赶站回南。在路不止一日，到了仙霞岭，恰好狄琪也回到了，众人正聚在马头岭岳忠那里，单单不见了史华。

原来狄琪到了江南，乘夜刺杀了两个放赈钦差，把八个随员，都割了耳朵，叫他们回燕京去回话。一面张贴榜文，等到天明时，全城大乱。他索性振臂一呼，把各处仓库都打开了。一众饥民饱掠一顿，他却乘乱跑了出城，赶了出境，各处云游了一回，方才回来。因为失了史华，闷闷不乐。

宗仁道："大约他出去玩几时，就回来的，何必念他？"狄琪道："我料他此去，未必回来的了。我因为他虽然已经二十多岁，见了人，还是腼腼腆腆的，所以虽然教了他几路拳脚，那飞走跳纵的法子，并未教与他。这回他要跟我出去，被我说了他几句，说他一点志气也没有，怎能跟我办这等事？他大约怪了我这句话，便不别而行的去了。"胡仇道："我看他生得唇红面白，犹如女子一般，不料倒是受不得气的。"宗仁道："等过些时，再去寻访他也未晚；或者过几时，他的气平了，会回来也说不定。"

胡仇道："正是。我们不必尽着谈他，还有正经大事呢！"说着，便把李复一节事，告诉了众人。狄琪拍手道："却是巧事。我今番在江南，也结识了两个人：一个杨镇龙，一个柳世英，都是浙江人。因为江南大饥，他两个暗中带了巨款去暗中散放，顺便招致英雄。据他说：'在原籍已经有了万余人。此番散赈完后，便打算回去起义。'"胡仇道："有了此处，便可与李复相应；只是李复势孤，我们必要派人去帮助他才好。"金奎道："好，好！你前番临走时，说好歹找个地方，让我抒伸抒伸，今番敢就是我去。"

胡仇还没有回答，忽报说清湖镇唐珏来了。众人忙叫请入。不一会唐珏领了一条好汉来。唐珏向他通过众人姓名，然后那汉自言："姓董，名贤举，广州人。特由广州到此相访。"岳忠便道："壮士远来，有何见教？"董贤举道："闻得从前跟张元帅的一位宗将军在此，特来拜访，并有所求。"岳忠道："能效力之处，自当遵命！"董贤举道："恰才在唐家店，听唐君说起，此处尽是忠义之士，料来说也不妨，我在广州，暗集钱粮，私招人马，部下已有了万余人，打算起义，恢复中原。一日得势，更当水陆并进，奈苦于水师训练无人，要求宗将军枉驾到那边走一次，便当以水师相托。"宗仁指着宗智道："这是舍弟宗智，曾经跟过张将军几年。不知壮士何以知道？"董贤举道："惠州有一位义士，姓钟，名明亮，也与我们同志，在那边也集了万余人。我们常有往来，是他说起，因为他有一个贴身的护勇，是当日代文丞相看守曾太夫人厝所的，宗将军到那里起运灵柩时，曾对那看坟的说过，运枢到吉州安葬之后，就要到仙霞岭，因此知道。"宗智道："败军之将，不足与图存。何况当日跟随越国公，不过因为略谙水性，图个进身，至于训练之事，恐不能当此重任。"董贤举正待开口，宗仁先说道："这是公众的义举，你力所能为的，倒不必推辞。"董贤举大喜。

　　当下岳忠便叫置酒相待。这一班都是一心为国的人，酒逢知己，自不必说。大家谈起起义的事，岳忠又指拨了一百名探马，代他们互通消息。又差人到浙江去打听杨镇龙、柳世英的举动。狄琪顺便附了一封信去，也不过是通知又多了两路同志的话。

　　只有金奎急着，要到济南路去。岳忠道："那边人少，自然应该要去；但不知你一个人去，还是带了众人同去。"金奎道："既然那边人少，自然要多带人去。我打算把五百僧众，都带了去呢。"岳忠道："你那一班高徒，虽然剃了发，却一个个都还是用的在家名字，不曾有个法号，怎么好出去呢？"宗仁道："这个容易。编取了五百个名字,叫他们各记一个就是了。只是金将军也要取一个法号才好。"金奎道:"那回公荩送我一个表字,叫做国侠。我今番就用了它吧。"宗仁道:"这个不像和尚名字。"岳忠道:"把'国'字去了,改做'侠禅',不就好么?"金奎道:"好!我就用它。"是日尽欢而散。留下董贤举盘桓了两天,宗智便同他到广州去了。

这里岳忠和宗仁,把五百僧众,都取了法号,分作三个一起,两个一起的,陆续向济南路去。一面交代,到了那边,随意投在寺院里挂单,在那边静心等候,哪怕等一年半年,没有机会,切不可妄动。到那边时,彼此不是同行的,只作不相识。胡仇又写了一封信给侠禅,带与李复,切嘱千万慎密行事。从这天起,每天打发几个起身,又交代分路而走:一起走淮南,一起走淮西,不可同行。一连打发了一个多月,才打发完了。末后是侠禅起身,众人不免一番饯送。僧众尽行后,宗仁便剃了发,到寺里住持。另外再招了愿剃发的三四百人,在内为僧,依然旧日规模。

胡仇看见僧众去了。只等各路约期举事,便要到燕京去打探消息,仍然背了药箱,装做道人。一日到了燕京,打听郑虎臣,却不见了,心里好生纳闷,只得在闹市上摆摊卖药。

卖了两天,忽然一个小厮走近前来,作了一揖道:"师伯几时到此?"胡仇抬头一看,不是别人,正是史华。不觉惊道:"你几时到这里的?你师傅想你呢!"史华道:"此时不便说话,师伯住在哪里?我晚上来。"胡仇告诉了他。

到了晚上,他果然来了。胡仇问他:"为甚到此?"史华只是低头不语。胡仇又问:"郑虎臣可曾见着?"史华道:"我到此就是投他,为何不见?"胡仇喜道:"他此时在何处?"史华叹道:"此时只怕见不着他了。"胡仇忙问:"何故?"史华道:"上半年一个蒙古王来觐见,和阿剌罕往来颇密,因此虎臣也认识了那蒙王的门客,谈得投了机,那门客便把他荐在蒙王那里。他便辞了阿剌罕,来投蒙王。那蒙王名叫'明里铁木儿',生性浮躁。不知怎的,被虎臣说动了他的心。星夜回蒙古去,起了本部兵,顿时造反,要打入燕京,争夺天下。起先的声势,好不厉害!陷了几处城池,占了几处山寨,在哈斯图岭,立了中军。这里屡次调兵遣将,都不能取胜。后来元主亲征去了。自从他亲征之后,便叠获胜仗。今天早起的军报,是已经攻下了哈斯图岭,获住了明里铁木儿了。如此说,虎臣纵不被擒,也死在阵上了。岂不是从此不能相见么!"胡仇惊道:"你此刻到底在哪里?这种消息如何得知?快告诉我。"史华道:"我此刻有一句话请问师伯,请师伯教了我,我再讲未迟。"胡仇道,"你要问什么?"

要知史华问的是什么话,且听下回分解。

第二十四回

侠史华陈尸燕市　智虎臣计袭济南

却说史华把郑虎臣说反了蒙古王一节，诉说了一遍之后，因见左右无人，又说道："前回师怕和我师傅，分头到汴梁、江南那回事，到底为着什么来？"胡仇道："你这个问的奇怪，难道你不知道么？"史华说："我知道不过是为民除害罢了；然而今日害民之政，比那个厉害的还有呢！"胡仇惊道："草菅民命，吞没赈款，这个害民，是了不得的！不知还有甚事比这个厉害？"史华道："草菅民命，吞没赈款，不过是一个人做的事，害的是一处地方。比方他派了个好人去，便不至如此。他此刻中书省立了个规措所，名目是规划钱粮，措置财赋，其实是横征暴敛，剥削脂膏。把天下金银都搜罗到他处，然后大车小载的运往蒙古。这里却拿出些绫绢来，写上几个字，用上一颗印，当现钱叫你们使用，叫做什么钞法。我们中国统共能有多少金银，禁得他年年运回去，不要把中国运空了么？"胡仇道："这个果然是弊政，比那个厉害。你既然说得出来，必要有个处置之法。"史华低头不语。胡仇道："你此刻在哪里？到底做些什么事？"史华道："此时不便说，我也不敢说，说出来辱没了我师傅，只要久后便知。我此刻还有事，不能久陪，暂且告辞，改日再来领教吧。"说着辞去了。

胡仇不胜纳闷，想着他那闪闪烁烁的十分可疑，想过多时，只得搁起，连日仍然在外卖药。忽然一天传说元主回京，跸路清尘，所有一切闲杂人等，俱要赶绝。胡仇卖药摊，本来设在正阳门外，此地为跸路必经之所，这一天清道，便被赶开。一连三天，不能做买卖。

这一天传说御驾已过，仍旧可以摆摊了。胡仇背了药箱，走出寓门，忽然听得街上三三两两的传说："中书府出了刺客，好不厉害！"又有人说："统共不过二十岁上下的人，便做刺客，怪不得把自家性命也丢了。"胡仇听了，十分疑怪，怎么这里居然也有同志，既然能行刺，为甚又把自家性命丢了？

正在胡思乱想，忽见迎面来了个老者，像是读书人打扮，在那里自言自语道："杀人者适以自杀，不度德、不量力，其死也宜哉！"胡仇向他打个稽首问道："请问老丈：这不度德、不量力的是谁？"那老者道："道人有所不知。我们这里一位卢中书，昨夜被所用的一个小家人刺杀了。那小家人刺杀主人之后，知事不了，即自刎而死。此刻陈尸教忠坊，招人认识，如有能认识者，赏银一百。你这道人何妨去看看，如果你认得他，包你发一注横财。"

胡仇听了，谢过老者，径向教忠坊而去。到得那里，只见围看的人，十分拥挤，胡仇分开众人，挤了进去，只见陈尸地上，旁边插了一支木杆，挂了赏格。再看那尸身时，不觉吃了一惊，原来不是别人，正是史华。心中惊疑不定，旁观的人，议论纷纷，有笑的，有骂的，有叹息的，忽然人丛中跑出一个人来叫道："老四：你看这个字条儿。这是今天早起，官府相验，在他身上搜出来的一张字，拿去存案。我方才到衙门里去，问书吏抄来的。"说罢，递过一张纸。这个人接在手里，展开观看。胡仇连忙走近一步，在那人背后一望，只见写着："卢世荣暴敛虐民，万方愁怨。吾故隐身臧获，为民除害，欲免拷掠，故先自裁"云云。胡仇看罢，不胜叹息。便不去卖药，背了药箱,仍回寓中,暗想:"好个有志气的史华!因为他师傅说得他一声腼腆没用,他便做出这一场事来。怪得我问他做什么事,他不肯说,说怕辱没了师傅,不知你肯降志辱身,做这等事,正是为人所不能为呢!此时卢世荣家,不知乱的怎样,今夜我不免去打听打听。"

于是挨至夜间,穿上了夜行衣,飞身上屋,向中书府去,只见宅门大开,灯烛辉煌,大小家人,一律挂孝,中座孝幔内,停着尸灵,妇女辈在内嘤嘤啜泣。廊下左侧厢,有一条夹弄。胡仇在屋上越过夹弄,望下一看,却是另外一个小小院落,一明两暗的三间平屋。内中坐了七八个门客,都在那里高谈阔论:一个说:"陈尸召认,是白做的;就是认得他的人,也断不敢说。"一个说:"为甚不敢说呢?现写着一百银子的赏格,谁不贪银子呢?"一个说:"我们做官的,往往言而无信,早就把人家骗的怕了,这是一层;还有一层:他认得的说了出来,不怕我们翻转脸皮,说他是同党么?"一个说:"不错,不错。若说认得,他在这里当家人,我们都是认得他的;不过都只知道他叫琪花,不知他的真姓名,所以要陈尸召认;倘有人知了他的真姓名,不免又要向他追查家属;家属拿到了,还不免要他当官去对质。谁高兴多这个事呢?"一个说:"这些闲话,且不必说。今日我到丞相府去报丧,并请博丞相代奏请恤典。闻得博丞相说:这恤典两个字,且慢一步说。闻得陈御史还要和我们作对呢!去打听要紧。"一个说:"人都死了,还作什么对?这又是琪花的余波。这么说快点打听才好!"说着便叫了几个家人进去,问道:"你们谁认得陈都老爷宅子的?"内中一个道:"小的认得,他住在南半截胡同路西,一棵榆树对着的一家便是。"那门客道:"那么你明天清早就去打听,陈都老爷明天进朝不进,若是进朝的,打听为了什么事。"那个家人答应了,就一同退了出来。

胡仇听得亲切,暗想:"什么陈都老爷,要和他们作什么对。他方才说的,住处很明白。我何不依他说的门户,去探听探听呢!"想罢，翻身向南半截胡同而去。果然见有一棵榆树，对着一个门口，蹿到门内，只见各处灯火全无，只有南院内透出一点灯光，便落将下去。只见一个童子，在廊下打盹。胡仇悄悄的走到窗户底下，轻轻用舌尖舐破了纸窗，往内观看，只见里面有两个人对着围棋，一个八字黑须的黄脸汉，不认得。那一个正是郑虎臣。不觉又惊又喜，然而又不便招呼。呆看了一会，只得又纵身上屋，蹲着等候。

过了好一会，才听得底下有人声，伏在檐上一看，只见打盹的童子，已经起来，打着灯笼先走，那黑须黄脸的跟着。郑虎臣送至廊下，便进去。那两人径往北院去了。

胡仇又落下来，仍在方才那小洞内张望。见虎臣一个人呆坐着，便轻轻的弹了两下纸窗。虎臣吃了一惊，回头对纸窗呆呆望着。胡仇又弹了一下。虎臣仍是呆呆望着，不发一言。胡仇又连弹了三下。虎臣惊疑不定，问道："是谁？"胡仇轻轻答道："是我。"虎臣大惊，直站起来道："你是谁？"胡仇道："疯道人。"虎臣益发吃惊，走近纸窗，轻轻问道："是胡兄么？几时来的？"胡仇也轻轻的答道："多时了！"虎臣道："此刻谈话不便，你住在哪里？我明日一早看你吧。"胡仇便轻轻的告诉了他的住址，然后纵身上屋，回去安睡。

次日郑虎臣果然一早就来。胡仇不及他言，先要问史华的事。虎臣道："说来这件事话长，我昨天才从蒙古回来，已经不及见他了。他当日投到燕京来，寻着我，说他师傅说他腼腆，不能办事；所以他要出来做点事，给人家看。我问他要做怎样的事，他说要我荐他去当门客。因为一时没有机会，我就留他在我处住了几天，他却十分体察人情，几天里面，把这里燕京官场的恶习，都体察到了。又对我说，当门客不便行事，莫若当家人的好。又叫我荐他当家人。我十分谏阻，他只不听。我只得把他荐给陈天祥，就是你昨天到的那里。这陈天祥表字吉甫，是一个监察御史。史华倒也欢喜。他说，得便叫陈天祥多参几个厚敛虐民的官，便是他尽心之处。谁知不到几天，被中书卢世荣看见了，欢喜他的姿色，硬向天祥要了去，做了贴身的家人。他本来改了姓，叫'李华'。这卢世荣把他改了做'琪花'。"胡仇道："这又是何意，同他改个女孩子名字呢？"虎臣道："这里官场，酷尚男色，也是染了鞑子恶习，所以他自愿当家人，不愿做门客。也是图易于进言，易于近身之意。他却也狡猾得很，虽到了世荣处，却还时常到陈天祥这边来，做出许多依恋的样子，说思念故主，不愿随卢氏。意思是要陈天祥参卢世荣。怎奈卢世荣方条陈了规措所，元主就派他办理，十分宠信。陈天祥不敢下手。史华又尝私对我说：'这规措所是专辇中国金钱到蒙古去的。世荣这厮意思怕中国穷的不得精光，上了这个条陈。我一定要取了他的性命，推倒他的规措所'云云。前天他把查察得世荣办规措所的弊端，开了手折，送给陈天祥。又说了句来生再报主恩的话。陈天祥也不曾在意。谁知是夜他竟刺杀世荣，自刎而死。天祥昨日得了信，随即据他所开的弊病，具了奏折。又在折尾叙明："世荣致死，系因威迫良家子弟，致被反刃。凶手畏罪自刎'云云。我昨天到时，他折子已经写好了。今日一早具奏去了，等一会便有信息。"胡仇道："史华对我说郑兄说反了蒙古王，为什么在此处？"虎臣道："我说得他肯反了。到了蒙古，他竖旗起事那天，我就推说和他游说各家王子，便脱身去了。难道我还跟着他受死么？我这个是叫他自相杀戮，虚耗他的兵饷，又使他互相疑忌的意思；不然，他们一德一心修起政事来，我们更难望恢复了。"胡仇又悄悄把济南、浙江、广州各路的事，告诉了虎臣。虎臣喜道："如此便有点可望了。还有一个蒙古王，名叫'延纳'的，不久就要反了。知照他们，乘时举事，长驱直进，燕京唾手可得。据了燕京，南方不难传檄以定矣。"胡仇道："郑兄也应该趁此时走了，或到济南，佐理他们办事也好，因为他们那里战将有余，谋士不足。郑兄到那边去，好代他们谋划机事。"虎臣道："我也甚想回南边去走二次，得便就行。"胡仇道："郑兄此时可是就陈天祥的事？"虎臣道："不，不过我昨天回到这里，暂时借他地方歇住罢了。只听了今天的信，再定行止。"说罢，二人又谈了许多别后的事，方才分散。

到了午饭过后，虎臣满面喜色，匆匆走来，说道："陈天祥的奏，居然准了。下了诏旨：说卢世荣办理规措所，暴敛虐民，天怒人怨，假手李华，代天行戮，死有余辜，仍着戮尸示众。李华畏罪自刎，不必追究。卢氏私出赏格，拿家属问罪，规措所着即行停止。"胡仇道："其实卢世荣已经死了，也就罢了，何必又戮什么尸呢！"虎臣道："这正是鞑子残暴的行径，也是虐待中国人的去处。如果卢世荣是个鞑子，也绝不至于如此了！"胡仇道："这么一办，好虽好，可是那一种没心肝之流，又要说什么天恩高厚，感激涕零，倒代他立固了根基了。"虎臣道："我们时刻存心恢复，他们自然时刻存心永据了。我们此刻且莫虑这个，我已叫陈天祥差人买棺盛殓史华。我们且去看看，也是送他一场。"胡仇点头应允。二人一同走到教忠坊，只见卢世荣的首级，已经用木笼盛了，挂在高竿之上。陈天祥正差了两名家人，买了棺木，来盛殓史华。二人看着殓好了，送到城外义地埋葬。

胡仇留在燕京探听消息。虎臣便问胡仇要了一封介绍信，径奔济南，投李复来。李复得了胡仇书信，便延请虎臣，在花园里居住。

此时侠禅已到了多时，只是觑不着机会下手，问起带来的僧众，知道都散在各寺院里居住。虎臣道："且等我住过两天，到外面去看看形势，少不得没有机会，也要做他一个机会出来。"从此郑虎臣便天天到城外各处去查看地势，一天出了南关，顺着大路走去，沿途观看野景，也忘了路之远近，不觉走到一山，山下有几家居民，路旁放着两乘山轿，轿夫过来问："可要坐轿子？"虎臣便问："这是什么山？"轿夫道："这是有名的千佛山，山上有一千尊佛，十分灵验。这里安抚使大人，也常来拈香的。"虎臣听说，便步行登山。只见一条石路，蜿蜒而上，过了一座牌坊，转了一个大弯，便到了半山。这半山上有一个大庙宇，庙内倒也十分宽敞，僧众也不少。从庙后转出去，又有许多小庙，都有和尚住持。虎臣游过了，便回到大庙里，走入客堂。便有知客和尚来献茶。虎臣闲闲的问道："宝刹共有多少高僧？"和尚道："本庙的不过四五十人，近来倒是挂锡的客师甚多。"虎臣道："我在山下就听说宝刹菩萨十分灵验，这里安抚使也常来拈香。"和尚道："安抚使爱大人，时常来此，倒不是为的拈香。敝庙方丈是一位蒙古高僧，曾经封过国师，与爱大人是相好的，所以常来谈天。"虎臣又应酬了几句套话，然后辞了和尚，循路进城，回到李复家里。

恰好李复接了仙霞密报，知道广州、惠州、临安一带，都约定了九月起事。虎臣道："此时已过了中秋，转瞬便是九月，我们此地也不可不预备。"李复道："计将安出？"虎臣道："此处安抚使是哪一个？"李复道："是爱呼马。"虎臣道："侠禅此刻不可安坐在家里，赶到各寺院里，知照伙伴：从今日起，陆续都到千佛山庙里挂单。限于九月初七日取齐，不可有误。"侠禅道："千佛山我也去过一遍，我们伙伴已经不少。"虎臣道："要借他那里办事，众人不能不到那里。你且去招呼了，我再告诉你的法子。"侠禅答应去了。

虎臣又问李复："平日结交的市井少年，共有多少人？"李复道："共有二千人光景，要是他们再转代招呼起来，大约可得三四千人。"虎臣听罢，点头筹划。一面叫李复陆续打发二百人扮作客商，暗藏军器号衣，到益都去。记准了九月初十、十一两天，大家留心，听得城中连珠炮响，便一起动手，不可有误。这就近只有益都有重兵，先取此处最要。李复依言，分派去了。

直等到九月初七这天，虎臣才授了计策与侠禅，叫他去行事。又拨了十多名市井少年，暗地跟随了去，听受指挥。又叫李复暗暗把号衣军器，分给众人，只听初九日城中炮响，便一起动手。分拨已定，只在家里坐待时候。

却说侠禅领了虎臣的计，径奔千佛山来，见过知客和尚，说明来挂单一宿，明日便行。那知客和尚，见他相貌狰狞，心中未免有些害怕，无奈禅林规矩如此，只得把他留下，侠禅暗中查点，见自己伙伴，约已到齐，便悄悄的告诉了众人，明日早饭时，如此如此。众人都点头会意。一宿无话。

次日早起，饭厅上高敲云板，主客各僧，都鱼贯而入，各就座位，念了一声阿弥陀佛。方欲坐下，侠禅忽然举起饭碗，向地下一掷，大吼一声："与我下手！"仙霞岭上，一众和尚，便一起动手，两个缚一个，把本庙僧人，一起都缚起来，不曾走了一个，连那使役人等，都捉住了。

侠禅一面分拨五十人守住山口，提防走了人，一面拨人到后面小庙里捉拿和尚。自己抡起锡杖，径奔方丈而来。那方丈里的鞑和尚，在那里割烧牛肉下酒，旁边还放着一碗热腾腾的大蒜煨狗肉。侠禅大吼一声，举起锡杖，当头打去，鞑子和尚未曾提防，被他这一下，打得脑袋破裂，脑浆迸流，倒在地上，挣了两下，就不动了。侠禅大怒道："好个不耐杀的东西，怎么手也不回就死了。"一脚把尸首踢开，出了方丈，督着众人，把本山和尚，都押入空房，锁禁住了。

然后饱餐一顿，取出一个字帖，差一个伙伴，送到安抚使衙门里去。看官，你道这是什么帖？原来是郑虎臣预先写下的，冒了鞑子和尚之名，约爱呼马初九日到千佛山登高的。爱呼马得了帖子，便回说："明日准到。"侠禅吩咐众人，个个准备。

到了初九那天，又差一名和尚去催请。爱呼马便传齐执事，带了五十名亲兵，鸣锣开道，作张盖游山之举来了。刚刚来到半山，牌坊底下，便有许多僧人排班迎接。轿子抬到山门之外，爱呼马下轿。执事亲兵，都在门外侍候。

爱呼马步入庙来，见两面僧人，排班站立，独不见方丈迎接，心下疑惑，便问道："如何不见方丈和尚？"和尚回道："今日老和尚偶抱小恙，请到方丈里相见吧。"爱呼马径到方丈里来，一脚才跨进了门,侠禅早在里面提着锡杖等候多时,一见爱呼马进来,手起杖落,劈头打去。爱呼马本是一员战将,虽然未曾提防,却也身手敏捷,连忙往旁边一闪,正待喝问,第二杖又劈头下来,忙伸两手去挡接。不提防这一根锡杖,是镔铁打成的,有五十斤重,侠禅的气力又大,这一接,把他的虎口震开了。连忙松手,大叫:"亲兵何在?"叫声未绝,腰上早着了一下,被侠禅一搠,直搠到天井里去,横卧在地,正要挣扎起来,背上又连着两下,便呜呼哀哉了。侠禅径奔出来,指挥众僧,把执事亲兵围住了,捉的捉,杀的杀,不曾走了一个。

不知以后如何取济南,且听下回分解。

第二十五回

赚益都郑虎臣施巧计　辞监军赵子固谢孤忠

却说侠禅受了虎臣之计，赚爱呼马到千佛山结果了。又围住他的执事亲兵，杀的杀，捉的捉，不曾走漏了一个。即剥下号衣，叫跟来的市井少年穿了，扮作亲兵，飞马进城，到文武大小各衙门禀报。只说安抚使在千佛山得了暴病。众多官员，得了此信，便都匆匆的到千佛山去请安问病。侠禅那一根禅杖，未免又劳动它逐一结果。

虎臣探得众官都已出城，便到安抚使署前，放起三声轰天大炮，不一会，刀枪林立，剑戟争光，一众好汉，都来齐集，听候号令。虎臣一面分兵到四门，砍倒了守门兵弁，摧倒了腥膻臭恶的鞑旗，换上光明正大的宋家旗号。一面打开了监牢，放出了犯人，自己却亲身杀入安抚衙门，首先收了文书印缓，出榜安民。李复带了兵士，出城去会合侠禅，恰好在半路相遇，会齐了同进城来。李复亲提各和尚来问话，内中是汉人，尽都释放，仍回本庙，是鞑子，都拿去砍了。虎臣备了文书，差一名精细兵士，到益都去投递。又叫侠禅带了本部五百禅兵，受了密计，先到益都城外一百里地方埋伏，倘遇了益都兵来，不可放过，就便截杀。叫李复镇守济南，自己却带了五百兵士，扮做难民，径奔益都来。

却说益都守将是葛离格达，拥了一万重兵，镇守益都。这天接了一封文书，内言济南起了土匪，请发兵来弹压。葛离格达看了文书，便派一员副将，带了五百鞑兵前去。这员副将名唤宋忠，得了将令，领兵便行，走不到百里之遥，忽听得一声鼓响，树林内拥出一队和尚。为首一员，生得面貌狰狞，虬髯倒挂，手抡禅杖，大喝："侠禅在此，谁敢过去？"宋忠纵马上前问道："你既是出家人，为甚不去念经礼佛，却来造反？"侠禅更不答话，纵马出阵，抡起锡杖便打。宋忠忙举枪相迎，战不三合，被侠禅一杖打落马下。挥兵掩杀，这五百和尚，都是侠禅亲自教出来的，操练了几年，今日新硎初试，勇气百倍。这五百名鞑兵，不够他们一阵，还嫌杀的不尽兴。侠禅约住众人，仍旧埋伏林内。

不多一会，又有一支兵到了。原来郑虎臣首先到了益都，又递了第二道假文书，只说济南被围甚急，专待救兵一到，里应外合。葛离格达连忙又叫一员副将，名唤胡突的，带了一千鞑兵，兼程进发，会合宋忠，同援济南。侠禅截住去路厮杀，五百僧众，便向敌阵冲入，横冲直撞，鞑兵大乱。胡突措手不及，被侠禅一杖打死。杀得尸横遍野，方才鸣金收军。

那边郑虎臣赚得葛离格达两次出兵，便叫五百僧众假扮难民，一拥入城。口称济南已失，只得弃家，逃难到此，围住了镇府衙门求赈。葛离格达大惊，便集众将商议，遣兵救援。一将出禀道："末将虽不才，愿领兵克复济南。"葛离格达看时，却是乌里丹都。这乌里丹都，从前与葛离格达是同僚，一同跟了伯颜、张弘范入寇宋室，后来他贻误了军机，被伯颜参了他一本，便奉旨革职。他要谋开复原官，就想投营效力，怎奈没有人肯收他。后来葛离格达出守益都，他仗着同僚之谊，便来投奔，葛离格达收在帐下。此时听得济南有失，便出来讨差，葛离格达大喜道："将军克复了济南，我当奏闻朝廷，开复将军原官。"便拨了三千人马，交乌里丹都，即刻启行。乌里丹都奉了将令，即刻起身。益都百姓，看见一天之内，连起了三次兵；又见那假扮的难民，说得土匪怎生厉害，一时人心大乱。

且说乌里丹都，领了人马，离了益都，径奔济南，走了百里之遥，只见两旁树木丛杂，天色已晚，便传令扎住行营，埋锅造饭，安歇才定，忽然军中扰乱起来。乌里丹都急问："何故？"左右告道："军士掘地作灶，掘出了好些尸首。细看时，都是益都兵士，所以惊扰。"乌里丹都喝道："哪有此等事？再有妄造谣言者斩。"正传令间，忽报外面火起，急出帐看时，只见两旁树木尽着。此时九月天气，木叶黄落，着了火，犹如摧枯拉朽一般。军中大乱，乌里丹都传令拔队起行。忽然听得喊杀连天，鼓声大震，一队和尚，在火光里杀出来。乌里丹都大惊，又不知敌兵多少，不敢恋战，带着人马，向济南路上走去。走不到十里路，只见前面一带火光，列成阵势，旌旗招展。正不知多少人马，幸得那一队和尚兵，只杀了一阵，便自退去。不如回去见过葛离格达，添兵再来，想罢，便传令回马，只见那树林内，火光迄自未熄。那树木被烧的倒将下来，塞住大路，不得前进。正叫兵士探路时，忽然鼓声大震，火把又明。先前那队和尚兵，又从两旁杀出。当先一员虬髯和尚，直接到乌里丹都马前，举起五十斤的镔铁锡杖，劈脸打来。乌里丹都接住厮杀。侠禅杀的性起，用尽了生平之力，抡动锡仗，往来如风。一杖打在乌里丹都的马头上，把马头打碎了。那马负痛直跳起来，把乌里丹都掀翻在地，跌离五丈多远。侠禅赶上，拦腰一杖，几乎打做两截。挥兵掩杀，那鞑兵夺路逃命，拥挤不开，自相杀戮，死者不计其数。看看杀至天明，侠禅方才约住众兵。

那杀不完的鞑兵，逃了性命，到葛离格达那里报信。葛离格达大惊，正欲派兵救援，忽报济南安抚使，盼救兵不到，杀出重围，逃难到此，离益都只有十里。葛离格达连忙上马，带了一队亲兵，出城迎接。出得城时，只听得城内三声炮响，猛回头看时，城头上大乱，四门尽闭。不到一会,尽换了大宋旗号。正不知何处兵来,吓得葛离格达几乎堕马,幸得标下各兵,还有五千驻扎城外,仓惶便投到营里去。

忽探马报说济南安抚使爱大人,被土匪追赶甚急。葛离格达仓惶之际,便引了一千军士,迎将上来。走不到五里路,只见一队残兵,打着爱呼马旗号,飞奔而来。葛离格达亲自出马,迎将上去。那一队兵,行至切近,忽然一声号起,众兵士一起去了头盔,全是和尚,直扑过来。葛离格达大惊,不及招架,回马便走。五百和尚,在军中左冲右突,勇气百倍。城外各营,闻警齐来救援。城内郑虎臣,率领七百少年壮士,杀将出来。正在混战之际,一连三四次报到东平、临清、东京、莱州、平度各处郡县,一起失守。此是虎臣假报,他们哪里得知。军士闻报,信以为真,一时大乱,无心恋战,簇拥着主将,寻路奔逃。葛离格达也没了主意。正在慌张之际,忽然侠禅匹马撞将过来,马头相并,抢起锡杖,当头打去,葛离格达不及招架,侧身一闪,打在肩上,翻身落马。军中大乱。葛离格达竟被众兵踏成肉酱,混杀了一阵,鞑兵四散奔逃。

虎臣收兵入城,安民已毕,留下人马,镇守益都。自己和侠禅率领五百禅兵,班师回济南去,李复迎接进城,商议分兵进取。虎臣道:"此时兵马未足,不可轻进,一面招兵买马,积草屯粮,等兵粮足用时,方可四面掠地。"李复依言,竖起了兴复宋室的义旗,招军买马;一面差细作分往广州、浙江等处探听消息。

且说临安杨镇龙,本是当地一个巨富,伯颜兵入临安时,纵兵蹂躏,他家损失不少。他的父亲杨敬和母亲均被鞑子掳去,死生未卜。那时镇龙才一十八岁,乱后访寻父母消息无着,因此立志报仇。与嘉兴柳世英结为生死之交。平日阴蓄了许多敢死之士,待时而动。生平又专喜济困扶危,临安地面,人家都称他为"小孟尝"。前番江南大饥,他和柳世英两个,暗带了钱米,前去赈济,救活的不少,所有流亡无归之人，都招到临安来。喜得他家广有田园，安置上二千人，并非难事，因此人人歌功，个个颂德。镇龙见人心归服，便坐了船，亲自到嘉兴来，与柳世英商量。

这柳世英家世是以蚕桑为业，嘉兴一带的桑园，多半是他私产，因此也是财雄一方，所有种植桑园的佃夫，便是他的心腹。这一日家人来报说杨镇龙到了，便亲自迎出来，执手相见。延入密室，置酒相待。说起举义的事，柳世英道："这件事必要斟酌万全，方可下手。近来虽据探报，说广州董贤举，惠州钟明亮都约定九月起事。我们虽也答应了九月，然而万一没有机会，切不可鲁莽。我并不是畏缩，恐怕画虎不成，被人笑话。近来仙霞岭上各人，既与我们通了气，何不先到那里走一遭，和他们商量一个长策呢！何况我们人众虽多，却都是不曾上过阵的，战将更少，到得那里，或者可以招致几个来，便好行事了。"镇龙喜道："如此我们便行。"柳世英道："前回听得狄定伯说：本来他们踞了仙霞岭，招兵买马的甚好；后来恐怕鞑子与他们为难，便一律都改为寺观，众英雄都改了道士和尚。我看这一着很为不妙，这番到了那边，看看形势，好歹劝他们再改回来。果然有险可守，我们也可以有个退步。"镇龙道："这个且到了那里再说。"于是二人收拾过行李，叫家人挑着同到仙霞岭来，一路上水船陆马，夜宿晓行，不在话下。

一天到了清湖镇，天色已晚，便觅客寓投宿，恰好路旁一家大店，招牌写着"张家店沽酒寓客"。二人入内，先拣了酒座坐定，家人把行李放下，酒保便过来招呼，摆上几碟小菜，暖上一壶会稽女儿酒，在二人面前，各斟上一杯。那两个家人自然另桌去吃。酒保便问："二位还是在此歇宿？还是吃酒便行？倘是歇宿，我们此地有上等客房。"镇龙对世英道："只怕我们吃过酒，赶上山去，还来得及。"酒保道："二位是到哪里的？"世英道："我们是到福建去的。"酒保笑道："既到福建去，巴巴的赶到山上去做什么呢？我这里住一宿，明日一早起行，不舒展得多么！"世英道："那里有一个道士，是我们的朋友，要去看看他。"酒保道："是哪个山上的？"世英道："仙霞岭的。"酒保笑道："客官你弄差了！仙霞岭只有和尚，没有道士。只有马头岭、苏岭、窑岭是有道士的。"世英听了，不免一呆。那酒保便去了。世英对镇龙说道："那狄定伯明明说是仙霞岭，怎么到了这里，又说不是，莫非有点蹊跷？"镇龙道："或者这酒保弄不清楚，也未可知。何况这等事，本来是缜密的，或者定伯故意闪烁其词，更未可定。"

　　说话之间，只见店中走出一个人来，向二人招呼让酒，便在横首坐下，问道："不敢请教二位，是要访哪位法师？小店这里，所有山上的寺观，都来买酒，略有点晓得。"世英道："是一位姓狄的。"那人道："你二位贵姓？"二人说了，那人连忙拱手道："久仰大名了！不知驾道，有失迎迓，失敬了。"忙又叫酒保重新暖酒，送到头号客房里去，即起身让二人到里边来，走过了两进客房，直到第三间内，另外一个小门，推门进去，却是一座小小花园。园内盖了三间精室，琴书炉鼎，位置幽雅，进去坐定。世英方问那人姓名。那人道："在下张毅甫的便是。"镇龙道："莫非是从燕京送文丞相灵柩回吉州的张义士？"毅甫道："尊称不敢。"镇龙道："义士为何做了这当垆的勾当？"毅甫便把仙霞岭建庙开店的一番话告知。又道："这园内各处房屋，便是专为延接天下英雄而设。平常过客，是不得进来的。"世英道："狄定伯前者说是在仙霞岭。方才贵伙又说仙霞没有道士，这是何意？"毅甫道："若说这仙霞岭的山脉，大而言之：从东面天门山起，过雁荡、括苍到这里，直到福建、岑阳岭、三祭岭、翠峰山、新路岭、迄南入西，到江西盘古山、南径岭，一路几千里，都是仙霞山脉。小而言之：从这里清湖镇起，迤南七千里，入福建界，都是仙霞岭。大约仙霞是个总名，近人把最高的一座，定了仙霞岭名，其余都另有名字，不过都是仙霞的别峰。他处人便笼统说过了，近地人却分别的很清楚。如定伯他只在苏岭结了一座茅庵，二位要会他时，只消到马头岭岳公荩那里，便可以会得着。"二人大喜。说话时，酒保已送上酒菜，三人对坐，把酒论心。杨、柳二人就在张家店住了一宿。

次日早起，张毅甫亲自送到马头岭，与岳忠相见。通过姓名，便差人去请狄琪、宗仁来，共议此事。宗仁道："既已应允了广州那边九月起事。我们又已差人去约济南一路，他们亦必如期同举，这里万不可失信。如果怕没有将弁，我有两个小徒，刘循、刘良，勇力过人，可以相借。"岳忠道："便是我教的张雄、马勇，也可以叫他跟随二位，听候指挥。"镇龙大喜拜谢。又谈起此处一律毁去堡栅，改建寺观，甚为可惜的话。岳忠道："便是我也日夕打算过来，当日谢叠山先生叫这样做，不过是一时权宜之计，以避鞑锋。也因为我们当日建立山寨时，只在山之一隅，用乱石塞断山路，过往诸人，都要绕山下小路，才能到仙霞关。我们那时，本怕不能大举，才想出这样办法。此刻既是各处都举事，我们也断不袖手让人。二位起义时，此处必定响应。"二人更是欢喜。聚了一天，即带了刘循、刘良、张雄、马勇，别过岳忠等，先到嘉兴去。

论理这条路，是先到临安，再到嘉兴，何以他二人却先到嘉兴呢？因为世英想起一件事，说我们虽说是举义，然而说起来不过是一个平民，恐怕人家不肯响应，必要寻一个宋家宗室，奉之为君，方为名正言顺。镇龙道："此时更到哪里去寻宋朝宗室呢？"世英因又想起一个人来，这个人姓赵，名孟坚，表字子固，系安定郡王之后，曾经做过翰林院学士承旨。宋亡之后，避乱在海盐居住。那年程文海奉了元主之命，访求江南人才，要荐他，他高卧不起，文海使威迫胁，他仍旧抵死不行，文海无奈，荐了他的同族兄弟赵孟頫。此人至今尚在海盐，便想迎他到军中，先做了监军，以后觑便行事。或竟奉他继了宋室之后，立之为帝。二人议定，所以在临安并不耽搁，径向嘉兴而来。

先把刘循等四人，安置在家里，拨人伺候。二人径奔海盐，寻到赵子固庄上，告与守门老仆，说有事要求见。那老仆进去良久，出来相请。二人进得庄门，只见夹道桑阴、匝天浓绿，内中也点缀些花草，大有隐士之风。二人跟着老仆，走到一所房子内，拾级登楼。老仆领到了楼上，便自下去。

二人抬头看见子固是一位苍颜老者，气象荡然。一个垂髫童子，侍立一旁。二人上前，拜见已毕。子固让坐，便问："二位辱临，不知有何见教？"镇龙见有童子在旁，因请道："有心腹之事相告，乞王孙屏退左右。"子固道："这童子只在老夫身边，并不下楼一步。有话但请直说无妨。"

镇龙、世英齐声道：胡元恣虐，宋社沦亡，迄今苦元虐政，人思故主，某等愿从众志，毁家纾难，兴复宋室，特来请王孙监军。"子固道："二位在宋，官居何职？"世英道："某等皆是农民，并未授职。"子固起敬道："难得两位义士，不忘先朝，但老夫行将就木，只求晚年残喘，与圣朝草木，同沾雨露之春足矣，何敢多事！况不肖弟孟頫，屈膝胡元，厚颜献媚，我赵氏祖宗，当恸哭于地下。凡我宗族，都蒙其羞，更有何颜，妄图恢复，望二位努力为之。此时赵氏宗社已无，胡元僭妄，凡我中国人，都同他有不共戴天之仇。但能起义恢复，凡是中国人，有德者皆可居之，何必赵氏！"镇龙道："王孙话虽如此，远望以宗庙为重，屈驾一出，以镇人心。"子固道："不瞒二位说，自国亡之后，老夫即居此楼，足不履地，日以卖字为生。有所不足，则老妻采桑、饲蚕、织绢，以佐朝夕。自恨不溘先朝露，更何心争雄。二位果能恢复旧物，即据而有之，但能使胡元绝迹，即我赵氏祖宗，亦必含笑顶礼于九泉。二位好自为之。"世英道："王孙高洁不从，某等只好别求宋家宗室了。"子固道："这大可以不必。天下者，天下人之天下。唯有德者居之。昔者，我太祖皇帝，军次陈桥，骤遇兵变，黄袍加身，遂受天下于周。天下岂是赵氏私物？何必如此拘执？"二人再三相请。子固笑道："二位孤忠可敬，志气甚大，何以识见反小？此时兴兵恢复，是代全中国人驱除腥膻污秽之气，岂是为我赵氏一家之事？望二位旗开得胜，肃清宇内。俾老夫得再履中国土地，受赐多矣！"二人见子固执意不从，只得兴辞嗟叹而出。一路上商量，虽无赵氏监军，此时人心思宋，或者亦可以行事。且待回到嘉兴，再为商量。

不知回嘉兴后，如何布置，且听下回分解。

第二十六回

应义举浙民思故主　假投降宗智下惠州

却说杨镇龙、柳世英二人，回到嘉兴，便和二刘、张、马商量起事之法。商量了数日，尚无头绪。刘良道："此时已是八月下旬，不上几天，便是九月。若说起事，是时便可以动手。若必要等机会，恐怕误了约期。我看从来地方起事，无非是民心涣散，或是民怨沸腾，方才闹起来。论此时民心，原未十分归附胡元。论民怨呢，他那种苛虐之政，百姓们居然受惯了，也忘了怨了。除非此时他另外出一个什么政命，激起民怨，方才是个机会。"一句话，忽然提醒了柳世英，即日下乡，到自家庄上去。

原来柳世英在离城十五里地方，有一座庄院，十分宽大。世英到了那里，便叫人分头去招了四五百名佃夫来，杀牛宰马，相与痛饮。饮酒中间，世英正色对众人道："我今日听了一个消息，甚为不好，告诉你们各位，早为防备。"众人都问："是什么信息？"世英道："如今鞑子朝廷，下了一道诏旨，派了钦差，专到我们浙江地面，要搜寻十万童男，十万童女。钦差不日便到。我同你们众位，情同手足。各位都有子女，我既然得了消息，不能不告诉出来，等大家好预备；不然，钦差到了时，挨户搜寻，那时藏也没有藏处。你们各人也各有亲戚朋友，也都要互相知照，免得临时张皇。"众人听了，一起惊愕。内中一个问道："不知他要这许多童男女做什么？"世英把桌子一拍，咬牙切齿道："他要在蒙古地方，起造一座极大宝塔。怎奈他那里多是沙漠，地皮太松，不能起造；他要取了童男女去，活埋在地下，垫塔脚，叫做'打人椿'。你说可恨不可恨呢！"说的众人都切齿大恨。世英又道："我为这件事，这两天不进城，就住在这庄上。你们想得出什么主意，三天之内，可来告诉我。"众人应诺。这一天就不欢而散。

这几百人出去，便沸沸扬扬的说起来。不到一天，嘉兴城厢内外，早传遍了。妇女们听了这话，都在那里哭哭啼啼，登时就怨气冲天，便有许多人到柳家庄上讨消息。世英益发说的厉害，说是："若有隐藏的，都要治罪穷追。"诸多人等，更是吓的没了主意，有些人便打算带了子女逃走的。世英道："凭你逃到哪里，总是没用。被他碰见了，说你有心抗旨！非但子女不能免，自己还要受罪。"说的众人益发慌了。

到了第三天，拥到柳家庄去讨主意的，何止数千人！庄内容不下，甚至庄门以外二三里路，都站满了人。世英道："当日我们太祖皇帝，相传下来，三百多年，百姓们相安无事。哪一个不是受了皇帝的覆载？此时鞑子恃强，灭了宋室，我们百姓就受此惨毒。为今之计。除非赶去鞑子，恢复了宋朝，方得太平。众位如果要保全子女，同享太平，可同我进城，先杀了鞑官，占住城池，然后传檄各处，一同恢复，非独免了惨毒，又且做了中兴功臣，不知众位意下如何？"众人同声道："愿往。"于是世英指拨刘循、刘良、张雄、马勇各带一队百姓，分往四门，杀散守门兵士，关闭城门，不许放鞑子出入。自己和杨镇龙带了众佃夫百姓，一拥入城。到郡守衙门，先将郡守卜成仁，一刀杀死。城头上早飘起"灭胡复宋"的旗帜。

杨镇龙便向柳世英借了一千佃夫，带了张雄、马勇扮做逃难百姓，飞奔临安而来。此时搜求童男女的谣言，早已远近传播。临安一带，也是人人惧怕，个个张皇。杨镇龙带领一千人到时，地方上全没准备，被他一拥进城，围了安抚使衙门。安抚使哈斯哈雅措手不及，只得从后花园短墙上，跨了出去，扮做平民，逃走去了。杨镇龙据了临安，出榜安民。一面差人飞报仙霞岭，一面差人到广州一带探听虚实。

岳忠得报，便聚了宗仁、狄琪商议道："胡子忠昨日差人报到，说：蒙古王延纳反了，元主自将亲征。今杨、柳二人，已占了临安、嘉兴。虽未知山东、广州两路消息如何，听柳世英说起，我们不如仍旧造起寨栅。我想造起寨栅，又要兴工动作，不过分得一隅，倒不如夺了仙霞关，拒住福建来路。这里马头岭，也造起一个关来。我们便自成一家，进可以战，退可以守。从前谢叠山先生劝我们改了寺观。我也恐怕被他们围了，里面粮食不足，所以依了。近来山内开垦的地更多，可以不忧这个。他来了，我们力足以胜的，便杀他个片甲不回；力不能胜的。我们便闭关自守，以劳其师。他不来惹我们，这一条路是闽、浙通衢，商贾往来，我们可以收他的关税，以供兵饷。岂不是一举数得？"宗仁道："非但如此，我们并且可以出去攻取城池，以为响应。眼见得兴复宋室，在此一举的了。"狄琪道："此处仙霞关，并没有重兵把守，不过税厂里有百把名护勇，另外有五百名鞑兵，扎在那里，算是保护税厂的。我们带几百人去，唾手可得。得了此处，远可以堵住福建的来路。"

三人正在计议，忽然几处飞马报说："湖州、甬东、会稽、处州各路兵起，都竖了'灭元复宋'的旗帜。"宗仁道："如此我们更不容缓了。"于是议定：当夜狄琪引一千兵去取仙霞关；叫谢熙之监工在马头岭要路上，筑造马头关；宗仁镇守本山；岳忠带领一千兵士，去取礼贤县，这礼贤县近在清湖镇北十五里，因这里最近，先去攻打试兵。

且说狄琪当夜带领一千兵，悄悄的行至仙霞关下，分五百人攻打鞑营，五百人取税厂。先把税厂围住，打开厂门，攻将进去，逢人便杀。这税官正在睡梦里，三更半夜，正不知何处兵来，下得床时，狄琪早已进来，手起刀落，结果了性命。得了税厂，拨二百人去杀守关兵士，就便守关。自己率领三百人，去助攻鞑营。那里正在混战，鞑兵仓促之中，黑摸着厮杀。我兵灯球火把，照耀如同白日。狄琪兵到，直奔鞑兵阵内，左冲右突，身体矫健，如入无人之境。五百鞑兵，不曾留得一个。可怜这场败仗，连一个送信的人也没有。

岳忠带领一千人下山，先到了清湖镇，分在张家唐家两店居住，是夜四更造饭，五更起身，平明时到了城下。恰好城门开放，岳忠匹马当先，一千人一拥而入，就城中杀起来。到了县署，擒下了县令，出榜安民。城上竖起宋家旗号，杀了县令祭旗。差人到清湖镇取了张毅甫来，叫他权了县令事。把鞑子的印信毁了，另铸铜印。改了礼贤县做江山县，取恢复江山之意（直到此时，还是叫江山县）。

岳忠班师回马头岭，谢熙之已经督率工役，筑造关隘。岳忠便差人到各处报捷。并拟定了彼此往来公牍，一律仍用德祐年号；因为景炎已崩，祥兴殉国，此时只有德祐帝尚在吐蕃，所以仍用此年号，是尊宋室的意思。又行知各处，当取鞑子所铸"至元通宝"钱，一律销毁，改铸"皇宋通宝"钱行用，使百姓们思念宋室。一面差人到广州去催促起义，逼取福建，以便与此处相连。

部署方定，又是一连好几处报到兵起。大抵自高宗南渡以来，在临安建都一百四五十年，历代都是讲究以仁、义、礼、让治天下。百姓们久沐皇仁，此时忽遇了胡元暴虐，哪一个心中不横亘着"大宋"两个字。此时得杨镇龙、柳世英两个起了义兵，一时响应者五百余处，浙江一路，几乎全都恢复了。宗仁等得了此信，更是欢喜。恰好济南捷报又到了。于是更盼广州的信，又加派了人去催促。

且说董贤举自从聘了宗智到广州，便同到战船上去。原来董贤举并不在陆路上,恐怕泄漏机谋,因此造了百余号大船,只推说出海捕鱼,暗中招集四路英雄。广州民情好斗,往往因些微小事,两姓相斗,各聚数千人,如临大敌,虽死不悔。董贤举利用此辈,说以忠义,又陈说胡元暴虐,说得人人愤激,他便罗致到手。也有随他下船操练的,也有在家居住等他起义的。这百余号船出海,也去捕鱼,有时操演水战。

自从宗智到了,更认真操起来。恰好广州安抚使,因为地方多盗,要招募团练兵,限期七月要招足了三千人,教与操练,九月安抚使亲自看操。董贤举得了这个信息,不胜之喜。便暗暗吩咐手下各人,都去投充团练,等到他阅操那天,自有道理。各人受命而去。所以这一回所招团练之兵,十停之中,倒有九停半是董贤举党人。他们又都是在家私自操练过的,教起来格外容易。那安抚使自是欢喜,定了九月十五日在校场看操。

董贤举得了信,便秘密布置,分头授以计策。到了操的那天,安抚使带了一员中军,两员副将,一队亲兵,亲到校场上来,到演武厅坐下。团练兵徘队到了,果然旌旗招展,盔甲鲜明。那百姓围着校场观看的,人山人海。安抚使叫传令开操,中军官手执令旗,在厅前传令,忽然人丛中一声大炮,轰天震响,便竖起一支"灭胡兴宋"的大旗来。登时四面八方一片声叫杀,那些团练兵把鞑子号衣一起脱了,里面便现出"皇宋义民"的号衣来,刀枪剑戟,直杀奔演武厅来。那一班看热闹的百姓,吓的四散奔逃。剩下的都是董贤举部下,一个个去了外衣,里面都是"皇宋义民"的号褂。董贤举抡起一双阔板斧,径奔安抚使。安抚使大惊,忙叫两员副将迎敌,自己由中军官保护着,逃回城中去了。这两员副将,哪里敌得住四五千人,不到一顿饭时,早就剁成了肉泥。

董贤举率领部众,径奔城下。城门已闭,城楼上箭如飞蝗射将下来,不能得近。贤举挥兵攻城。忽见一人,走上敌楼,手起剑落,杀死守将，赶散兵士，开门出迎。贤举便领兵入城。

那杀守将的不是别人，正是宗智。原来贤举遇事都与宗智商量，这回的布置，也是二人在船上商定的。及至贤举上岸行事，宗智正欲驶船出海，忽然想起在城外举事，万一放了人进城报信，先行设法守御，再移檄邻郡来救，岂不是前后受敌。因此星夜赶回，暗暗率领二百兵士，乔装入城，以为内应。

当下会合了贤举，一同攻入安抚使衙门，全家屠戮。宗智劝道："这些鞑子，自然该杀，但是那老弱的，可恕便恕了，何必杀戮太过。"贤举道："对于这些畜生，万不能施妇人之仁。须知他们杀来时，把我们中国人如何糟蹋！老弱的似乎可恕，你须知老的他曾经从少壮时过来，他少壮时曾经杀过我们，如何不杀？至于那弱的更不能恕，我此时恕了他，他将来壮起来，便不肯恕我，为什么自己留下这个祸根？我此时得了广州，有所凭藉，他日打到蒙古，我还要把他全部落杀一个寸草不留，方才放心呢！不然，留下他那孽种，能保得住他永远不觊觎中国么？"于是传令全城搜罗鞑子，见了便杀，不准留下一人。汉人不准骚扰，虽一草一木亦不准动。此令一下，全城汉人无不香花灯烛，顶礼膜拜。部署已定，宗智便率领水师，到惠州去接应钟明亮。

却说钟明亮在宋朝时，本来是一个海盗，专在海外拦劫商船。张弘范到广东时，屡次遣人招安。明亮不肯投降，只说："大丈夫当南面称孤，岂肯屈膝他人！"这句话传到张世杰耳边，也遣人去劝他投顺。他又说："元兵寇急，我可以相助一臂，等元兵围解，我仍是我，不愿受封官爵。"世杰恐怕他不受约束，也就放过。明亮说过这话，便想助宋攻元。正待启行，已闻得崖山失败，遂又入海去了。

董贤举当日原是个海客，从海外贩货回国，遇了钟明亮行劫，贤举慷慨取出金银相赠，又劝其改业。明亮道："我也知漂流海上，终非了局，无奈已经失足多年，内地不能容我，为之奈何？"贤举又说起鞑子占了中国土地，怎样残虐，怎样苛刻。明亮大怒道："我当日便虑到海上非久居之所，内地官府，又不能容我，便想占据一片土地，独霸一方，又怕人家派上我一个乱臣贼子之名。无奈只得漂泊在外，好几年足不履地，不料骚鞑子如此可恶！我须容他不得，不免回惠州去，杀散了他，自己占据了。此时我是夺鞑子之地，不是夺皇帝之地，须不能派我做大逆不道，乱臣贼子。"贤举道："果能如此！岂但不是乱臣贼，还是忠臣义士呢！"明亮道："我也不要做什么忠臣义士，只要得个安身之所，由得我称孤道寡。如果兵精粮足，战胜了鞑子，仍把他赶出长城以外，我不妨也做几天皇帝玩玩。"自此便与贤举订交，相约举事。怎奈他的大名，早已威震百粤，近侮一带，天天防他，竟无下手之策。

这天宗智率领十号大船，来至惠州洋面，与他会合。说贤举已得了广州，特来策应。明亮道："我这里总想不出一个下手之策，正没个人来商量。"宗智道："大凡平地起事，断不能硬做，必要略施小计，出其不意，方能下手。"明亮道："计将安出？"宗智道："可将十号兵船，拆去炮位，改作商船模样，混到惠州城里。我们却如此如此，另做计较。"明亮大喜道："果然妙计。"遂依了宗智的话，连夜把十号兵船，都拆卸了炮位，藏过各种兵器，拨了一千名心腹兵士，扮作商人水手，驶到惠州去。

这里宗智吩咐各船，都在海外暂行下碇，但听得深水门炮响，可一起驶来。自己和明亮坐了一船，略带了几十名兵士，船桅上高扯降旗，驶向深水门来。这深水门是惠州出海的门户，向日设有炮台把守。守台的鞑官，望见降旗，便差了一员武弁，乘了舢板，到船上来问："是哪里来的？"宗智便邀请入船相见，说是："钟明亮苛待伙伴，劫得财物，一切都掳为己有，因此众心离散，各船都四散而去，各自谋生，只剩得这一只船，如何还能安身！小人劝他不如归顺天朝，改业守分，他又不肯；因此小人把他擒住，要送到郡守太爷那里投降。"说罢，便叫取明亮过来，请武弁验看。只见两名小卒，从后舱把钟明亮拉了出来，双手反绑了，口中大骂："反贼，不识羞耻，卖主求荣。"武弁见了，便去回报守台官。守台官命将船泊岸，取到台上验看。宗智叫先把明亮平日所用的五百石硬弓，丈八长矛，送上去，然后自己带了明亮登岸，径到炮台里参见守台官，求备了文书，解与郡守。明亮却站着不跪，不住的大骂："无耻小贼，卖主求荣。"守台官道："你要投降，也可以使得，但是要依我一件事，我便与你文书，若不依我，我先杀了你。"宗智道："老爷吩咐，小人自当遵命。"守台官道："捉拿海盗的文书上，没有你的名字。单指名要捉钟明亮，有能捉获者，照军功前敌保举。我此刻先给你一个六品功牌，派你做一名哨官。"宗智连忙叩头道："谢谢老爷。"守台官道："便派你解去，可是我文书上，只说是我出海擒来的。你见了郡守，也要如此说。等我得个异常劳绩的保举，少不得要好好的抬举你。"宗智道："小人遵命便是。"守台官大喜。即刻备了文书，又派了五十名兵士护送，抬了弓矛先行，把明亮上了镣铐，打入囚笼，径奔惠州来。

入得城时，众百姓闻得捉住了江洋大盗，哪一个不来看！把一个郡守衙门，挤满了人。郡守闻报，到堂。验了弓矛，宗智呈上文书。郡守看了，叫打开囚笼，要验正身，宗智亲自下去，开了笼锁，顺手把镣铐开了。明亮一跃而出，在地下拾起长矛，往郡守当胸一刺，直从后心透过。举起长矛一挥，把一个未曾死绝的郡守，直摔在大门以外。大叫一声："子弟们何在？"人丛中拥出一千余众，暗藏的大刀阔斧，一起都使将出来。吓得百姓们四散奔逃。早有人把四城门关闭下锁，不放一人出去。一面搜杀鞑子，一面出榜安民。

守台官派来跟随宗智的五十名兵士，杀的一个也不曾留下。宗智就在自家队里，选了五十名武艺高强的，扮做了守台兵士，自家带领着，飞奔深水门来。不等通报，直奔入炮台，寻着守台官，一刀刺死。五十名兵士，就台里杀起来。守台兵大惊，一个个都不曾准备，手中未带兵器，只得四散奔逃，这里便四面追杀。宗智先叫扯毁了鞑旗，竖起宋家旗号。又放了三声轰天大炮。海上众船，听得炮声，一起碇，驶将进来，把鞑子守口的兵船围住，四面放火，烧了个一艘无存。明亮唾手得了惠州，便请宗智商议进兵潮州，进取福建。一面行文董贤举，叫他进兵韶州，进觑江西，相期在中原会合。

未知这番进兵，胜负如何，且听下回分解。

第二十七回

忽必烈太子蒙重冤　仙霞岭义兵张挞伐

却说钟明亮一面行文广州，叫董贤举进兵韶州，自己却进兵取了潮州，直逼福建地界。福建省内各路，一时起兵响应的，也有二十余处。江、淮一带，又纷纷起兵。

这个消息传到燕京，枢密院里那一班做平章政事的大臣，吓的手足无措。先是山东报到济南、益都失陷。不多几天，又报到临安、嘉兴失陷。接着广东警信又到。自此各路告急的文书，雪片般来。无非说某处失了，某处陷了。此时元主到蒙古亲征延纳去了。又值太子真金死了。

原来蒙古是天生的游牧人种，他那里没有宫室房屋，终年都是骑在骆驼身上过日子；到了晚上，随便走到哪里，便支起篷帐住宿。到了天明，又骑上了，游到别处去。所有动用器具，都带在骆驼身上。他所以要游来游去之故，为的是打猎。猎了鸟兽，拿来当粮食；猎不着鸟兽，便蛇、虫、鼠、蚁，也要吃的。所以叫做"游牧"。

忽必烈这厮，虽然夺了中国天下，盖造了宫殿，他那游牧的性格，还不能改变，终年坐在家里，他哪里有这种耐烦性子守得住？所以他把燕京改做大都。又在蒙古破天荒的盖了几座宫殿，取了名字叫做"上都"。他每年来往一次,以遂他那游牧的习惯。每年到上都去,便留下太子真金监国,这是他一向的老例。

这回起了大兵,亲征延纳,自然也是太子监国了。当时有两个辅佐太子的官,巴不得太子早点做了皇帝,自己好望升官,无奈眼看着元主七十多岁还不肯死。于是设法去和两个丞相商量,只说:"皇上春秋已高,还是这样勤劳国事,太子心下不安,要想求丞相上个封奏,请皇上让位与太子。太子做了皇帝,自然尊老皇帝为太上皇,岂不甚好!"两个丞相听了,便拟了一个奏折,誊清了,盖了印,正要拜发,忽然又想起:"这件事奏上去,依了便好,倘然不依,起了疑心,说我们阿附太子,岂不是连自己的前程都难保!"因此一想,便搁住了,不曾拜发。

那两位辅佐太子的知道了,见功败垂成,十分着急。便设法通了丞相门客,把那折子偷了出来,暗地里差人送到元主的行在。元主见了,倒没有什么话说。那两位丞相知道了此事,连忙上折分辩,说:"这个奏折非出己意,系由太子授意。"云云。并指出那两个辅佐的姓名。元主看了,怒得须发倒竖,暴跳如雷道:"不肖畜生,就等不及我死了你再做。你既然性急要做皇帝,为甚不索性弑了我。"说罢,便传旨到燕京去,先收了两个太子辅佐下狱,不肖子待朕回来处置。

这道诏旨到了燕京,兵马司便来拿人,吓的两个急望升官的辅佐,都在监里上吊死了。太子真金,知道此事,也吓的魂飞魄散。还望元主回来,可以同两个辅佐对质,分辩得明白,父皇知道不是出于我意,还有解救。不到一天,报说两个辅佐都吊死了。这一回是死无对证了,不觉愈加惊惧。因此急出一个病来,一天重似一天,众多官员,天天到东宫问候,一面奏闻元主。元主绝不挂念,反说:"这等不肖子,倒是早死为佳。"这句话,传到太子耳朵里,又是一番气恼,病势加重,就此呜呼了。

众大臣一面治丧,一面飞报元主。不多几天,又叠接各路警报,益发慌的手足无措。雪片的文书，飞往蒙古告急。元主得报，不由得他不惊惶失措。

幸得蒙古已平，延纳就擒，便忙忙的班师回燕京去。可笑人家得胜班师，是"鞭敲金镫响，人唱凯旋歌"；他的得胜班师，却是兼程奔走，犹如败北而逃一般。回到燕京，也不及问太子的事，便召集文武各官，商量拒敌，飞饬有事各邻省，协力进剿；一面派右丞相蒙固岱，挂了帅印，统领十万鞑兵，先救济南、益都一路。

且说李复自从得了济南，招兵买马，声势雄壮，邻郡不敢正视。侠禅性急，便带领本部五百人，渡过黄河，来取武定。李复放心不下，拨了一千兵相助。侠禅领兵杀奔武定而来，郡守闭门拒敌，不敢出战。侠禅攻打一月有余，还攻不下。

一日报说蒙固岱领兵到来，径往济南去了。侠禅怕济南有失，便传令退兵。武定郡守，望见兵退，便率领鞑兵前来追袭。侠禅便命众兵停住，等追兵到来，一起回旗反鼓。自己匹马立在当路。武定郡守追至近前，看见侠禅按兵不动，不敢逼近，却叫军士放箭。侠禅大吼一声，抢起锡杖，杀将过来，郡守大惊，回马便走。侠禅赶杀过来，鞑兵大败奔逃，侠禅追至城下，看着那郡守将近城门，便按住禅杖，拈弓搭箭，一箭射中郡守脑后梢，翻身落马。众鞑兵忙来抢救，侠禅乘机挥兵，一拥进城，得了武定，出榜安民。一面差人到济南报捷。

不想那报捷的兵士，走至半途，被蒙固岱兵获往，搜出报捷文书，便留兵屯守济南来路。自己亲领五万兵来取武定，侠禅领兵出迎，鞑兵卷地而来，蒙固岱并不交战，只挥令众兵重重围裹。侠禅毫不畏俱，率着本部五百人，往来冲突，究竟众寡不敌，杀至日暮，奋力杀出重围。望见武定城上，已换鞑旗，知已失守，只得往济南而走。

刚刚渡过黄河，只见漫山遍野，尽是鞑兵，急寻小路而走，蒙固岱也率兵渡河赶来，侠禅人困马乏，便率领残兵，登路旁一座小山扎住。蒙固岱率兵攻上山来，侠禅就拾取山上大小石块打下，鞑兵不敢相近，只得四面把山围住了。是夜不敢安睡，天明时便下山，要想突围而出，几次都不能得手，只得仍退上山去，支持了一日，行粮已尽，山上又无处取水，便和众残兵商量，要乘夜突围。是夜天阴月黑，对面不见。一众人马，衔枚勒甲，悄悄下山，不想才下得山坡，便听得人声。原来蒙固岱也乘着是夜昏黑，饬令兵士在山下掘成陷坑，要活捉侠禅。众兵正在动手，忽然听得有人马响动，便大喊起来，飞奔回本营报信。侠禅在黑暗中挥兵掩杀。蒙固岱得报，忙命点起灯球火把，指挥众军，把侠禅一众，重重围住。侠禅在围内左冲右突，杀一个马仰人翻，至天色微明时，坐骑中箭倒了。侠禅失了坐骑，不能厮杀，拔剑自刎。五百人全死于乱军之中。

蒙固岱便领兵直趋济南。此时郑虎臣到益都去了。李复登城守御，只见鞑兵用长竿挑了侠禅首级示众，不觉大怒，率领三千兵出城迎敌，被蒙固岱杀得大败而回。鞑兵乘势攻城，架起云梯火炮，日夜轮班攻打，李复把守不住，被他攻破城池，也自刎而亡。

细作报到益都，郑虎臣大惊，暗想："我守此孤城无用，不如走到南边去，别作良图。"于是改了装束，匹马出城，径投仙霞岭来。益都没了主，那蒙固岱自乐得唾手而得了。平了这一路，便领兵到浙江来，有几路没志气的，先就降了。因此蒙固岱声势更加浩大。杨镇龙、柳世英只得弃了城池，投奔仙霞岭来。岳忠先后接见了虎臣，及杨、柳二人。得了信息，也差人去叫张毅甫暂时弃了江山县，回清湖镇去，免得交兵令生灵涂炭。一面营缮马头关，以便固守。

早有细作报到蒙固岱军前，言仙霞岭有强人占住，起造关隘，十分险固。蒙固岱大怒道："我自下浙江以来，一路望风归顺，何物小丑，乃敢抗拒！"问帐下谁人领兵，去踏平仙霞岭。两员战将，应声而出。乃是右先锋甘士裘、甘士则弟兄两个。上帐禀道："末将兄弟愿往。"蒙固岱道："'上阵不离亲兄弟'。你两个去甚好，各要鼓勇当先，不可挫了锐气。"二人领命，各带本部人马，杀奔仙霞岭来。一路上任情虏掠，杀戮无数。风声传到清湖镇，各居民纷纷迁徙逃避。此时行旅绝迹，张毅甫、唐珏也收了店务，回到仙霞岭来。

却说二甘杀至马头岭下，抬头一望，只见山势险恶，山隘新筑了一座高关，便在关下叫骂。关上偃旗息鼓，只做不知。二甘叫骂了一日，无人接应。次日再来搦战，又不见一个人出来。二人商量道："眼见得几个剪径毛贼，听见天兵到了，不敢出头。无奈这座关甚高，便插翅也飞不上去。明日须用云梯火炮去攻，方可望破。"次日果然搬取许多云梯火炮，来到关下。方欲架起，忽然关上一阵火箭，飞蝗般射来，云梯全行烧毁，火炮就地轰起，倒把自家军士，轰死无数。再来叫战时，却又不见一人。二人闷闷不乐。

是夜三更时候，忽听得军中鼓声大震，关上人马撞入军中劫寨，正是人不及甲，马不及鞍。二人急急披挂上马，杨镇龙已杀到帐前，二人双枪并举，敌住镇龙。柳世英从后面杀至。甘士则舍了镇龙，来敌世英。镇龙拨马便走，士裒匹马追去，镇龙向树林内走，士裒迫近时，忽然金鼓齐鸣，火光大作，林子里冲出一队人马，为首大将，乃是张雄。士裒正纵辔绝驰的追赶，收马不及，与张雄马头相并，被张雄轻抒猿臂，擒过马来，掷在地下，喝叫军士绑了，解上关去。士则敌世英不过，拨马而走，被世英一箭，射中后心，亦被捉住。关上鸣金收军。这里鞑兵在黑暗地里，不知备细，尚且自相掩杀。直至天明，方才知道主将不见了，只得奔赴大营报信。

却说二甘被捉，解上关来。岳忠、宗仁、虎臣、狄琪、杨镇龙、柳士英、刘循、刘良、张雄、马勇一班义士，排列上座。兵士解二人上来，喝令跪下，问了姓名。宗仁道："既是无名小卒，杀之无益，可待至天明，放他回去，叫蒙固岱亲来受死。"兵士将二甘押下。各人自去安歇，到了天明，果然把二甘放了。

二甘得脱，便寻路回到大营，去见蒙固岱。把被擒一节瞒起，只说黑夜兵败，迷失路途。蒙固岱大怒，喝令推出斩了。众将一起告免。蒙固岱道："暂且寄下两颗狗头，每人再带三千人马，去取马头关。取得来时，将功折罪，取不来，只拿脑袋见我。"

二甘拜谢。领兵复来，离关十里扎住，勉强出来搦战。只见此番关上，旌旗招展，剑戟鲜明，气象又是一样，但只是不肯出战。蒙固岱又几次催促进兵。二甘前被关上一阵劫寨，杀的怕了。这回是夜夜提防，不敢解甲而睡。被蒙固岱催逼不过，只得把关上不肯出战的情由，备了文书去申报。缮就了文书时，要用那先锋印，却不见了。吓的魂不附体，在营中四处搜寻。士则道："昨天傍晚时，发给各营的粮食，还用过的。怎么今天两颗都失了？岂不蹊跷？"无奈拷问近身兵士，哪里拷问得出来？又只得各处搜寻，只差地皮没有翻转来寻觅。此时全营上下，都知道失了先锋印。一个个称奇道怪。

正在慌张忙乱时，忽报关上有人来下书。二甘叫传进来，那投书兵士，直入中军，递过书信，并一个包裹。士裒看信。士则打开包裹看时，两颗先锋印，端端正正的包在里面，吓得面如土色。士裒看那信上，写的是："夜来无事，故借取先锋印为把玩之具，今特送还。"云云。二甘慌的手足无措，暗想："他们有如此能人，如何能取胜！不如索性说兵少，攻打不下，请丞相自来，免得我们负此重任。"于是赏了来人去了。便备了文书，申详上去。

蒙固岱十分大怒，亲提大兵到来。在路上纵情杀戮，以出怒气，所过处鸡犬不留，到了清湖镇，见居民逃的踪迹全无，无人可杀，便喝叫兵士，把合镇房屋，拆为平地，把大兵屯在镇上，亲到前面督战。

二甘迎入中军，告说："关上坚守不出，在外仰攻不便，是以不能取胜。"蒙固岱亲自领兵出阵，士裒在左，士则在右，挥兵攻打。那一座关在半山上面，巍峨高耸，自山下望见，如在云霄一般，如何可攻！关上虽是遍竖旌旗，密陈剑戟，却并不发一矢。

蒙固岱这才信是难攻，收兵回营，商议破关之策。士袭又诉说前番用云梯火炮，反致失败之事。参谋官吴典谋献计道："日里攻打不易，不如乘夜，多选轻健兵卒，用长梯爬上关去，斩关落锁。外面再以重兵接应，或者可下。"蒙固岱依计而行，到得晚上，选了一千名轻健军士，准备长梯，径奔关下。只见关上全无灯火，鼓角无声。正竖起长梯，争先要上。忽听得一声梆子响，关上火把齐明，箭如雨下，一千兵士，死伤大半，弃梯而逃。蒙固岱十分大怒。到天明时，关上倒差人把长梯送还，说是："请丞相夜来再用。"蒙固岱气得三尸乱爆，七窍生烟。喝叫把来人斩了。左右劝道："两国相争，不斩来使。"蒙固岱道："那是两国交兵的话。这是几个毛贼，如何不斩！"一时把送梯的五十人，尽行斩了，用长竿挑到关下示众。岳忠大怒，便点兵出战。

却说仙霞岭上，自从探得蒙固岱兵到，弃了江山县之后，知道不久便要交兵，便做了兵符印信。大众公推岳忠做了元帅，众人愿受指挥。岳忠谦让不过，只得受了。把兵士花名册点了一点，全山所有兵士，共得三万人，其余老弱不在其内。少壮务农，未隶兵籍的，还有二万人。便派定了张雄为左先锋，马勇为右先锋，宗仁中军统领，郑虎臣参预军谋，张毅甫管理军粮，唐珏监督行军工程，谢定之守仙霞岭，以防福建一路，谢熙之管理全山百姓讼事，狄琪四路都巡察兼管探牒；调取张汉光做行军医官；其余杨镇龙、柳士英、刘循、刘良及一班大小战将，皆随营听用。众人见岳忠调拨，井井有条，越加拜服。

前番劫营胜了一阵，专要激怒蒙固岱要他亲来受死。军中有了狄琪一个人，充做探牒，所以敌军中一切备细，无所不知。前回到敌营探听消息，顺手取了两颗先锋印，戏他一戏。这回用长梯取关，也被他先探知了，所以有许多准备。这送梯回去，却是岳忠之谋，要引蒙固岱出阵，好去擒他。虎臣谏止道："这一送回去，他一定老羞成怒，要斩来人。我们这里人数有限，何苦白送几十人性命呢？"岳忠道："不妨。当日金将军擒来许多鞑子，都上了脚镣，叫他当奴才。此刻把这种人选五十名，去了脚镣，就着他送去。他若杀时，也是杀他自家人。"虎臣称妙，依计而行，这些人果被蒙固岱杀了。当他盛怒之际，这五十名鞑子，虽百口也不能辩。

岳忠听报，便亲率众将，杀下山来，单搦蒙固岱交战，直逼营前叫骂。蒙固岱大怒，问："谁敢出战？"二甘道："末将愿往。"蒙固岱道："你二人乃败兵之将，不可当前敌。"中军护卫桑良辛道："末将愿往。"蒙固岱与了令箭，点了五千人马，杀出营来。只见岳忠军前，竖起皇宋三军司令旗，岳忠居中，左右雁翎般排列着十多员战将。岳忠见敌兵已出，便问："谁去交锋？"马勇应声出马，大叫："来将通名受死。"桑良辛道："我乃蒙丞相麾下，中军上将桑良辛，你是何人，敢来敌我？"马勇道："你是无名小卒，非我敌手，只叫蒙固岱来。"桑良辛大怒道："蒙丞相金枝玉叶，岂肯见你们这班毛贼。"马勇举枪便刺，良辛急架相迎。大战三十回合，不分胜负。恼了张雄，拍马舞刀，前来助战。良辛抵挡不住，拨马回阵。岳忠挥兵掩杀过来，鞑兵大败。张雄、马勇两匹马当先，直迫至营前，扳开鹿角，挺枪挥刀杀入，鞑营大乱。二甘及一班武将，保着蒙固岱，弃营而走。岳忠占了寨栅，查点军士，受伤的都送回关上，交张汉光医理。

却说蒙固岱败回清湖镇，气愤填胸，便起齐了人马，前来报仇，直逼岳忠营前，便要踏为平地。营内万弩齐发，几次冲突，不能得近，只得约退人马，树立寨栅。方才动手，忽听得炮声震天，鼓声动地，岳忠领兵杀到，蒙固岱忙挥兵迎敌，那边岳忠已退去了。一连几次如此。蒙固岱令后军立寨，前军迎敌。军士忙了一天，方才把营寨立定。

是夜岳忠亲率军士，打起灯球火把，来挑夜战。蒙固岱大怒，亲自上马，率领二十余员战将，出营迎敌。张雄一马当先，直取蒙固岱。副将低打都，手摇方天戟，出马相迎。不三合，被张雄一刀斩下马来。甘士则连忙出阵，两个在阵上大杀了五十回合，不分胜败。蒙固岱正欲叫人助战，忽然一连几次飞报，后营五六处火起。蒙固岱大惊，忙叫鸣金收军。军士回顾，后面火光大起，一时慌乱起来，忙忙回走。岳忠挥兵赶来，鞑兵立脚不住，四散奔逃，岳忠领兵杀入大营，众将保住蒙固岱，舍命逃走。后营火光更大，军士不战自乱，又听得前营已失，遂弃营溃散。……